# ねこ先生

長尾 剛

PHP
文芸文庫

○本表紙デザイン＋ロゴ＝川上成夫

# ねこ先生◆目次

## 【序】

吾輩は猫である。名前はまだ無い。

どこで生れたか頓と見當がつかぬ。何でも薄暗いじめじめした所でニャーニャー泣いて居た事丈は記憶して居る。

「どうだ。よい出だしだろう」

しなびた借家の縁側に、あぐらをかいて座った一人の中年男が満足げに、こうつぶやいた。

男の手には、一冊の雑誌が握られている。

もっとも、傍らには人の姿は見えない。

明治三十六年(一九〇三)、秋。

東京は本郷区駒込千駄木。こんにちの文京区に当たる。帝都・東京というには、ややうらぶれた閑静な住宅街の一角である。

男の目の前には、貧相な垣根で囲われた小さな庭があるばかりだ。女郎花の花が、風に少し揺れた。

「『吾輩は』というところが、愉快じゃないか。猫の分際で、乙に気取っている。アンビバレンツの滑稽だ」

男はさも愉快そうに、クックッと押し殺した笑いをもらした。

「フン」

答える声がした。もっとも、傍らには人の姿は見えない。

「吾輩は別段、気取った覚えなんぞない。吾輩が吾輩を吾輩と呼んで、なにがおかしいものか。そんな瑣末なことでケラケラ笑えるおまえさんのほうが、おめでたいのだ」

この答に、男はむっとした。おやと思う間に、顔を赤らめた。癇癪持ちのようである。

「僕は、ケラケラなど笑っていない。少し笑っただけだ。だいたい吾輩なんて、偉そうにふん反り返った資産家なんぞが使う呼称だ。人として下卑た連中だ」

「吾輩は人ではない」

「そういうのをヘラズグチというのだ」

男はフンと鼻息をもらすと、プイと横を向いた。しかしながら、赤らんだ顔がさらに赤くなることはなかった。少々おとなげないと、自ら悟ったのだろう。

「だがマァ、悪い出だしじゃない。文章の才を認めるのは、やぶさかではない」

「だろうっ！　我ながら傑作だ。滑稽にして深遠だ。文学かくあるべし、だ」

急に男はご機嫌になった。目を細めて、腕を足下のあたりに伸ばすと、ぐりぐりと相手の頭をなでた。

「あなたっ」

と、その時、後ろから声がした。

男の妻である。少々太めの体型ではあるが、艶のある頬と、くりっとした目の愛くるしい女だ。歳の頃は、二十代半ばといったところだろう。

「また猫を相手に、ぶつぶつつぶやいて……。ご近所の子供に、また『猫と喋る先生』って、からかわれますわよ」

妻は、ちょっと口をとがらせた。

男は目を落とすと、傍らに寝そべる猫を見た。猫も、男の顔を見ているようである。男はむしろ機嫌の良さそうな様子で、ニヤリと笑い、妻に答えた。

「言わせておけばいいさ。本当のことなんだから」

「ニャー」

猫が同意を示すかのように、一声上げた。
この男、夏目漱石(そうせき)である。
彼がまだ無名の素人(しろうと)作家にすぎなかった頃の話である。

# 第一部　なんだ、吾輩を待っていたのか

## 一

物語は、夏目漱石のドラマから少し離れたところより始まる。

明治時代は、日本文学の大変革期でもあった。文学史に残る多くの優れた作家が、輩出された。もちろん夏目漱石は、その筆頭の一人である。

そうした中、ひときわ異色の作家がいた。

小泉八雲という。

この男にまつわるエピソードから、物語の幕はあがる。


こんにち日本人なら誰もが知っている、そして、日本の子供たちに未だ語り継がれている幽霊や妖怪。これを明治時代になって『怪談』という一冊の本に書き上げ

たのが、小泉八雲だった。

日本各地に伝わる幽霊や妖怪の伝承を、そうした話が真っ向否定された近代に、彼はあえてまとめ上げた。

しかも彼は、日本人ではない。

本名を、ラフカディオ・ハーンという。アイルランド人の父とギリシア人の母を持つ。元はジャーナリストで、明治二十三年（一八九〇）に、取材のため来日した。四十歳の時である。

来日するや、日本の文化に惚れ込んだ。永住を決意して、小泉セツと結婚した。元もと文学の学識が深かった。そこで、日本を海外に紹介する書物を、数多く著わした。と同時に、英語の教師になった。

明治二十九年（一八九六）、四十六歳で、小泉八雲と改名した。この年、英文学の講師として、帝国大学文科大学に、招かれた。

帝国大学は、こんにちの東京大学の前身に当たる。

近代日本の官立の大学は明治十九年（一八八六）、東京に、まず開設された。これが、いわゆる帝大で、以降、明治三十年（一八九七）に、京都帝国大学が開設。さらに、東北、九州、北海道、大阪、名古屋と、いわゆる「七帝大」になる。

帝大は当時、理科大学、法科大学、文科大学……と、専門の研究ジャンルによって、半ば独立した学校に分かれていた。つまり、帝大とは、これら各専門の大学の集合体であった。これらが「学部」となって一つの学校に統合されるのは、大正八年（一九一九）である。

帝大文科大での八雲の活躍は、目覚ましかった。しかし、明治三十六年（一九〇三）三月、退任した。はっきり言って「クビ」になったのだ。

なぜ「クビ」になったのか。そもそものきっかけは、やはりカネの問題だった。

当時の帝大は、八雲へ支払っていたべらぼうな額の報酬に苦慮していた。そこで、八雲の報酬を大幅にカットし、そのかわりに、その分の受け持ち授業を減らす——という方向で、八雲に打診をした。

ところが八雲は、これを断固拒否した。

報酬を減らされるのは納得いかない。文科大の英文学の授業は、すべて自分が担当したい。一部を他人任せなどにしたくない——と。

そして彼は、学長の井上哲次郎に、こうまで言い放ったのだ。

「そんな条件に変えられるくらいなら、いっそのこと私、スッパリ辞めさせてもらいます」

だが帝大側も、これ以上の譲歩をする気はなかった。

「それなら、それで結構。小泉先生には辞めていただく」

学長は、最後通牒をつきつけた。

ここまで来ると、両者とも引くに引けない。互いにメンツもある。感情的な衝突もある。かくして、小泉八雲の帝大退任が、決まったのである。

だがこの時、八雲は自ら「辞める」と啖呵を切っておきながら、帝大を辞める気はサラサラなかった。と言うより、実際に辞めさせられるとは、夢にも思っていなかった。

いや、さらに八雲の本音を言うなら、彼は「帝大が自分を辞めさせられるわけはない」と高を括っていた。

なぜか。

他でもない。彼は、学生たちに絶大な人気があったからである。

八雲は、肝心の学生たちが自分を強く支持している以上、帝大がオイソレと自分を追い出せるわけがない、と踏んでいた。学長に対する強気の態度も、その自信に裏打ちされたものだった。

果たせるかな、当時、「八雲が解任されるかもしれない」という噂が学内に広がるや、壮絶な留任運動が巻き起こった。

明治三十六年三月のことである。

## 二

　その月の初旬の、ある晴れた日。

「おい、今日の昼休み、文科の学生は、二〇号教室に集合だそうだ」

「全員か。二年生も三年生もか」

「そうだ。文科全部だ。三年生が扇動（せんどう）している話だ。小泉先生の件だ」

「よし、承知した」

　午前中、各学年すべての帝大文科大のクラスのあちこちで、こんなやりとりが交わされた。

　当時、小泉八雲の留任は、多かれ少なかれ、帝大文科大の学生たち皆の希望だった。そこで、とくに八雲の熱狂的ファンである一部の三年生が、全学年に呼びかけ、留任運動の決起集会が開かれた。

「小泉先生を失うは、我が文科の多大なる損失どころか、我が国の文学の大いなる衰退ぞ」

「そうだ！　先生の高雅（こうが）なる授業は、どれほどカネを積んだとて、他に得られるものではない。目先のカネを惜（お）しんで先生を追い出すなぞ、愚行（ぐこう）どころの騒ぎではない。まさに蛮行（ばんこう）！　学長は、文科の将来におのれの犯さんとしている罪を、思い知らねばならぬ」

集会場所である大広間の教室は、あふれんばかりの学生で、寿司詰め（すしづ）状態になった。興奮した学生が、入れ替わり立ち替わり壇上に立ち、口々に、八雲への礼賛（らいさん）と学長への非難を繰り返した。誰もが熱に浮かされ、拍手とシュプレヒコールが鳴り響いた。

「諸君！」

教室の興奮がピークに達した時、一人の学生が、壇上に飛び上がり、いきなり大声で叫んだ。ズシンと腹に響く大声で、一瞬、教室に静寂（せいじゃく）が走った。

「誰だ」

「小山内（おさない）だ、一年の」

声を挙げたのは、小山内薫（かおる）という。のちに劇作家として日本の近代演劇界をリードしていく男である。

「諸君は、我らが小泉先生を大学にお引き留めするべく集（つど）った。その意気やよし！」

小山内の声は、居丈高（いたけだか）で冷徹な響きがあった。皆、自然と吸い込まれた。

「しかるにだっ。我らの義挙は、大学への反乱に他ならぬ。正義は我にあり、といえども、権力はあちらにある。学長は我らの義挙に、その権力をもって、理不尽なる圧力を加えるであろう。謹慎、停学、あらゆる手段を用いて、我らを、押さえ込もうとするであろう。

その時、諸君はどうするか。おめおめと権力の前に屈服し、こそこそと身を潜め、小泉先生を見捨てて、安穏と保身を図るか」

「否！　断じて否！」

「我ら文科は、小泉先生を決して見捨てぬ」

「学長に正義の鉄槌をっ」

学生たちは、口々に叫んだ。小山内は満足げに大きくうなずくと、ひと呼吸おいて、再び声を張り上げた。

「ならば、学長が我らに権力の魔手を伸ばさんとしてきた時、我らは厳然と、それを払いのけてやろうではないか。

すなわち、文科学生ことごとく自主退学！　――の道を選び、小泉先生とともに、帝大を捨ててやろうではないか。退学をもって、我らが決意の貫徹として、大学側に見せつけてやろうではないか。

どうだ、諸君。その覚悟はあるか」

小山内はここで、またひと呼吸置くと、壇上からグルリと教室全体を見渡した。

学生たちは息を呑んで、小山内を凝視した。やおら、小山内は叫んだ。

「僕には、ある！」

この瞬間、教室が、学生たちの響めきの声に震えた。

「そうだ！　退学だ」

「小山内、よくぞ言った！」

「我らの覚悟を、学長に知らしめるのだ」

「学長、恐るるに足らず！」

学生たちの興奮は、再びピークに達し、誰もが顔を赤らめて、声を張り上げた。

床をドンドンと踏みならし、机をバンバンと叩き、隣の者と顔を見合わせれば、拳をかざし合って、互いのギラギラする目を見つめ合った。


だが、留任運動は結局、実を結ばなかった。

八雲は退任した。

そして、その後任に就いたのが、他ならぬ夏目漱石だったのである。

作家となる前の漱石である。

夏目漱石は、本名を夏目金之助という。物語は、ここより彼を、金之助と呼んでいこう。

この日本近代不世出の大文豪は、遅咲きの作家だった。

生まれは、慶応三年（一八六七）。明治元年の前年である。つまり金之助は、近代日本の幕開けとともに産声を上げた「明治第一世代」である。生粋の江戸っ子だ。生まれたのは、江戸牛込。こんにちの新宿区に当たる。

デビュー作にして出世作の『吾輩は猫である』を執筆した時、彼は、すでに齢三十七だった。すでに妻も子もある身だった。

作家となる前、彼は教師をしていた。

子供の頃から多感で繊細で、しかし正義感は強かった。そして、学問好きだった。やがて二十三歳で、帝国大学文科大学に進んだ。この頃の帝大は、このくらいの年齢で進学するのが、当たり前だったのである。

帝大で、英文学を修めた。二十六歳で卒業し、英文学の学者となった。

が、学問だけでは、そうそう食っていけない。生活のため教職に就いて、東京、愛媛、熊本……と、いくつもの中学や高校を転々とした。結婚したのは、熊本の第五高等学校に勤めていた時代である。

それでも金之助は、教師としてかなり優れていた。「さすがは帝大出のエリート教師」と、どこでも高い評価を得ていた。そして、明治三十六年四月、ついに母校である帝国大学に、英文学の講師として招かれた。

小泉八雲の後任として、である。

だが、金之助の帝大教壇デビューは、不穏な空気のうちに幕が開いた。

八雲恋しの学生たちの反発が、当然のように、金之助に向けられたからだ。

# 三

明治三十六年六月。

金之助が帝大文科大に勤め始めて、二カ月ほどが経った。

「……また朝が来た」

目覚めた金之助は、蒲団をかぶったまま、天井の雨漏り跡の染みを見つめて、ボソリとつぶやいた。

「来んでも、いいのに」

金之助は、憂鬱だった。

帝大の講師ともなれば、教師のトップエリートである。ふつうの人間ならば、毎日が鼻高だかといったところだろう。だが金之助は、とてもそんな気分になれない。

仕事そのものは、問題ない。授業は、滞りなく進めている。けれど、教室の雰囲気が、いつもどことなく空疎だ。学生たちが、いつまで経ってもよそよそしい。

小泉八雲留任運動へのわだかまりが、二カ月経った今も引きずられている。

――と、金之助には感じられてしかたない。

そしてそれは、たしかに一部は事実だった。けれど、金之助の被害妄想の部分も、少なくはなかった。

金之助は無論、自分の前任者が小泉八雲だったこと、八雲が学生に大人気で、留任運動が起こったことは知っている。もっとも、詳しく知らされたわけではない。着任前、学長の井上哲次郎から、ごくごく短く聞かされただけである。

それでも金之助は、着任以来ずっと、それが心に引っかかっている。

繊細な人間というのは得てして、気になることを詳しく知らないでいると、よけいに嫌な空想が膨らむ。必要以上のプレッシャーを、感じてしまう。金之助は、受け持ちの学生たちが、いつも「おまえなんかより、小泉先生のほうがずっと良いのに」と、非難の目を向けているように思えてしかたがない。

「クソ。俺は何も悪くないのに」

じつは金之助は、ずっと教師という仕事に、どこか満足できていなかった。

愛媛でも熊本でも、東京にもどってからも、毎日が鬱々としていた。イライラとしていた。

けれど、その鬱積した気分の原因が何なのか、自分でも見当がつかない。

仕事そのものは、これまでうまくやれてきた。たしかに悪ガキの生徒に手を焼いたり、勤めた学校内の派閥争いに巻き込まれたりと、多少の苦労はあった。が、大きな失敗や挫折は、一度も味わったことがない。周りからも「トップエリート教師」として、ずっと評価されてきている。なればこそ、帝大にも招かれた。

なのに、いつも何かしらの不満が心の奥底で渦巻いている。

「俺は、いったいなんで不愉快なのだ」

そう考え始めると、頭の中がむやみにグルグルと回ってきて、吐き気がしてくる。それにまたイライラする。

「つまりは、カネがないからいかんのだ」

それで最後には、そう思うことにして、無理矢理に納得する。だが「カネがない」は、自らを欺く方便にすぎない。

具体的な原因が、はっきりしない不満。

漠然として、自分でもつかみきれない苛立ち。

そんなものが、金之助の心の奥深くで蓄積していく。彼の心は、彼自身でさえ気づかないまま、少しずつ痛み続けていた。

小泉八雲へのわだかまりも、結局は、その延長にあったのである。

「クソ。俺は何も悪くないのに」

　こうしてまた、いつもの台詞を繰り返す。

　こんな時、男にとって、家庭の温かみというものが、得てして救いになってくれるものである。ところが金之助の場合、それが実感できない。

　金之助の妻は、鏡子という。

　鏡子は、たしかに金之助を深く愛していた。が、愛情表現がどうにも無器用で、下手な女なのである。裏を返せば、「男に媚を売らない潔さ」とも評せられるが、この時期の金之助には、それは決して喜べるものではなかった。

　金之助より、十ほど年下である。実家の中根家は士族で、鏡子の父である中根重一は、貴族院書記官長を務めていた。要するに、良家のお嬢様である。

　もっとも鏡子は、そうした家柄に似つかわしい奥ゆかしさなどは、ほとんど身に付けていなかった。万事に大雑把で、快活で正直なところだけが取り柄のような女である。そんな女だからこそ金之助が見合いの席で気に入ったのだ、とも言えるのだが。

　金之助は朝起きると決まって、一日の始まりを呪いたくなる。夜が更けて、再び

億劫になる。寝床に潜り込むまでの時間が、なんとも果てしなく感じられて、手足を動かすのも
「あなた、早く御膳を済ませてくださいな」

結婚以来、朝、寝床の中で聞く鏡子の決まり文句に、無性に腹が立つ。この女は自分を苦しめるために存在しているのだと、その時は激しい憎悪さえ覚える。

そして、そんな時期だった。

一匹の小猫が、フラリと金之助の前に現れたのは。

## 四

ある日、台所のほうで何やらガタガタと物音がした。

書斎でぼんやり英書をながめていた金之助は、その物音に気づくや、「ちっ」といまいましそうに舌打ちした。文机の前に座ったまま、しばらく耳をそばだてていたが、物音はなかなか収まらない。いつまでもガタガタバタバタと、音がしている。

金之助は、堪えきれなくなった。立ち上がって、足早に台所へと向かった。台所に顔を出すのももどかしく、廊下でブチまけるように大声を張り上げた。

「なんだっ。騒々しい！」

「猫です！」

台所には、不機嫌そうに頰（ほお）を膨らませた鏡子がいた。右手に、一匹の猫の首根っ子をつかんでいる。金之助が顔を見せるや、鏡子はいまいましそうに、それを突き出して見せた。どうやら、この猫を追い回していたらしい。

全身真っ黒の小猫だった。

せいぜい生まれて半年かそこいらだろう。小さな身体（からだ）で、瘦（や）せこけていて、それでも眼だけはギラギラしている。

金之助は一瞬、その眼に射貫（いぬ）かれたような気がした。ちょっと身震いした。

「さっきからこの猫が、何度追い出しても、お台所に潜り込んできて困ります。チョロチョロ逃げ回るのを、ようやく捕まえました」

金之助は、無性に腹が立った。猫に対してではない。鏡子に対してでもない。この状況に対してだ。どうでもいい、そんなことは、という怒りがわいた。ここまで足を運んできたことにさえ、言いようのない憤（いきどお）りを感じた。

「だったら、うちで飼ってやれ」

「えっ、嫌ですよ。猫なんか」

「かまわん」

「私は、猫なんかの面倒は見とうございません」

「かまわん。放っておけ。飯だけ食わせてやればいい」

「結局、面倒見るんじゃありませんか」

「それが、そんなに大層なことか！　俺が飼うと言うのだから、飼うのだ！」

鏡子は、グッと口を「への字」に曲げて、黙ってしまった。上目遣いに、金之助をちょっとにらんだ。それから無造作に、猫を放り出した。

猫は、ストンと床に脚を着いた。ノソノソと台所の隅まで歩いていくと、そこでクルリと丸まった。

金之助は、黙って書斎にもどった。鏡子も、黙って台所仕事にもどった。


当時、この夫婦は万事がこんな調子だった。

些細なことでぶつかっては、最後には、双方黙ってしまう。互いに「あと一言、何か言ってくれればいいのに」と思いながら、自分からは口を開かない。互いが互いに、小さな不満を抱えたまま、憮然として過ごす。そうしてしばらくして、双方、何事もなかったかのように、また日常にもどる。

もっとも、それで互いの不満が水に流されていれば、それもよかろう。しかし、少なくとも金之助のほうは、決して忘れていない。小さな不満のくすぶりが、どんどん積み重なっていく。金之助の心は、こうしてまた痛み続ける。

金之助は書斎にもどると、文机の前にドッカと腰を降ろした。そして、再び英書に目を落とした。

「おもしろいのか、それ」

背後から声がした。

「おもしろくはない。必要だから読んでいるだけだ」

金之助は、英書を見つめたまま、何気なく答えた。

「何に必要なんだね」

「飯のタネだ。明日の下読みだ」

「ああ。おまえさん、教師か」

「……」

ここで金之助は、ようやく気づいた。

「誰だ！」

あわてて振り返り、書斎中を見回した。人は誰もいない。

「ここだよ」

腰のあたりから聞こえた。金之助は、声のほうへ目を落とした。

「先ほどは助かった。礼を言う。これから厄介（やっかい）になる」

　台所にいた猫である。

「なんだ。さっきの猫か」

　一瞬、金之助はホッとした。猫なら大丈夫。そんな安堵感（あんどかん）がよぎった。

「安心したかね」

「フンッ。猫なんぞ怖（こわ）くないさ」

　金之助は、再び英書にもどった。

「なるほど。おまえさん、臆病者（おくびょうもの）なんだな」

「おい！　なんだ、猫のクセに！」

　思わず怒鳴（どな）りつけた。と、そこで猫と目が合った。檳榔度（ビロード）色の大きな目が、こちらを凝視した。

「あれ」

　ようやく気がついた。

「喋（しゃべ）れるのか……」

「うん」

　猫は前脚で耳を掻（か）きながら、無造作に返事をした。

「そうか。喋れる猫か」

不思議と納得した。なぜか、ごく自然に受け入れてしまった。

「うん」

「どこから来た」

「垣根の向こうの土手から」

「なんで、うちに来た」

「腹が減って」

すると金之助は、つと立ち上がり、障子のほうへ寄っていった。

「おい、猫に何か餌をやれ」

大声で叫んだ。

返事はない。しかし金之助は腕を組むと、黙って待った。ほどなく、鏡子が欠けた茶碗を運んできた。冷や飯の上に今朝の汁の残りをかけた残飯が、盛られている。

「おあいにくさま。こんなものしか、ご用意できません」

「フン。猫に食わせてやるのだから、そんなもので十分だ」

「それで、猫はどこにいるのですか」

「ほれ、そこにいる」

金之助は、顎をしゃくって、部屋の中ほどにうながした。猫は、ちゃっかり文机の前の座蒲団に鎮座（ちんざ）している。

「ニャー」

「あら、嫌な猫だこと」

鏡子はちょっと苦笑（にがわら）いを浮かべて、茶碗を畳の上に置いた。猫は、すぐに茶碗に寄っていくと、一心（いっしん）に食べ始めた。夫婦は黙ったまま、じっとその様子をながめていた。

金之助は、心の中でつぶやいた。

「なんだ、こいつ。俺にしか喋らん気か」

これまた、妙に納得した。そして、少し得意な気になった。

「おい、雑巾（ぞうきん）を持ってこい。えらく食べ散らかしているじゃないか」

「だから猫なんぞ、土間（どま）で飼えばよろしいのですよ」

鏡子は雑巾を取りに、部屋を出た。

「うまいか」

「ああ」

猫は、一言だけ答えると、食べ続けた。

こうして金之助のもとに、後世、日本文学史に名を馳（は）せる猫が居着いたのである。

## 五

猫が金之助の家に居着いて、数週間が過ぎていた。

その間、鏡子は判で押したように、毎日決まった時間に餌をやり続けた。

朝、大きめのアワビの貝殻に飯を少し盛って、台所の土間の隅に置いておく。欠けた茶碗よりは気が利いているだろうと、金之助がわざわざ、それを器に使うよう命じたのである。

昼飯の時は、自分の食事を少しアワビ貝に分けてやる。夜は夜で、飯と汁を少しやる。

それだけである。あとは何もしない。構いもしなければ、かわいがりもしない。

猫は気ままに、家の中をノソノソしている。朝、鏡子が炊き立ての飯をかまどからおひつに移しておくと、おひつの蓋の上が温かいものだから、その上で丸くなっている。鏡子は、それでも気にせず放っておく。

取り込んだ洗濯物を縁側に置いておくと、猫は必ずその上でゴロゴロする。それでも放っておく。

食事のあと台所に食器を下げると、猫は決まって、その食器を舐める。魚の骨だの食べ残しの煮豆だのがあれば、それを、その場でムシャムシャ食べる。それでも放っておく。

もっとも掃除(そうじ)の時、猫が座敷にいて、じゃまだと、

「おどき、猫」

と言って、抱きかかえるや廊下に放り出す。猫はヒラリと着地すると、黙ってノソノソ出ていく。

「猫は、どうだ」

帝大からもどった金之助が、何気なくたずねても、

「さあ。元気なんじゃないですか」

と、気のない返事をするだけである。

要するにこの数週間、鏡子にとって猫は眼中(がんちゅう)になかった。

ところが、そのうち鏡子にも、猫について気になることが出てきた。

夕食後、いつも金之助が書斎に引っ込むと、それまで座敷にいた猫の姿が、いつのまにやら見えなくなるのに気づいた。

書斎に茶を運ぶと、決まって猫がそこにいた。たいていは、金之助のすぐわきに寄り添うようにして寝ているか、そうでなければ、あぐらをかいた金之助の膝(ひざ)の上に乗っている。たまに金之助がうつ伏せに寝転がって英書を読んでいると、金之助

の背中の上で器用に丸まっている。

　こうした場面を目にするたび、鏡子は、じょじょに「奇妙な違和感」を覚えるようになった。

　金之助と猫が、妙に「くっつきすぎている」ように見えてしかたがない。

　彼女自身が、さして動物好きでないことが、よけいにそう思わせているのかもしれない。が、それにしたって、子供の面倒もろくに見ない金之助が、あれほど猫をそばに置いているのは意外である。

　鏡子は、金之助の背中に乗った猫を怪訝な目で見つめながら言った。

「なついていますね」

「うん」

「猫ばかり相手にしていないで、たまには子供と遊んでやってくださいな」

「俺は、遊んでいるのではない」

　金之助は、ぶっきらぼうに答える。

　夏目家には、五歳を筆頭に三歳と一歳、合わせて三人の娘がいる。皆、金之助が熊本の第五高等学校の教壇に立っていた時代に生まれた。つまり金之助は、三人の子連れで東京へもどったわけである。

　金之助は、どちらかと言えば子供好きである。が、この頃は毎日がイライラしていたものだから、子供の相手など、とてもする気になれなかった。

「そうですか」

鏡子も、金之助が四六時中、苛ついていることは、肌で感じ取っている。これ以上の問答は、事を荒立てるだけだとあきらめた。あとは黙って書斎を出た。

もっともこの時、彼女はそれ以上の詮索はしなかった。いや正しくは、「詮索しなかった」と言うより「詮索すべきことに気づかなかった」のだ。

金之助の鬱積し続けている苛つきが、知らず知らず、金之助の心を着実にむしばんでいることを、鏡子は理解できていなかった。

鏡子は、金之助と猫の関係にかすかな不安を抱きながらも、家事と子育てに追われ、その後の数日を漫然と過ごした。

ところが、そんなある日のことである。鏡子が大きな不安をはっきり自覚する、ショッキングな出来事が起こった。

夕食後の片づけを済ませて台所から居間へもどる途中、書斎からブツブツと金之助の喋り声が聞こえてきたのだ。それも、どうにも独り言には聞こえない。誰かと会話している雰囲気である。

瞬間、鏡子の背中に冷たいものが走った。思わず声もかけずに、いきなり書斎の障子をカラリと開けた。

金之助は、平然と文机の前に座っていた。さして驚いた様子も見せず、鏡子に目をやった。鏡子は、書斎中を見渡した。

　他には誰もいない。

「お客様がいらしたのですか」

「そんなもの、居るわけなかろう」

「でも、どなたかとお話しなすっていたようじゃありませんか」

　金之助は、事も無げに、

「ああ、こいつだろう」

　と言って、膝の上に乗っている猫の頭をポカンと叩いた。

「ニャー」

　猫が一声上げた。

「だって、それは猫じゃないですか」

「こいつは、俺と喋るのだ」

　金之助は、むしろ得意気(とくいげ)でさえあった。鏡子は、どう答えてよいものかわからなくて、

「そうなんですか」

　とだけ言った。

「用がなければ出ていけ」

金之助に不機嫌そうな声でうながされた鏡子は、軽く頭を下げると、あわてて廊下に出た。異様な気味悪さを感じて、逃げ出したい気分だったのだ。

「あの猫……」

思わず口をついて出た。ふと自分の手を見つめた。小刻(こきざ)みに震えていた。

## 六

「おい、どうだった。できたか」

「できん。そもそも、あんなモン答えようがない」

「だな。夏目のテストは初めてだが、あんな問題が出るとは、思いもよらんかった」

明治三十六年六月のある日。

新緑のまぶしい帝大校舎の裏の木陰で、数人の学生が、不平タラタラに愚痴(ぐち)り合っている。今日は、金之助の受け持ちクラスのテストだったのだ。

金之助は、じつは当人の思いとは裏腹に、一部の学生には人気があった。なにぶん根が真面目(まじめ)で熱心だから、真剣に学問に取り組む学生にとっては、頼もしい教師なのである。

とはいえ、それはもちろん、帝大文科大の学生誰にでも好かれているわけでは決してない。

どうにも金之助は、三十代も半ばを過ぎて、未だに「学ぶこと」に純粋すぎる嫌いがある。だから、どんな学生にも「ひたすら真剣に学ぶ態度」を求める。

そして、その期待に応えてくる学生なら、出来が良かろうが悪かろうが、懇切丁寧に導く。したがって、真面目な学生は、成績に関係なく金之助を慕うようになる。

ところが、金之助の御眼鏡にかなわない学生には、とてつもなく厳しく接する。要するに、「多少のことなら大目に見てやる」というオトナの対応が、金之助にはできない。

そもそも学生なんてのは、「反抗心があってこそ」のものである。こうなると、そのテの学生と金之助は、徹底的に反目し合ってしまう。

この頃、帝大文科大学内部には、小泉八雲留任運動の気まずい空気が、まだ実際にくすぶっていた。中でも八雲に心酔していた学生は、八雲退任の不満をかなり引きずっていた。彼らは、その鬱積を後任の金之助にぶつけ、何かにつけて反抗的な態度を取った。金之助としては、とんだトバッチリを受けているとも言える。

あの小山内薫などは、その筆頭だった。なんと彼は、金之助の授業をすっかりボイコットして、教室に一度たりとも姿を見せたことがない。こうした露骨な反抗者は、他にも数人いた。

さらに、小山内ほど極端でないにしろ、「小泉先生が辞めさせられた元凶」という先入観から、やたら金之助に不貞腐れた態度を示す学生は少なくなかった。そうしたわけで、金之助の教室は「親夏目派」と「反夏目派」、さらにドッチ付かずの「中間派」に分裂し、水面下で牽制し合っていたのである。

「だいたい、いつも文法がどうの、発音がどうのと、チマチマ細かいことにうるさいくせして、肝心のテストが大雑把すぎるわ」

「僕なんか、必死に覚えてきたスペルがすべて無駄になった。もっと授業とテストに一貫性を持ってもらわねば、迷惑だ」

集まっていたのは、ふだんから金之助に反発している連中である。

「そもそも、わしらのほうが松浦だの中だのより、よっぽど優秀ぞ。あやつら、たいしてできんクセして、夏目に媚売りおって！　今度のテストだって、あやつらに有利に問題が作られたに決まっとる。いや、それどころか、あやつら、テスト問題を知っとったんじゃないか。これは明らかに不正ぞ」

松浦とは、のちに近代の代表的英文学者となる松浦一。中とは、のちに小説家として名を馳せる中勘助のことである。二人とも、当時の金之助の教え子だった。

「いや、なんぼなんでも夏目先生が、そんな卑怯なこと、なさるわけない……」

「なんじゃ、金子！　わしらを裏切るか」

「裏切るとか、そういうことじゃあないよ。ただ夏目先生は、卑怯なことはなさらん」

「フン」

金子と呼ばれた男の名は、金子健二という。のちに、夏目漱石の貴重な伝記を書き残した。どちらかと言えば「中間派」である。

「でも、考えようによっては、あのテストは、僕らを『学究の徒』として認めてくれていればこそ、というものじゃないか」

金子が、遠慮がちに金之助を弁護した。

「スペルをただ覚えるなんて、子供が唱歌を覚えるのと変わらん。僕ら帝大文科の学生は、知を磨き、思考を巡らし、深遠な文学の境地を知ることこそ、そのぅ……そう、使命というもんではないか。あのテスト問題は、まさに、そのためのモンだったんではないか」

他の学生たちは、ちょっと顔を見合わせた。が、すぐに反論した。

「だったら、ふだんの授業も、そういうモンで進めてほしいわ」

「そうじゃ、わしらは高尚なる文学を学ぶため、文科に集った。なのに、夏目の授業と来たら明けても暮れても、文法、文法、発音、発音、じゃ。まさしく唱歌を覚えさせられとる子供と変わらぬぞ！」

「しかり！　金子っ、おぬしがそう言うンなら、小泉先生の授業こそが、我ら学究の徒の求める授業じゃったろうがっ。小泉先生があのテストを出されたというンなら、わしらとて文句は言わん」

　テストへの不満が、いつのまにやら、授業内容の不満へとすり替わった。

　たしかに、金之助の授業は細かかった。テキストの、それこそ一文一単語に至るまで、微に入り細に入って説明した。一時間の授業で数行しか進まない日も、珍しくなかった。

　説明は、よくわかるのである。だが、学生たちにしてみれば、英語を習いたての中学生のように扱われている感じがして、ひどくプライドを傷つけられる。

「その挙げ句が、あのテストだ。何をどう答えれば合格というンかっ。さっぱりわからん」

　一人の学生が、憤まんやるかたないといった様子で、足下の小石を蹴った。

　金之助の出した英文学のテスト。それは、ただ一問。以下のようなものだった。

「四月以来口述せし講義の大要を述べ、且つこれが批評を試みよ」

あまりに漠然とした、しかし、徹底して学生の自主性を求める問題だった。

学生たちはてっきり、ふだんの授業が授業だから、単語の綴りや文法の正誤といった基本的な暗記問題ばかりが出されるものと、思い込んでいた。だから、誰もがこの問題に、いきなり面食らった。

テストが始まり、二時間を過ぎても、答案用紙を提出できた学生は一人もいなかった。教室でテスト監督を務めていた金之助は、ただ黙って、学生たちのペンのたどたどしい動きを見つめていた。最後の学生が答案を出すまで、ついに一言も喋らなかった。

そうして四苦八苦の末、学生たちはなんとか答案用紙を埋めて、教室から放免となったのである。

「なんにせよ、とらえどころのない教師じゃ。のぉ、藤村、おまえはできたのか」

学生たちの中に一人、始終うつむきかげんで、ずっと黙っていた者がいた。

彼は、学生たちの輪から少し離れた草の上に、ズボンの汚れるのも構わず座り込んでいた。細身で神経質そうな男である。

「いや、……どうでもいい」

藤村と呼ばれたその男は、小声で、しかし吐き捨てるように答えた。

「藤村は、いつもウワのソラじゃの」

声をかけた学生は、少しいまいましそうに言った。

この時、さっき学生が小石を蹴り込んだ背後の茂みから、ガサガサと音がした。

皆が一斉(いっせい)に、そちらに目をやった。

「ニャー」

茂みの中から出てきたのは、黒猫である。

「なんじゃ、猫か」

「捕まえろ。猫は旨(うま)いぞ」

学生の一人が、猫を捕えようと手を伸ばすと、猫はサッと身をひるがえして、再び茂みの中に姿を消した。

「なんだ、おまえ、猫を食うのか」

「きさま、知らんのか。煮て食うと、牛鍋(ぎゅうなべ)並みに旨いんじゃぞ」

これを聞いた藤村が、初めてクスリと笑いをもらした。

## 七

「何を、真面目な顔をして書いているんだ」

「わ！　なんだ、おどかすな」

その日の夕刻である。家に帰った金之助は、着替えるのももどかしく書斎に引き込むと、一心に万年筆を走らせていた。

「相変わらず、音もなく入ってくるんだな。不意討ちとは卑怯だ」

「猫だからな」

部屋に入ってきた猫が、背後から声をかけたのである。

「猫だって、一声かけてから入ってくるがよかろう」

「いちいち面倒だ。猫の一匹くらい、入ってこようがどうしようが放っておけよ」

「フン。言われんでもそうするさ」

金之助は、再び文机の上に目を落とすと、万年筆を握り直した。猫はクルリと尻尾（しっぽ）を一度回し、その背後に鎮座した。

「で、何を書いているんだ」

「抗議文だ」

聞かれるが早いか、金之助は答えた。

「抗議文？　誰に？」

「文科大学の学長だ」

帝大文科大学の学長、井上哲次郎。小泉八雲をお払い箱にした張本人である。

る。

　金之助より十二歳年上で、帝大第一期生である。つまりは、金之助の先輩に当た
　近代日本史に名を残す哲学者でもある。が、多分に道徳的で、言ってしまえば、お堅い体制派思考の持ち主だった。

　じつは井上は、金之助の実力をかなり高く買っている。金之助も井上のことは嫌いではない。もっとも、どこまでも「上司と部下の関係」ではあったが。

「なんだ、雇い主か。俸禄が少ないとでも言いたいのか」

「そうじゃない。……いや、俸禄は、たしかに少ないが……。だが僕は、カネのことで文句など言わん。もっと学問にかかわる高尚な問題だ」

「わからんな。いったい何に文句があるのだ」

　金之助は、万年筆を置くと、猫に向かって座り直し、両の手を膝の上に置いた。ずいぶんと気合いが入っている。

「マァ、聞け。文科の図書館には、教職員用の閲覧室がある。僕はいつもそこで、研究と思索に没頭する。文学者にとって何ものにも代えがたい、貴重なる時間だ」

「ふむ、なかなか偉いものだな」

　猫の言葉は、どこか冷ややかである。

「しかるにだ。僕が閲覧室に入ると、決まって隣の室からガヤガヤと声が聞こえ

る。図書館の事務員どもが、くだらぬお喋りを始めるのだ。時折、下卑た笑い声さえ響いてくる。まったくもって不愉快きわまりない。勉強に集中できん」

金之助は、真剣そのものである。猫は黙って、金之助の顔を見つめる。

「なあ、そうだろうっ」

「ああ、マァな」

猫の気のない返事に、金之助の眉がピクリと動いた。明らかに不快そうである。

「事務員の監督責任は、文科の総責任者たる学長にある。だから僕は、こうして抗議の旨をしたためているのだ。もっと注意をうながしてもらわねば困る、と。どうだ、わかったか！」

金之助は目を見開いて語気を荒らげ、猫に迫った。猫は下を向いて、一つあくびをした。

「要するに、だ」

顔を上げた猫の目が、ちょっと細まった。

「おまえら、先生に言いつけてやるぞ――てなことなんだな」

「おいっ、馬鹿にするな」

金之助は、ぐっと身体を前のめりにすると、右腕を伸ばし、猫をつかもうとした。もちろん猫は、ヒラリと体をかわして難なくよけた。

「いや、言い方が悪かった。すまん、すまん。うん、おまえさんの言うとおりだ。図書館で雑談など、じつに礼儀を知らない態度だ。帝国大学の職員にあるまじきことだ」

「……フン」

金之助は不機嫌そうなまま、文机の前に座り直した。

「ああ、それは、そうとな」

猫が、急に思い出したように話題を変えた。

「なんだ」

「今日、吾輩は、帝大まで出張したよ」

金之助の万年筆の動きが、ピタリと止まった。一瞬、顔が少し赤らんだ。

金之助はこの瞬間、何か気まずいものを感じた。猫に自分の勤め先を見られたことが、なぜだか「見られたくない自分の部分」を見られた時の焦り(あせ)のように、感じられたのである。万年筆を握る手が、しばし動かなかった。

彼は、赤面(せきめん)をごまかすように、急に気ぜわしくまた万年筆を動かし始め、声を張り上げた。

「猫風情(ふぜい)が脚を踏み入れる所じゃないぞ」

「マァ、そう言うな。でな、おまえさんのクラス、今日、テストだったのだろう」

金之助は、またも不意討ちを食らった。

「なぜ知ってる」

「学生どもが話していた」

「フン。なるほどな」

「おまえさん、評判、あまり芳しくないんだな」

金之助の万年筆の動きが、再び止まった。だが今度は、すぐに動き始めた。

金之助は、無言である。猫は言葉を続けた。

「学生がな、あのテストは訳がわからん、とよ」

言われたとたん、金之助は声を荒らげた。

「あのテストの訳がわからんような者は、そもそも文学の素養がないのだ」

「でも、授業の中身と関係ない内容だったと、文句を言っていたぞ」

金之助は万年筆を握ったまま、猫のほうへ振り向いた。

「そんなこと、あるもんかっ。授業を真面目に受けた者なら、容易にできる問題だ」

「でも、授業は綴りや発音ばかりなのに、それがテストに出なかった、とさ」

金之助は小さなため息を一つついた。万年筆を、机の上に置いた。そして、目を天井にやった。

「猫、学問というのはな、遊びじゃない。土台がない者は、何をやっても一人前になれない。学問の扉を開いて間もない学生は、基礎をしっかりと身に付けねば、この先、決して大成できない。気分だけ一人前の文学者ではいかんのだ」

寂しい響きだった。猫は、静かな口調で問いただした。

「なるほどな。でも、だったらテストも、その土台を問うものにすればよかろうに」

「受け持ちの学生が、どれほど土台ができているかなんぞ、わざわざテストせんでもわかっているさ。僕が問いたかったのは、学生たちの気構えだ。学問への情熱だ。あのテストは、それを確認するためのものだったのだ」

金之助の言葉は、穏やかだった。猫は、じっと金之助の背中を見つめていた。が、ややあって一言だけ、こう言った。

「おまえさん、損な性分だな」

「しかたないさ。生まれつきだ」

だが、金之助の返事には寂しい響きはなかった。むしろ吹っ切れたような、サバサバした明るささえ感じられた。

「ああ、そうそう。吾輩な、そいつらに食われそうになったよ」

「なんだ?」

「猫は、煮ると牛鍋の味がするそうだ。吾輩たちはなかなか美味いらしいぞ。どうだ、食ってみるか」

「……うふ」

金之助は、なんとも言えない奇妙な声をもらした。

金之助は食うことは好きだが、食材の生々しさに慣れていない。東京の人間は得てして、そうしたものである。

と、その時、玄関の格子がガラガラと開いた。安普請の借家だから、よく聞こえる。

しばらくして、鏡子が書斎に顔を出した。

「寺田さんがお出ですよ」

それを聞くと、金之助は急に笑顔になった。そして猫に顔を向けた。

「猫なんぞより、もっと旨いものが来たぞ」

鏡子の顔に、少し陰が宿った。

「あなた、また猫とお喋りですか」

# 八

「買ってまいりました、先生」

白シャツに身を包んだ若者が、大きめの寸胴（ずんどう）の缶を抱えて書斎に入ってきた。

「いつもながら、ご勉強ですね。それとも、何か文章をお書きですか」

寺田と呼ばれたその若者は、すっかり勝手を知った様子で、金之助の前に座り込んだ。いかにも打ち解けた感がある。

若者の名は、寺田寅彦（とらひこ）という。

のちに、大正から昭和の日本を代表する物理学者になる男である。金之助が熊本第五高等学校の教壇に立っていた時代の教え子で、当時から金之助を慕っていた。東京に出てきて帝大に進学し、卒業後も、こうしてしょっちゅう夏目家を訪ねてくる。

こののち、金之助のもとには、この寅彦のような弟子（でし）が数多く集うことになる。彼らは後世、各方面で活躍し、夏目漱石の門下生として、歴史上「漱石山脈」と呼ばれる。たとえば、あの芥川龍之介（あくたがわりゅうのすけ）も「漱石山脈」の末席（まつせき）である。寅彦は言わば、その第一号に当たる。

「いや、たいしたものじゃない」

金之助は、書きかけの便箋（びんせん）を二つ折りにした。

「しかし、先生は西洋の菓子が好きですな」

寅彦は持参した缶を、大事そうに金之助に手渡した。缶の中身はビスケットである。

「僕は、菓子なら日本のものでも西洋のものでも、どちらでも好きさ。しかし、このビスケットは、ただ嗜好（しこう）のためだけに買ってきてもらったのではないぞ。仕事に必要なのだ」

「はあ、学校の授業に使うので？」

寅彦はさすがに、意味がわからんといった顔で、首をひねった。

「今日、文科でテストをやったのだ。その採点をせねばならん。テストの採点なんぞは、苦痛で頭が疲れるばかりだからな。ビスケットをかじって脳に栄養補給をしつつ進めねば、やってられん」

「……なるほど」

金之助は得意満面である。

金之助にとっては、じつに合理的で、理路整然とした説明をしたつもりでいる。もっとも、寅彦にそれを十分に共感してもらえたとは言い難（がた）い。寅彦は正直、腑（ふ）に落ちてはいなかった。が、金之助が時折見せる、こうした妙にズレた発想には慣れていたので、それきり黙ることにした。

「それより君、さっきから気になっていたのだが、口元が変だね。……ああ、前歯が欠けているじゃないか」

金之助は、身体を乗り出し、寅彦の顔をのぞき込んだ。

「ええ、じつは先日、シイタケをかじりまして」

「何をかじったって?」

「シイタケです。そいつを、前歯でガリリとやったのですがね。その拍子(ひょうし)に、前歯がカチリといったかと思うと、欠けてしまいました」

「シイタケで前歯が欠けるのかね。なんだかジジむさいな」

「いや、そんなこともないのですが……。マァ、前歯の一本くらい欠けても、暮らし向きに不便はありませんので」

「ふむ、たしかに」

金之助は、それで納得した。その時、金之助の背後から、

「だが、見てくれはひどいな」

という声が聞こえた。

声の主(ぬし)は、猫である。もっとも、寅彦には「ニャー」としか聞こえていない。

「おや、その猫、先日より少し大きくなりましたな。心なしか、毛並みも良くなっておりませんか」

「うむ、こいつは猫の分際で、なんでも食うのだ。先だってなんぞは、タクワンまで食っておった。それで滋養（じよう）が良いから、近頃だいぶ大きくなったのだ」

金之助は、得意気である。猫を抱きかかえて自分の膝の上に乗せ、しきりに猫の頭をなでた。猫はされるがままに黙っている。

「時に先生、今日はお忙しいのですか」

「そうさな、採点は夜にやるつもりだから、日暮れまでは、急ぎの用はない」

「でしたら、出かけませんか。外の空気にふれれば、気持ちが清々（せいせい）しますよ」

この言葉を聞くや、金之助の顔が急に曇（くも）った。

「なぜ気持ちを清々させねばならんのかね」

「えっ……いえ、さしたる深い意味もないですがね。ただ、毎日書斎に閉じこもりっきりでは、気持ちがクサクサしてしまうんではないかと……」

「僕は、クサクサなどしておらん！」

金之助の語気が、急に強まった。

「えっ？」

あまりに急激な変貌（へんぼう）である。寅彦は一瞬、呆気（あっけ）にとられた。

「君は、僕が神経衰弱にでもなっていると、思っているのか。神経がまいって、頭がおかしくなっているとでも言いたいのか。僕の頭は、至極（しごく）健常だ。いつでも明晰（めいせき）だ。万事、冷静に合理的に対処できている。だから、わざわざ清々させる必要などないっ」

金之助は、矢継ぎ早にまくしたてる。見開いた目は、どこか焦点（しょうてん）が合っていない。異様に光っている。

当時で言う「神経衰弱」とは、鬱病（うつびょう）を始めとする心の病（やまい）のことである。

寅彦は、この金之助の反応に、軽い恐怖のようなものさえ感じた。思わず、身体が少しこわばった。ただ単純に、「意地（いき）になっている」とか「強がっている」という説明で片づけるには、あまりに常軌（じょうき）を逸（いっ）した雰囲気である。

「ちょっ、ちょっと待ってください、先生。先生の明晰さだの合理性だのは、もちろん承知しておりますよ。先生が神経衰弱などとは、僕だって思っておりませんよ」

寅彦はあわてて右手をかざし、金之助を制した。

事実、ふだん金之助が世間に見せている顔は、きわめて温厚な紳士（しんし）である。他人に対して言葉を荒らげるといった真似（まね）は、まずやらない。長年交際している寅彦も、こんな金之助の荒れた態度には、めったにお目にかからない。

「いえ、じつはですね。先ほど奥様から頼まれたのです。先生の気分転換に、どこかへお連れしてくれ、と」

寅彦は、白状してしまった。

鏡子は先日以来、金之助が「猫と喋っている」ことが、どうにも不安でしかたがない。そこで寅彦が訪ねてきたのを幸い、玄関先で、金之助を気晴らしに外へ連れ出すよう、頼んだのである。

「あいつか」

聞くや、金之助は、吐き捨てるように叫んだ。

「君、女なんぞの言葉を、真に受けてどうするのだ。女なんか、何もわからぬのに知ったふうな口を利くものなのだ。得手勝手に見当外れの解釈をして、それで、自分が利口だと勘違いしておるのだ」

ところが、たいていのことには金之助に唯々諾々と従う寅彦が、この時ばかりは反論した。

「先生、遺憾ながら、それは少し違うと思います。なんぼなんでも、女性を一概に愚かと決めつけるのは、いかがなものでしょうか。女性にも人格上、十分に尊敬できる人はおりますよ」

「たとえば、誰だね」

「……ええ、誰と言われましても、そう具体的には、すぐには答えかねますが……」

実際、寅彦に具体的な誰かのイメージはない。ただ寅彦は、真面目な好青年であった。それだけに彼は、漠然と「女性の聖性」というものを信じている。

寅彦の当惑した顔を見た金之助は、この若者が急にいとおしくなった。そして、寅彦のこの態度に、温かいような、こそばゆいような感じがして、うれしいような、哀れなような、染み入る思いがわきあがった。

「マァ、女の議論なんぞ、やめておこう。それより、どこへ出かけるのかね」

金之助の気を取り直した言葉に、寅彦はホッとした。

「芝居は、いかがですか」

「僕は、芝居は嫌いだ。無意味に派手なだけで、演技が稚拙だ」

「ええと、それは歌舞伎のことですな。でしたら、新派は」

「新派は、もっといかん。どれも筋立てが単調で、馬鹿げている。凡俗の極みだ」

金之助は、妙につっかかる。

「わかりました。でしたら、上野の博物館にでも、足を運びますか。今、展覧会をやっていますよ」

「何の展覧会かね」

「何とかいう画家の集団の展覧会です。聞けば、なかなか良く描けた裸婦像が出品されているそうです」

「ふむ」

金之助の口元が、少し緩んだ。

「だったら、出かけようか。そうさな、上野まで足を伸ばすのだったら、精養軒で晩飯を食おうじゃないか。久しぶりにご馳走してあげよう」

「それは、ありがたいです」

二人は、立ち上がった。

「気をつけてな」

書斎を出る時、猫が声をかけた。

「ああ」

金之助が一言だけ返すと、寅彦は怪訝そうに金之助の顔を見た。

寅彦には、「ニャー」としか聞こえなかったのである。

## 九

「旦那、いかがですか。お安くしときますよ」

た。

金之助と寅彦が通りをぶらぶらと歩いていくと、人力車の車夫が声をかけてきた。

「要らんよ。近場だ」

明治時代、人力車はもっともポピュラーな公共交通機関である。全国ではピーク時、二十万台を超える人力車が営業していた。

駒込千駄木から上野までは、せいぜい三キロ弱である。金之助は、あまり丈夫なほうではないが、散歩好きだから、この程度歩くのはなんでもない。

「そういえば先生は、あまり人力車をお使いになりませんな」

「そうでもないがね。だが、あのガラガラという車輪のけたたましい音と、やたら尻に響く乗り心地は、あまりいただけないかもしれんね」

「ああ、それなら先生、その点が改良された人力車もあるそうですよ。車輪をですな、空気をつめたゴムで覆うのだそうです。これだと、衝撃を車輪が吸収するので、音も振動も格段に少なくなるという寸法ですな」

寅彦は物理学者なだけに、科学的な話題をすぐに出したがる。

「ふむ、自動車の車輪と同じ理屈かね」

「よくご存じで」

「ロンドンで時折見たからな」

金之助は熊本から東京にもどる前、「英語と英文学の研究」のためロンドンに単身留学している。

つまり、熊本からロンドンへ発(た)ち、帰国後そのまま東京へ越したのである。

妻子持ち三十代半ばという、すっかり薹(とう)の立った年齢での留学だった。もっとも、これは金之助当人の意思ではない。文部省の命令で、官費の留学である。政府が、英語と英文学のスペシャリストの日本人学者を育成するため、熊本第五高等学校の教師だった金之助に白羽(しらは)の矢を立てたのだ。

しかし当の金之助は、この留学に乗り気でなかった。大学を卒業して、もう足かけ八年である。いまさら異国の地へ留学なんぞしたくなかった。

が、国の依頼であるからには無下(むげ)に断れない。しぶしぶロンドンへ旅立った。そして案の定(じょう)、慣れない外国暮らしで神経症となり、大きなトラウマを抱えて帰国した。机の前で勉強しながらビスケットをかじるクセも、この留学時代に身に付けたものだった。

「ただし、こいつには意外な弱点がありまして」

「なにかね」

「うるさい音がしないことです」

「なぜ、それが弱点になる」

「背後から勢いよく迫ってきても、気づかないそうですな。往来を歩いていて、寄ってきた人力車に気づかず、危うく撥ねられそうになった友人がおりました。『ガラガラ言わないのは迷惑千万だ』と、憤慨していましたよ」

「フン。マァ、なんだって便利と不便は隣り合わせだからな。やたら便利になるのも、考えものさね」

金之助にしては、陳腐な結びだった。正直、どうでもいい話題だったので、さっさと切り上げたかっただけである。

「上野の森」の通称でも親しまれている上野公園は、正式の名を「上野恩賜公園」という。もっとも、この名は、大正十三年（一九二四）に宮内省から東京市に払い下げられてあとの名前だから、この時代はまだ、単なる「東京府公園」だった。

元は、徳川将軍家の墓所である。江戸城の鬼門を封じるため、この地に寛永寺が建てられたのが始まりだ。江戸時代にも、桜の名所として庶民の憩いの場だった。

明治の初め、政府はここを整地して、医学校と病院を建てようとした。そこで、お雇い外国人であるオランダ人医師アントニウス・ボードウィンに、現地の視察を頼んだ。すると、意外にもボードウィンが猛反対した。

「本来、街には緑が必要だ。近代国家の首都には大きな緑地があるものだ。せっかく前の政府がここまで美しく整備してくれた緑地を壊すなど、もったいないのも甚だしい。これはぜひ、このまま公園として残しなさい」

ここまで言われて、明治政府もしぶしぶ納得し、かくして上野公園は、こんにちに至っているのである。

上野に着いた二人は足を止めると、目の前に広がる緑に少し見入った。新緑の薫りが、鼻に心地よかった。

「しかしボードウィンは、偉いモンですな」

寅彦が、思い出したように話し出した。

「都市の緑を守るとは、薩長の青二才政府には思いもつかなかったことでしょう。彼の口添えがなければ、これだけの景観が、危うく煉瓦の固まりで埋められるところだったのですからな」

寅彦は、土佐の出身である。中学までを郷里の土佐で過ごし、その後、熊本の第五高等学校に進学した。そこで、金之助と出会った。

幕末、土佐藩は倒幕勢力の一角として、歴史の表舞台に躍り出した。ところが、いざ明治政府が立ち上がってみると、主要ポストの大半は、薩摩・長州勢に占められた。土佐勢は、明らかに「冷や飯食い」の立場に追いやられた。

寅彦にしてみれば、したがって明治維新の歴史には、少々複雑な思いがある。優れた物理学者である彼は、近代日本の申し子のような男だが、薩長勢の維新政府を諸手(もろて)を挙げて賛美するほどの気持ちはない。

「お雇い外国人というものも、さほど悪いモンばかりでもなかったんですな」

「そうさね。立派な人もいるさ」

金之助は前を向いたまま、つぶやくように答えた。寅彦は、つい調子に乗った。

「そうですな。たとえば小泉先生なども、ご立派なものでしたな」

ここまで言って、寅彦は「あっ」と小さく声を上げ、急に黙り込んだ。金之助の表情に、少し陰が落ちた。

「さて、そろそろ行こうじゃないか」

金之助は、無理に気を取り直すように声を張り上げた。そして、さっさと公園に足を踏み入れていった。

「あっと……ちょっと、置いていかないでくださいよ、先生。ねぇ先生、今思いついたのですがね、これから観(み)る絵画を題材に、一つ句を詠(よ)み合うというのはいかがでしょう」

寅彦は、小走りに金之助を追いかけながら、こんな提案をした。

熊本にいた頃から、寅彦は金之助より俳句の手ほどきを受けている。金之助は俳句が趣味だから、これは、寅彦なりの金之助への気配りである。

「裸体画を題材に俳句かね。ふむ、それも興味深い。うまい句ができたら、飯のあとで汁粉もおごってやるぞ」

金之助の機嫌が、良くなった。

「はぁ、汁粉ですか……。それは、そのぉ、ありがたいですな……」

寅彦は、ちょっと空を見上げた。午後の暑い陽射しが、容赦なくジリジリと降り注いでくる。

その日の夜、金之助は上機嫌で家にもどった。

「飯は、寅彦と済ませてきた」

「そうですか」

鏡子はそっけなく答えたが、内心うれしかった。心のうちで、寅彦に感謝した。もっとも、そのあおりを食って、猫は満足な餌をもらえなかった。

子供たちが夕食を済ませた頃、猫が、不服そうな顔をして書斎にノソノソ入ってきた。そしていきなり、金之助に不平をもらした。

「おい、今日の晩飯、何だったと思う」

畳の上で、団扇を片手に大の字になっていた金之助は、顔だけ猫のほうに向け、そっけなく答えた。

「知らん」

「サト芋の煮っ転がしが一つだ。まったく、猫がそんなもの食うかよ」

　子供のおかずの余りである。

「食わなかったのか」

「いや、食ったが」

　金之助は、クスクス笑いをもらした。猫は「フン」と一つ鼻を鳴らすと、三日月が淡く照らす夜の庭へ出ていった。涼しい風が庭から吹いてくる。風鈴が立て続けに「チリン、チリン」と鳴った。最近には珍しく、蒸し暑さから解放された夜だった。

　その晩、金之助は、久しぶりにランプの灯の下で句帳を開いた。一句をしたため、

「マァ、こんなものだろう」

　と、満足げに独りうなずいた。

「春の夜の　雲に濡らすや　洗ひ髪」

## 十

「いかがですかな、今期の学生たちの出来は」

帝大文科大学の教員室である。

自分の席で、採点済みのテスト用紙をパラパラとながめていた金之助は、背後に穏和(おんわ)な声を聞いた。

「ああ、上田先生。マァ、可もなく不可もなく、といったところですかな」

声をかけてきたのは、上田敏(びん)という。

金之助より七つ年下である。同じ時期に帝大講師として赴任(ふにん)した。つまり、金之助の同僚である。

上田は、若い頃より文学の才に秀(ひい)で、のちにヨーロッパ文学の移植に努めて、近代日本を代表する英文学者となる。訳詩集『海潮音(かいちょうおん)』を著わし、文学史に名を残す。

「しかし、夏目先生、ずいぶんと思いきった問題を出されたものでしたな」

先日の金之助のテスト問題は、教師たちのあいだでも多少の物議をかもしていた。

金之助は、じっとテスト用紙を見つめながら答えた。

「マァ、言ってみれば、これは、僕が学生たちに喧嘩(けんか)を売ったようなものですよ」

口調は穏やかだった。が、上田には「喧嘩」という言葉が意外であり、驚きだった。

金之助は世間では、英国帰りの気品ある紳士のイメージで通っている。鼻の下のよく整えられたカイゼル髭も、金之助の風貌によく合い、誰から見ても本物のジェントルメンの風格だった。「喧嘩を売る」だの「買う」だの、およそそんな猛々しい物言いは、ふだんの金之助のイメージには結びつかない。上田は一瞬、返答に窮した。

「いや、そこまでは……」

「いえ、本当にそうなんです。どうにも、彼らには自惚れがある。そこまで一人前の文学者気取りなら、それ相応の文学論を語れるのか。僕を納得させ、平伏させられるほどの論を語れるのか。それができるなら、認めてやろう——とね。そんな気持ちを込めたテストだったんです。

ですが、無理でしたな。正直、僕の喧嘩を買ってやろうという気概が、どの答案からも感じられない。幼くって、たどたどしくって、それでいて、当たり障りのない答ばかりです」

こう言って、金之助は、小さなため息をつくと、ふと遠い目を窓の外へやった。

「我ら新任講師のあの歓迎会の時の威勢は、どこへ行ったんでしょうな」

「ああ、……あれはマァ、子供の言ったことですから」

上田は、金之助をなだめるような、同情するような響きで言葉をにごした。

それは、金之助や上田が赴任して間もない四月のことである。

この月、帝大文科大学に、金之助、上田、そしてもう一人の若い英国人講師が赴任した。そこで、大学主催で三人の歓迎会が開かれた。多くの学生も出席した。

その席上、学生有志代表として、一人の三年生が歓迎の辞を述べる手筈だった。ところが、その三年生は壇上に立つや、険しい表情でこう強弁した。

「このたび、小泉先生が去り、入れ代わりに頭数だけは増えたようである。しかしながら、御三人合わせて一人の小泉先生に代わるに能うのか、遺憾ながら、まことに危惧の念に堪えない」

そう言うと彼は、さっさと壇を降りるや、歓迎会場から退出した。それを追うようにぞろぞろと、数人の学生たちが部屋を出ていった。

あとに残った学生たちは、ある者は気まずそうな顔をしていた。が、ある者は「してやったり」といった顔で、無言のままニヤニヤしていた。

進行係は慌てて壇上に立つと、冷や汗を浮かべながらも、何事もなかったかのような振りをして式を進めた。その後に壇上に立った教職員代表の、

「まことにすばらしい新任の先生を、お迎えすることができ……」

といった型どおりの挨拶が、ひどく虚しく響いた。

「この答案の中にも、あの時、威勢よく出ていった学生のものが、何枚かあるのですがね。どうにも浅はかで、文学の本質に、かすりもしていない。第一、語彙力がまるでない。これでよく、小泉先生がドウコウ言えたものですな」

金之助は、暗に同意を求めるように、寂しげな苦笑いを上田に向けた。

「マァ、この文科では、学生たちの小泉先生に対する敬慕は、相当なものですから……」

上田の答は、まるで学生を弁護するような響きだった。金之助は意外に思い、少し不快になった。

が、そこでふと思い出した。

「ああ、そういえば上田先生も昔、小泉先生の教え子でしたな」

「はい、大学院時代です。マァ、ですから、学生たちの気持ちの一端は、わからなくはない次第です。あ、いいえ、決して彼らを弁護してやる気などありませんが」

金之助が帝大を卒業したのは、明治二十六年（一八九三）である。これは、小泉八雲が帝大に招かれる三年前だ。したがって金之助は、小泉八雲と直接会ったことはない。

「小泉先生は、そんなに人気だったのですか」

「ええ、なんと言いますか、小泉先生の授業は、そのう……心地よいのですよ。朗々と英詩の朗読をなさり、詩の世界に私たちを誘ってくださる。皆、うっとりと夢見心地で聞いたものです」

上田は、さも懐かしそうに語った。この時ばかりは金之助への気遣いも忘れ、古き良き思い出にひたっているようだった。

「ふむ」

金之助はそう一声もらし、あとは黙った。

そして、答案用紙の束を机の引き出しにしまい込んで、席を立った。

「では私は、閲覧室で少々調べ物をせねばなりませんので。これで失礼します」

「あ、はい」

金之助が唐突に立ち上がったので、上田はちょっと呆気に取られた。が、そのまま、足早に教員室を出ていく金之助を見送った。

金之助は、なぜか不快でたまらなかった。

イライラした気分そのままに、早足で廊下を進んでいった。

「俺のせいじゃない」

ボソッと、そんな言葉が口をついた。

その瞬間、ハッとした。思わず出たそのつぶやきに、さらに言いようのない不快を感じた。

教員室のある校舎を出て、渡り廊下を進む。そのまま廊下から敷地に足を降ろすと、図書館のあるほうへ、脇目もふらず歩いていく。

金之助の足は知らず知らず、ますます速くなっていく。まるで、何かから逃げているかのように、前屈(まえかが)みで歩(ほ)を進める。とその時、

「よう、何を急いでいる」

背後から声が聞こえた。

金之助が振り返ると、校舎の隅の茂みで、猫がじっとこちらを見ている。

「なんだ。また来たのか」

歩みを止めた金之助は、突っけんどんに言った。が、その言葉に、かすかな安堵の響きがあった。

「猫が来るような所じゃないと、言ったろう」

「学生どもに捕まって、食われるからか」

猫は、前脚をペロリと舐めた。

「フン、おまえの心配なぞ、しておらん」

憎まれ口を返した金之助だが、それでいて表情に若干(じゃっかん)の笑(え)みがある。

「で、何を急いでいる」

「図書館に行くのだ」

「だからって、そんなに急ぐ必要もなかろう。必要もないのに急いでいる。おまえさん、何か苛つくことでもあったんだろう。吾輩にはお見通しだ」

そう言うと、猫はニヤリと笑った……ように、金之助には見えた。

「そんなことはない」

金之助は、猫をにらみつけた。が、猫は、まったくひるむ様子もなく、前脚をちょこんと揃えて、金之助をまっすぐに見上げる。

「同僚に、何かつまらぬことを言われでもしたか」

「つまらぬことじゃない。前任の小泉先生のことだ」

思わず返事をしてしまった。瞬間、金之助は気まずそうに、ちょっと口をつぐんだ。が、すぐに、

「猫になぞ関係ないことだ」

と、声を荒らげた。

それでも、猫は微動だにしない。じっと金之助の顔を見つめている。と、クルリと体をひるがえして立ち去る様子を見せ、そこでいったん止まった。

そして、顔だけ振り向いた。

「おまえさんは、きっと間違っちゃいないよ」

それだけ告げて、猫は茂みの中にサッと姿を隠した。

金之助は、しばし無言でその茂みを見つめていた。

## 十一

帝大文科大の学長・井上哲次郎が、小泉八雲に大幅な報酬カットを宣告し、さらに結果としてクビにできたのは、その後釜(あとがま)に据(す)える教師の当てが、ちゃんとあったからである。

それが他ならぬ金之助だった。

ロンドン留学を果たした、文部省折り紙付きの日本人教師。金之助は、八雲を切りたがっていた井上にとっては、「待ってました」と言わんばかりの人材だったのだ。言い換えれば、金之助がいたからこそ、八雲は帝大をお払い箱になった、とも言える。

「だから形としては、僕が、小泉先生を押し出したようになってしまったわけなのだ」

猫が帝大を訪れた日の夕刻。金之助の書斎である。

金之助は、猫を相手に、小泉八雲と帝大にまつわるいきさつを話していた。昼間の上田とのやりとりでモヤモヤしたものを抱えていた彼は、それを無性に語りたかった。

「なるほどな」

猫は、金之助の斜め後ろに置かれた座蒲団の上に寝そべり、気のないふうな返事をした。

最近では、猫の席として、書斎には一枚よけいに座蒲団が敷かれている。金之助が始めたことだが、鏡子もこれは黙認し、書斎の掃除をしたあとは、必ず座蒲団を二枚、敷いておくことにしていた。

「じゃあ、その小泉八雲という男、他の教師連中からも、惜しまれて大学を出ていったのか」

猫がこう聞くと、

「いや、それは、そうでもないらしい」

金之助は、すかさず答えた。

「どうも小泉先生という人は、協調性がない人だったらしくてな。学長も、ずいぶん手をやいたようだ」

「フン」

猫は、少し侮蔑の響きで、断じた。

「お高く止まっていたわけか」

「おい、僕は、そこまで言っていない」

そう言いながらも、金之助の声は、少し弾んでいた。これまで言いたくても言い出しづらかったことを、猫がズバリと言ってくれた。それが、金之助には正直、爽快だった。

「マァ、その、なんだ……。しかし実際、小泉先生は、協調性という点では疑わしい。教員室で同僚と親しく接することなぞも、ついぞなかったらしいのだ。授業と授業の合間にも、勝手にグラウンドをブラブラしていたらしくてな。自分の受け持ちの授業が終わると、サッサと帰っちまう。はっきり言って、教員室では浮いていたようだな」

「詳しいな」

猫が、ちょっとからかうように、合の手を入れた。金之助は少し嫌な顔をした。

が、

「マァ、やはり気になったからな。学長に、いろいろ問いただしたのだ」

と、はにかみながらも答えた。金之助は、猫の前では素直である。

「つまりは、やっぱり勝手者じゃないか。少なくともおまえさんだったら、教え子を放り出して辞めちまうってなことはせんだろう」

猫がこう言うと、金之助の目つきが少し険しくなった。

「さあ、そいつは、どうかな」

金之助の声には、妙に寂しい響きがある。

「なんだ。どういう意味だ」

猫が、座蒲団に寝そべったまま、顔をひょいと上げた。だが金之助は、

「いや、もうよそう」

と言ったきり、口をつぐんだ。猫は、再び顔を座蒲団に埋めた。

「マァ、吾輩には、どうでもいいことだ」

金之助も猫も、そのあとはしばらく無言だった。座敷のほうから、子供たちのはしゃぎ声がかすかに聞こえてくる。トントンと包丁がまな板を叩く音が、書斎にまで小さく響いてくる。軒下に吊るした風鈴が、夕暮れの弱い風を受けて、一度だけ「チリン」と鳴った。

その音色にうながされたかのように、金之助はふと、開け放した障子の先に見える庭へ目をやった。殺風景な庭を囲う垣根が、少し崩れていた。

「垣根が傷んでいるな」

金之助が何気なくそうつぶやくと、すかさず猫が、

「そうそう、あそこはな、垣根の上を歩く時に、すこぶる脚もとが危ういのだ。早いところ直してくれ」

と、注文をつけた。

「垣根の上なんぞ、歩かなければよかろう」

「垣根の上を歩いて庭をグルリと回るのは、吾輩が日課としている運動であり、心身壮健に欠かせない趣味なのだ」

「猫のくせに、運動なぞ生意気だ」

「何を言う。我ら猫族は、狩人だぞ。常に、獲物をいち早く仕留める俊敏さを養う鍛練をせねばならん。そのための運動だ。猫族の運動は、人間のするような暇潰しの技ではない」

猫にしては珍しく、強弁の主張である。金之助は、おかしくなった。

「なにが狩人だ。ネズミを捕ったこともないくせに」

「これから捕るのだ」

「どうだか」

金之助は、ニヤニヤした顔で猫を見た。猫はプイと顔をそむけた。

「おい、鏡子」

廊下をせわしなくパタパタと小走りする音が聞こえて、すぐさま鏡子が顔を出した。夕食の支度中だったわりには、早い到着である。

「いかがなすったんです」

「明日にでも植木職人を呼んでな、庭の垣根を直させろ」

十二

「今、思い出しても、あれは、えらい騒ぎでしたね」

垣根の修繕が済んだ頃、金之助は偶然にも、小泉八雲の留任運動の様子について、詳しい話を聞いた。

金之助に話して聞かせたのは、帝大での教え子で、野村伝四という。野村が金之助の書斎を訪れた日、どうということのない話題から、この騒動の思い出話に移ったのである。

野村は、四月に金之助の授業を受けるようになって以来、金之助を慕っていた。それで最近では、このように金之助の家へ出入りするようになっている。

つまり、いわゆる「親夏目派」である。取り立てて優秀というわけでもないが、素直で勉強熱心だから、自然と金之助に近づいてきた。野村のように、金之助の書斎を個人的に訪れるほどに慣れ親しんでいる学生も、わずかながらいたのである。

ちなみに、野村伝四は、こののちも長く金之助の教えを受け続け、「漱石山脈」に名を連ねることになる。帝大卒業後に教師となり、生涯を教育者として過ごした。

「皆、よくぞ、そこまで小泉先生を慕っていたものだね」

「ええ、それはもう」

八雲の留任運動については、学長の井上哲次郎から、あらましは聞いていた。しかし井上は詳しくは語りたがらなかったし、なにぶん学校サイドからの説明である。現場にいた学生からの生々しい話は、金之助の想像を超える激しさだった。正直、ショックだった。

野村は、騒動の時に自主退学を扇動した、あの小山内薫の友人である。その時の小山内の演説を、教室の隅の壁にもたれかかって聞いていた。彼は小山内とは少々タイプの違う穏やかな男で、当時も学内の空気から少し距離を置いていたのだった。

「しかし結局、君たちの留任運動は実らなかったわけだね」

話を聞き終えた金之助は、すっかり冷めきった茶を一口すすると、あらたまって聞いた。大(だい)の甘党(あまとう)である金之助には珍しく、手元に置かれた茶請(ちゃう)けの羊羹(ようかん)に、まだ手を付けていなかった。

野村は、金之助が茶を飲んだので、この時ようやく、自分も飲むことが許されたかのような気がした。それで、自分も一口茶をすすった。

「それは、そうです。学生がいくら騒いだからといって、大学の人事を左右するなんて、できやしませんよ。

小泉先生が去って、先生や上田先生がいらしてしまっては、もはやどうにもできません。僕らもなんとなく拍子抜けして、そのままウヤムヤになってしまった感じですね」

「ふむ」

金之助は、野村のこの言葉を聞いた時、なぜかとても不快になった。

「マァ、学生なんて、所詮そんなものか」

そうつぶやいて、次の瞬間、自分のそのつぶやきを、自分で不快に感じた。

金之助は根が正直だから、すぐに気分が顔に出る。たちまち眉間にしわが寄って、口を「への字」に曲げた。野村は鋭敏な男だから、この雰囲気をすぐに察した。

「先生、すみません。僕、何かいかんことを、口にしましたでしょうか」

野村はオドオドと、金之助の機嫌をうかがった。金之助は、あわてて手を振った。

「いや、別段そんなことはない。だが、小山内君は結局どうしたのかね」

「あの集会のあと、同志の数名と小泉先生のお宅へ出向きました。あ、僕は行きませんでしたので、あとから人伝に聞いた話なのですが……。

それで、小泉先生に、集会のことを説明したそうです。我らは退学を賭してでも先生の留任を訴えます、と」

「ほう」

「小泉先生はいたく喜んで、おおいに礼を言ったそうですよ」

「ほう、喜んだのかね」

これを聞くや、金之助は、今度はかなり激しく不快の念を抱いた。

金之助は「それでいいのか」と思う。

たしかに、学生たちが自分を慕ってくれるのはうれしかろう。長く教師をしている自分も、それは実感としてよくわかる。

だが、彼らがこちらを慕ってくるあまり、無茶をして立場を危うくする。それを目の当たりにしておきながら諌めないことが、はたして正しいのか。

学生たちが本当に停学や退学になってしまったら、どうするのか。一介の教師にすぎぬ自分が、どれほどの助けをしてやれるというのか。

本気で学生たちのことを思っているのなら、自分の留任運動をしようとする学生たちに向かって、本来は、彼らを止めるべきではないのか。

――と、金之助は考えたのである。

「小泉先生は、小山内君たちを叱ったりは、しなかったのかな」

「え？　いえ、そんな話は、聞いていません。ただ、たいへん喜んでいた、と」

「ふむ、結構な度胸だな」

「度胸？」

野村には、金之助の言葉の意味が、さっぱりわからない。

「だって、本当に大学ににらまれて、小山内君たちが退学になりでもしたら、小泉先生はどうやって責任を取るというのだい。彼らの将来への責任を考えたら恐くって、むしろ『自分の留任運動なんかしてくれるな』と、僕だったら頼むところだね」

「はあ、なるほどぉ」

金之助の気持ちを理解した野村は、少し口ごもった。理解はしたが、納得はできない――といった気持ちである。

野村は、心の奥で少しだけ失望していた。金之助への大いなる尊敬の念が、ほんの少し失われたような気がした。

金之助の言葉には「責任感の強さ」といった立派なものよりも、単なる「臆病さ」が潜んでいるように、野村には感じられた。そして、それは事実だった。

金之助は楊枝を突き刺すと、一口大に切られた羊羹を口に運んだ。モグモグと無言のまま咀嚼してから、ひといきにゴクンと呑み込んだ。

「君も、つまみたまえ」

「いただきます」

野村は、一切れだけ食べた。

「小山内君とは、今でも懇意にしているのかね」

「はい」

「元気なのかい」

金之助は、小山内薫の顔を知らない。これまで一度たりとも、金之助の授業に出ていないからである。

「ええ、元もとめったに笑わないような男ですが、それでも毎日、講義で顔を合わせるたび、どうということのない話をしています」

八雲の留任運動の時は熱に浮かされていた学生たちも、今となってはその大半が、何事もなかったかのように通学している。ただ、運動を起こした首謀者格の学生や反骨心の強い一部の学生は、未だに留任運動の失敗にわだかまりがあって、金之助や上田敏に反抗的な態度を示す。

一方で、金之助の厳格な授業は、真剣に取り組まないと付いていけない密度の濃いものだから、斜に構えたハネッカエリなどは、どうしたって置いていかれる。そうなると、ますます金之助への不満が積み重なる。こうして、両者の溝はどんどん深まっている。

小山内薫は、金之助の授業をボイコットしているかわりに、他の授業に積極的に出席して、トータルで進級に必要な単位は確実に取得している。こうしたところは、抜け目のない男だった。

このあと金之助と野村は、羊羹をひたすら食べた。二切れ、三切れと、互いに無言のまま食べ続けた。そしてようやく、二人ほぼ同時に、最後の一切れを呑み込んだ。

野村が羊羹を食べ終わったのを確認した金之助は、文机の上に乗っていた英書に手を添えた。

「野村君、僕は、これから少し勉強をせねばならん。だから、もう帰ってくれたまえ」

「はい、これは、とんだおじゃまをしました。どうもご馳走様でした」

金之助が、適当な頃合で客に帰りをうながすのは、いつものことである。野村も慣れているから、素直に従った。金之助は、座ったまま見送った。

「奥さん、羊羹、ご馳走様でした」

「あらあら、もうお帰り？　お気をつけてね」

玄関での野村と鏡子のやりとりをボンヤリ聞いていた金之助は、玄関の格子が閉まる音を確認してから、英書を開いた。

「やはり違うな、あの人と俺は……」

ぽつりと独り言をつぶやいた。

# 十三

新宿区の真ん中あたり、富久町（とみひさちょう）という場所に自證院（じしょういん）という寺がある。

江戸時代には、大きな勢力を持つ大寺院だった。が、明治になって、新政府に寺領の大半を没収された。明治の後半には、緑に囲まれ、こぢんまりとした寺になっている。

ある夕暮れである。境内の墓地につながる砂利道の端に、風がサラサラと気持ち良く通る木陰がある。数匹のノラ猫が、ゴロゴロと夕涼みしている。と、そこへ、一匹の黒猫がノソノソと近づいていった。

黒猫は、数匹の猫たちの前に立ち、しばらく動かなかった。


この寺の隣に、あの男が住んでいる。

小泉八雲である。

日本文化に惚れ込んだ八雲らしい、古びた和風の屋敷である。かつては、ここから毎朝決まった時間に帝大へ出勤していた。

八雲は、寺の墓地を散歩するのが好きだった。墓地の静寂を、彼は好んだ。

小さくとも伝統ある寺だけあって、清掃が行き届いている。夏の緑が墓々の周りにほどよく繁り、線香の良い香りが漂っている。この墓地を独りゆったり歩きながら、瞑想したり、著作の構想を練ったりするのが、八雲の日課だった。

帝大を辞職してからは、散歩に出るほかは、ほぼ一日中、自室で著述に専念していた。彼が取り組んでいたのは、あの『怪談』の仕上げだった。

材料となるさまざまな幽霊や妖怪の言い伝えを、八雲はこの数年来、こつこつと集めてきた。この収集には、妻のセツの協力が欠かせなかった。

「ママさん、今日、おもしろいもの、見ました」

その日、夕暮れの墓地の散歩からもどった八雲は、セツが入れてくれた茶を飲みながら、傍らにひかえるセツに、話しかけた。

その顔が最近の八雲には珍しく、とても楽しそうだったので、セツは、話を聞く前からうれしくなった。

「なんでございますか」

「おもしろい猫、会ったです」

八雲は語学の才に優れ、日本に来てまもなく、日本語会話をほぼマスターした。もっとも、少々たどたどしい。日本語を話す外国人に共通した弱点で、「て・に・を・は」といった助詞の使い方がうまくいかない。そのため、それらを抜いて喋るクセがある。けれどそれが、かえって聞く者に、ある種の温かみを感じさせた。魅力的な低音で、文科大の学生たちも皆、八雲のこの喋り方が好きだった。

「黒い、小さい猫です。その猫、いきなり、足下来て、じっと私、見ました」

「あら、まあ」

「私、しゃがんで、猫、頭なでました。猫、黙ってました。その猫、私、知っているようでした」

「なぜでございます」

「その猫の目、『おまえ、八雲か』言っていました。日本の猫、とても神秘的です。だから、妖怪になれるのですね」

「あら、まあ」

それだけ言って、セツは、ただ微笑(ほほえ)んだ。

彼女は、元熊本藩の武家の娘である。厳格な家柄で、「女子(おなご)たるもの、嫁(とつ)いでは夫に忠実であれ」と、教育されてきた。だから彼女は、八雲の言うことを、決して批判したり否定したりしない。

それでいて、この夫婦は、深く愛し合っていた。明治もすでに三十年以上を経(へ)て、この外国人と日本人の夫婦が、古き良き武家の夫婦の典型的なありようを示していた。

「ときに、旦那様。お留守のあいだにまた、早稲田(わせだ)の方がお見えになりました。お引き留めしたのですが、『小泉先生のおじゃまをしては失礼だから、今日は帰ります』とおっしゃって、お帰りになりました」

「そうですか」

八雲は、湯呑みを置いて懐手(ふところで)をすると、じっと考え込んだ。彼は自宅では、常に和服である。

「明日、私のほうから挨拶、行きます。もうすぐ『怪談』仕事、終わります。そしたら、この話、お引き受けしましょう」

「それが、ようございます」

八雲は、異色のお雇い外国人教師として有名人だったから、彼が帝大を辞めさせられたというトピックは、ちょっとしたスキャンダルだった。そのすぐあと、早稲田大学が「ぜひ当校の教壇に」と、八雲を勧誘してきた。

早稲田大学は、明治十五年（一八八二）に大隈重信（おおくましげのぶ）が創設した私立学校である。当初は「東京専門学校」と名乗っていた。「官学の帝大に負けじ」と、学問の自由と独立を唱え、多くの人材を輩出してきた。そして昨年、すなわち明治三十五年（一九〇二）、「早稲田大学」と改称した。

セツは、穏やかに言葉を続けた。

「旦那様は、若い子たちに学問をお教えになるのが向いてございます」

「そうでしょうか」

「ええ、なにより学生さんたちとご一緒の旦那様は、とても楽しそうにございます」

八雲は、うれしそうに微笑んだ。

「お父様、また先生になるのですか」

十歳ほどになる長男が、部屋に入るなり、声を弾ませた。襖(ふすま)一枚へだてた隣室で、両親の話を聞いていたのだ。

「ええ、お父様は、早稲田大学という学校の先生におなりなのよ」

「早稲田大学は、帝国大学より立派な学校なのですか」

長男は八雲の前に正座すると、あどけない目を輝かせて聞いた。八雲は、少し間を置いてから立ち上がった。隣の部屋の書斎に入ると、すぐに二冊の本を携(たずさ)えてもどってきた。

「ご覧なさい」

八雲は、二冊を息子の前に並べた。一冊は、粗末(そまつ)で小振(こぶ)りな軽装の本だった。もう一冊は、立派な装丁(そうてい)で、表紙に金縁(きんぶち)がほどこしてある重厚な本だった。

「この大きな本、帝国大学です。そして、この小さな本、早稲田大学です」

息子はキョトンとしたが、

「では、やっぱり帝国大学のほうが立派なのですか」

と残念そうに聞いた。八雲は、首を振った。

重厚な本は、料理のレシピ本にすぎなかったのである。軽装の本は、古代ギリシア哲学の概説書だった。

「見た目、立派さ。本当、立派さ。違うですよ」

八雲はそう言って、息子の頭をなでた。

と、彼が何気なく庭のほうに目を移すと、黒猫がじっと芭蕉の葉の陰から、八雲親子の様子を見つめていた。

「ママさん、あの猫です」

八雲は、声を弾ませた。

「何かご馳走、してあげてください」

「でも、いきなりおっしゃられても、猫にやれる餌はございません」

「私、夕ご飯、何ですか」

「本日は、旦那様のお好きなビフテキを、ご用意するつもりでございました」

「おお、それ、良いです。では、そのお肉、少しあげてください」

セツは「はい」と返事をすると、すぐに小走りで台所に向かった。ほどなく、牛のロースを細かに刻んで軽く七輪であぶったものをのせた皿を持ってきて、庭に降りた。

「さあ、召し上がれ」

猫は、すべてを承知していたかのように、セツがもどるまでじっと待っていた。脚もとに皿が置かれると、すぐに食べ始めた。部屋からは、八雲と息子がじっとその様子をながめていた。

皿の上の肉を平らげた猫は、ペロリと舌舐めずりをして、前脚で口元をなでるようにした。それから八雲たちに向かって一声「ニャー」と鳴き、ノソノソと垣根の下から出ていった。

「お父様、猫は、何と言ったのですか」

「ご馳走様、言ったですよ」

庭で立ったまま猫の様子を見つめていたセツは、背中に夫と息子の声を聞きながら、皿を台所へもどしに行った。

その足つきは、楽しげに弾んでいるようだった。

## 十四

「なんだ。昨日は丸一日、姿を見せなかったな」

猫が、いつものように障子の隙間から入ってくるや、金之助はいきなり切り出した。最近では猫が出入りできるように、わざわざ縁側づたいの障子を少し開けておく。

「なんだ、吾輩を待っていたのか」

「馬鹿を言え。誰が、猫なぞ待つものか」

猫は、そ知らぬ顔で前脚をグーッと伸ばすと、身体を突っぱねて、大きなあくびをした。

「で、どこに行っていたんだ」

金之助は、少し焦れたように問いただした。猫は、いつもの座蒲団の上にノソノソと乗ってから、おもむろに答えた。

「小泉八雲という男にな、会ってきた」

一瞬、ギョッとする金之助。が、すぐさま声を張り上げた。

「馬鹿を言え」

「おまえさんは、すぐ『馬鹿』と言うな。他に揶揄する言葉を知らんのか」

「馬鹿を言うな。無礼なやつだ。小泉先生の家は市谷だぞ」

富久町は、当時「市谷富久町」という名だった。千駄木からは、六キロほどある。たしかに、猫が簡単に移動できる距離ではない。

「そこはそれ、いろいろと、やり方があるのさ」

「どうやって行ったんだ」

「あちらのほうに行く大八車があってな。それに、コッソリ便乗した」

「タダ乗りしたのか」

「猫だからな」

ニヤリと猫は笑った……ように、金之助には見えた。

「おまえさんの大学でな、学生たちの話を聞くうち、小泉八雲という男が市谷とかいう所に住んでると知った」

「なんだ。探偵みたいなやつだな」

金之助は、あからさまに軽蔑の色を見せた。

探偵が大っ嫌いなのである。これは、まったくの偏見による。

彼の傷んだ精神が、「いつも誰かにつけ回され、盗み見されているのではないか」という強迫観念を、いつのまにやら心の奥底に植えつけていた。それで金之助は、探偵に「他人をつけ回す悪人」というイメージを抱くようになり、勝手な妄想から敵視するようになっていた。

ちなみに、この時代はロンドンで、あの『名探偵シャーロック・ホームズ』の小説が大人気だった頃である。だが、とてつもない読書家の金之助が、ロンドン留学中にこの『シャーロック・ホームズ』シリーズを読んだ形跡は、まったく残っていない。

猫は、構わず続けた。

「でな、そこへ行く方法はないかと、シロくんに相談したのだ」

「誰にだって」

「シロくんだ」

「だから、それは誰だ」

「斜向かいの家に住む白猫だ。この猫界隈では、物識りで有名な雌猫だ。吾輩も尊敬している」

「フン。男のくせに、女を尊敬しているのか」

金之助がこう言うと、猫はフッと息をもらして、ちらりと金之助の顔を見た。金之助には、それが侮蔑の色に映って、思わず言い訳がましく言葉を続けた。

「しかし、あそこの白猫は、そんなに博識なのか」

「結構、歳がいっているからな。おまえさんたち人間のことも、いろいろと知っている。

それで、市谷という所に行くなら、朝にそこの道を通る大八車に潜り込め――と、教えられたのだ」

「すごいな」

金之助は、感嘆の声を上げた。

「マァ、そんなことは、どうでもいい。でな、小泉八雲という男はわりと有名じゃないか。あの近辺の猫に聞いたら、何匹かは知っていたよ。で、家も教えられた」

「小泉先生は、猫にも有名なのか」

金之助が感心すると、猫はまたニヤリと笑った……ように、金之助には見えた。

「なんだ。ひがんでいるのか」

「馬鹿を言え。で、どうした」

「牛を、ご馳走になった」

「なんだって」

「だから、牛肉を食わしてくれたんだ」

「おい、ずいぶんと景気のいい話だな」

金之助は、少しおどけるように軽口を叩いた。が、猫はそれには答えず、ちょっとうつむいてつぶやいた。

「優しいんだよ」

そして、金之助を見つめた。

「あの男、おまえさんに似ていないか」

「似とらんよ」

金之助は、すぐさま否定した。声は穏やかだった。

「あの人の優しさは、僕の考える優しさとは少し違う」

「どう違う」

こう聞かれた金之助は、猫に背を向けて文机に向かい、座り直した。それから、独り言のようにつぶやいた。

「小泉先生はな、学生に優しすぎるのだ。かわいがりすぎるのだ。でも、それでは学問は身に付かぬのだ。教師というのはな、子供に学問を授けるのが使命なのだ」

「なるほどな」

「猫にわかるのか」

「わかるよ」

猫は、後ろ脚で耳を掻く仕種をした。

「さっき話の出たシロくんな」

「なんだ。白猫がどうした」

金之助は、首だけを猫のほうに向けた。

「先だって子猫を産んだのだ。シロくんは、それはもう、かわいがってな。毎日毎日、身体を舐めてやっていた。吾輩ら近所の猫も、おおいに祝福したものだ。猫っ可愛がりとは、まさにあのことだな」

「フン。マァ、めでたい話じゃないか」

金之助はクスリとも笑わず、ぶっきらぼうに返事をした。

「でもな、何日かして、その子猫は死んじまったのだ」

「なぜ」

「河原で遊んでいるところを、カラスに襲われた。カラスがいきなり飛んできて、クチバシで子猫の腹を突き刺した。そのまま、はらわたを食い散らかされた」

「おいっ」

金之助の顔が一瞬で、驚愕の色に変わった。その声に怒りの響きがあった。

「シロくんの嘆きは、それは尋常ではなかった。三日三晩嘆いて、餌も満足に食べなかったよ。で、シロくんは、しきりに後悔していたよ、自分が悪かったって」

「何が悪かったというのだ」

「ただ、かわいがってばかりで、カラスの恐さを何も教えていなかった――とな」

猫はこう言うと、また前脚を伸ばして、一つあくびをした。

「マァ、そういうことだ」

「フン」

金之助は、それ以上何も言わなかった。黙って英書を開いた。猫はのっそり立ち上がり、障子の隙間のほうへ歩き出した。

部屋を出る時、いったん立ち止まった。そして振り向くようにして、金之助に声をかけた。

「あのな、あの小泉八雲という男、長くはないぞ」

金之助は、思わず振り返った。

「何を言っている」

「猫には、わかるのさ。あの男、あと二年ともたずに死ぬ」

それから一年と三カ月ばかり。明治三十七年（一九〇四）九月二十六日。小泉八雲は、急死した。

持病の狭心症による。その日、書斎にいた八雲はセツを呼ぶと、

「ママさん、いつもの病気、来ました」

と言って、そのまま倒れた。八雲には覚悟があった。その数日前から家族に、

「私、死んでも悲しむ、いけませんよ」

と、いつもの優しい声で告げていた。そのたびセツは、「はい」と静かに返事をした。

享年五十四。早稲田大学の教壇に立つようになって、わずか半年足らずだった。

『怪談』は、死の半年ほど前に出版され、八雲の遺作となった。

金之助は、その死を新聞の訃報で知った。

# 第二部　吾輩を「先生」と呼ぶがいい

## 一

話は、小泉八雲の死の頃より、再び明治三十六年（一九〇三）の夏にもどる。

七月の頭である。帝大ではテストも終わり、授業は、補習的なものをわずかに残すのみとなっていた。夏期休暇までは、あと十数日である。

「お帰りなさいまし」

夕刻、玄関の格子がガラガラと開く音がして、出迎える鏡子の声が響いた。だが、声はそれだけである。金之助は、無言で鞄を鏡子に手渡すと、足早に書斎へ歩を進めた。

書斎へ向かう途中の縁側で、金之助は足を止めた。庭に目をやる。ひょろひょろした柿の木が一本立っている。

と、その木の根もとあたりで、猫が、うずくまってクチャクチャと何かを食べていた。

「何を食べている」

金之助は首だけ庭に向けて、声をかけた。

猫は縁側のほうを振り向くと、ゴクンと口の中のものを一呑(ひとの)みしてから返事をした。

「帰ってたのか。ああ、そういえば、今しがた玄関の戸が開いたな」

「うん」

「だったら、『今もどった』くらい言えばよかろう。相変わらず愛想のない男だ」

「馬鹿を言え」

金之助は、そのまま書斎へ向かうのかと思いきや、庭に向かってわざわざ身体(からだ)を向き直した。

「で、何を食べていたんだ」

「蟬(せみ)だ」

「蟬？　そんなもの、どうして食べるんだ」

「狩りの獲物だ。吾輩(わがはい)が捕まえたのだ」

「たいそうなことを言うな。たかが蟬で」

金之助は、じつは内心ちょっと感心した。が、素直に誉めるのも、しゃくに障る。

猫は怒る気色もなく、その場に腰を落として、じっと金之助を見ている。妙に余裕のある雰囲気である。

「で、旨いのか」

思わず聞いてしまった。

「旨くはないな。と言うより、味はない。歯応えはな、蝉の腹のあたりがグニャッとして、そこはマァ、悪くない。ただ、羽根がちょっと口に残る」

「そこまで言わんでいい」

金之助は、嫌な顔をした。

「醤油を塗って、七輪でちょっとあぶったら旨いかもしれん。なぁ、お鏡さんに頼んでくれよ」

「馬鹿を言え！」

今度は、少し本気で怒鳴った。

「しかし、こう暑いのに毎日ご苦労なことだな、人間は」

猫は、その場を動こうともせず、話し続けた。口だけニチャニチャ動かしている。蝉の羽根が、口の中に残っているらしい。

「僕は、もうすぐ夏期休暇だ。そうすれば、しばらく学校に行かんで済むさ」

「でも、夏が終われば、また行くのだろう。延々とその繰り返しだ」

猫が皮肉めいた言葉を返すと、金之助は「フン」と鼻を鳴らしてうつむいた。

「秋になれば、万事新しく始められる。今度こそは全部、僕のやりたいようにやるのだ」

金之助は、半ば独り言のようにつぶやいた。

明治時代の大学は、欧米に倣って、秋に新年度スタートのシステムになっている。そして、七月で年度を締め括り、夏期休暇を越して、年度があらたまるというわけだ。大学の年度切り替えが四月になるのは、大正時代に入ってからである。

つまり、四月に赴任した金之助は、残りがせいぜい三カ月余りという年度の終盤で、教壇に立ったことになる。八雲がかなり進めていたカリキュラムの終わりだけを、いきなり任されたわけだから、金之助もやりづらかったし、教わる学生たちにも当然、戸惑いがあった。金之助と学生たちのあいだがシックリいかなかったのには、そのせいもある。

「蝉なんぞ捕まえんで、ネズミを捕まえろよ。猫なんだから」

金之助は、取って付けたように切り返した。ネズミを捕らないことだけは、猫の弱みである。

「そのうち捕るのだ」

猫はそう言うと、そそくさと垣根の下を潜って、庭の外へ姿を隠してしまった。

金之助は、クスリと笑って書斎に入り、和服に着替えた。

その日の夕飯に、鰺の開きが出た。金之助は開きの片方を、わざと残した。もちろん台所に下げられた鰺は、猫が平らげた。

二

それは、ほんの小さな事件だった——と言えるだろう。

金之助の授業では、だいたい教室の前のほうの席はガラガラである。学生たちが皆、席の後ろのほうに固まって座るからだ。

金之助は学生に朗読をさせると、必ずどこかの箇所で発音を直す。英文の綴りを、二つ三つと立て続けに答えさせる。学生が答えられずシドロモドロしていると、いつまでも無言で、じっと待つ。学生のほうで根負けして「わかりません」と答えると、そ知らぬ顔で別の学生を指名する。

多くの学生が、そんな金之助の授業に、少なからぬ苦痛を感じていた。だから、できる限り金之助に目を付けられないよう、競って後ろのほうの席に陣取るのである。

金之助は、授業のテキストに、十九世紀のイギリスの小説を用いていた。『サイラス・マーナー』という。友に裏切られ、人間不信に陥った主人公が、一人の少女に心を救われる——といったストーリーである。

やや散漫なドラマ展開ながら、読後感の爽やかなハッピーエンドで、十九世紀イギリス文学の佳作の一つと言える。金之助は、こうした子供染みたハッピーエンド話が好きである。

しかしながら、陳腐と言えば陳腐なストーリーであり、稚拙なおとぎ話といった感も否めない。四月、金之助がテキストにこれを用いると宣言した時、学生は一様に反発した。

「こんな子供騙しの安っぽいシロモノを、我ら帝大生に読めと言うのか！」

「田舎の高等学校上がりの教師は、これだから困る。帝大文科の品格というものがわかっていない」

「小泉先生は、高雅なるテニスンの詩を用いられた。テキストの重みからして、まるで違う」

八雲は、同じ十九世紀のイギリス作家でも、深い思想性で知られるアルフレッド・テニスンの詩を、テキストに用いた。八雲の授業は、テニスンの詩を朗々と読み、学生たちにその思想性や宗教性について語って聞かせる——といったものだった。

早い話、こんにちのカルチャースクールによくある文学講話のようなものであって、語学的な学習はほとんどなかったのである。

四月に受け持ちを任された当初、金之助は、学生たちの語学力の低さに驚いた。

「小泉先生は、何を教えていたんだ」

しかたなく、学生たちの語学レベルに合わせたテキストを探した末、この『サイラス・マーナー』にたどり着いた。それに対して学生たちは、

「我らを、中学生とでも思っているのか」

と、憤慨(ふんがい)したのである。だが事実、彼らの語学力はその程度だったのだから、しかたがない。

その日の授業も、金之助はいつもどおり淡々(たんたん)と進めた。

学生たちは、後ろのほうに固まっているとはいえ、授業態度はそれぞれだった。指されるのが嫌なのは皆、同じだが、それでも真剣にノートを取っている者もいれば、明らかに反抗的で、ペンも持たず、椅子(いす)にもたれかかっている者もいた。

「また、あいつか」

そんな中、金之助には、どうにも気に食わない学生が一人いた。

その者はいつも、それなりに真面目に授業を受けているようには見える。だが、どうにも金之助は、自分が見下されていると感じられてしかたがない。謙遜を装って、じつは不遜なやつだ。

――と、金之助は、いつも心のうちでイライラしていた。

というのも、その者は、教室でいつも左手を懐手していたのである。

そもそも、当時はすでに帝大生ともなれば洋服が当たり前だったから、和服で通学するのは、何かそれだけで「乙に澄ましている」感があった。いわゆる「蛮カラを気取っている」わけである。

その者はいつも、この暑い中ごていねいに、袷の上に羽織を着込んでいた。おまけに、髭面である。そこへ持ってきて、いつも左手を懐に入れている。

「懐手なんぞは、世の中に何もせぬ拗ね者が、怠け癖を棚に上げて気取っているポーズだ。それを教師の前で平然とやるとは、何様のつもりだ」

金之助は奔放なところがあるわりに、根は古風に道徳的だから、この態度がどうにも気に食わない。

「おい、君、魚住君」

その日、金之助はとうとう我慢しきれず、教壇の上から怒鳴った。

「手を出したまえ」

金之助がこう叫んだ瞬間、教室内に冷たい空気が走った。学生たちがざわつき、すぐに無気味(ぶきみ)なほど静かになった。

懐手の学生は、魚住惇吉(あつよし)という。魚住はこの時、顔を真っ赤にして下を向いた。無言だった。

「手を出したまえ」

何も言わぬ魚住に、金之助の怒りが沸騰(ふっとう)した。元もと癇癪(かんしゃく)持ちである。一瞬、「馬鹿にされた」と感じた。その怒鳴り声は、先ほどに増して激しく、刺々(とげとげ)しかった。

だが、魚住は手を出さず、うつむいたままだった。

金之助は唇(くちびる)を噛(か)みしめ、しばし無言だった。が、それ以上は何もしなかった。自慢のカイゼル髭をちょっと指先でなでると、誰も気づかぬほど小さなため息を一ついて、テキストに目を落とした。そして、そのまま授業を続けた。

やがて校内に鐘(かね)の音が響き、授業が終わった。金之助はテキストを閉じて、教室をグルリと見わたした。

ふだんなら、このまま無言で教室を去るところである。だが、どうにも腹の虫が治まらない。教壇を降りると、教室の後ろのほうへツカツカと歩んだ。

学生たちは、迫ってくる金之助に気づいて、誰もが一瞬、身体をこわばらせた。金之助は、まっすぐ魚住の席へ向かった。魚住のすぐそばまで歩み寄り、険(けわ)しい目で見下ろした。魚住は、黙ってうつむいた。

「君はなぜ手を出さんのかね」

金之助は努めて冷静を装い、ゆっくりとたずねた。魚住は、下を向いたままボソリと言った。

「出せんのです」

隣の席の者が、たまらずに立ち上がった。ガタンと席を立つ音が、教室に響いた。

「先生、勘弁(かんべん)してやってください。魚住は、左手がないのです」

これを聞いた瞬間、金之助の顔面が一気に蒼白(そうはく)になった。

金之助は黙って振り向くと、そのまま足早に教壇までもどり、テキストとノートをわきに抱(かか)えるや教室を出た。

教員室に向かって逃げるように、小走りで廊下を進んだ。すれ違った学生が思わず目で追ってしまうほど、ただならぬ雰囲気だった。

教員室にもどった金之助は、席に着くや、机の上で両の手を組んでうずくまった。唇がブルブルと震(ふる)えているのが、自分でもわかった。

「どうなすったんですか、夏目先生」

上田が、心配気に声をかけてきた。だが金之助は、社交の挨拶一つ出せなかった。

「失礼します」

この時、教員室の入り口で野太い声が響いた。金之助が顔を上げると、そこに立っていたのは魚住だった。

魚住は、気の毒そうな顔をして、金之助のそばに近づいてきた。

「すんません、夏目先生。僕、先生がこの手のことをご存じないとは、思うとらんかったんです。懐手、ご不快でしたら謝ります」

魚住は、頭を深々と下げた。

「い、いや、僕のほうこそ、すまなかった」

金之助は、一瞬呆気にとられたが、急に救われたように感じて、すぐさま返事をした。

「子供の時分に、遊んどって不発弾を見つけまして、その時は何もわからんかったもんですから、それをいじくっとるうちに爆発して、左手が吹き飛んでしまったんです」

魚住は、金之助の気持ちを察するように、聞かれぬ先から説明した。

「だけど、今はもう、片腕の生活にはすっかり慣れて、何の不自由もありません」

「そ、そうか、それは何よりだ」

魚住は、うれしそうに笑みを見せた。金之助は少々バツが悪かったが、とにかく大きな安堵感に包まれた。

「先生、僕、この手のことで他人から同情されるのが嫌なんです。それで、他人に悟られたくないもんで、懐手をいつもしとる癖がついてしまったんです」

「わかった」

金之助は、あとを遮るように強い口調で言った。それから、やや小声で言葉を続けた。

「マァ、君は、ない手を無理に出さんでもいい。僕はこれからも、ない知恵を無理にひねり出して、授業をするがね」

「はあ」

キョトンとする魚住。その顔を見た瞬間、金之助は気まずくなって顔を少し赤らめた。魚住には、金之助のとっさの照れ隠しの冗談が、まるで通じなかったのである。

「先生、僕、将来は英語教師になろう、思うとります。ですからどうか、これからもご指導ご鞭撻のほど、よろしくお願い申し上げます」

魚住は、もう一度頭を下げた。左の袂が少し揺れた。

「うむ、がんばりたまえ」

「どうも失礼しました」

魚住は、教員室を出ていった。その背を見送った金之助に、上田がまた声をかけてきた。

「あの隻腕の学生、なかなか健気ですな」

「そうですな」

金之助は、上田の顔を見ずにそれだけ返事をして、机のノートを開いた。

ちなみに、魚住惇吉は帝大卒業後、実際に中学の英語教師となった。四十代で沖縄の中学の校長にまでなったが、病気を理由に早々に教育界を退いた。その後、東大に入り直し、晩年は英文学の研究にいそしんだ。当人は、かつて自分が夏目漱石の教え子だったことを、小さな誇りとしていたという。


その日の晩、金之助は久しぶりに句帳を開いた。

晩飯の汁かけ飯を平らげた猫が、傍らで寝転がっていた。いつもの光景である。

「何を書いている」

猫は、文机の前で腕を組んでいる金之助に声をかけた。金之助は句帳を、満足げに見つめていた。

「うむ、できた。聞かせてやる」

「うむ、聞いてやる」

猫は、金之助のそばに座り直した。

「能もなき　教師とならん　あら涼し」

縁側の軒先(のきさき)に吊(つ)るした風鈴(ふうりん)が、「チリン」と小さく鳴った。

## 三

その翌日、金之助は、久しぶりに晴れ晴れした気分で出勤した。

「行ってくる」

「え、あ、はい。行ってらっしゃいませ」

いつもなら無言で鏡子から鞄を受け取ると、さっさと出ていってしまう。それが珍しく、出掛(でが)けに鏡子へ声をかけた。鏡子は、ちょっと驚いた。

その日の授業も、金之助は淡々と進めた。魚住のクラスの授業は、この日はなかった。昨日のことは、さすがに他のクラスでは、さしたる噂にもならなかったようで、いつもと変わらぬ授業風景だった。

昼休み前、一年生のクラスの授業が終わった時、金之助は教室から出ようとして足を止めた。思い出したように、教室の後ろのほうに陣取っている学生たちに向かって、声をかけた。

「藤村君、ちょっと」

金之助に名指しされた学生。藤村操（みさお）という。

北海道出身である。父親は北海道有数の銀行の頭取（とうどり）で、彼は、その長男である。中学時代は、飛び級で進学したほどの秀英だった。だが、帝大文科大に進学してからは、あまりパッとしない。

金之助に呼ばれた藤村は、驚いた気色もなく、金之助のそばに寄ってきた。

その足取りには、若者らしい生気（せいき）がなかった。金之助は、少し嫌な感じがした。

「何でしょうか」

藤村は、よどんだ目で金之助を見た。

「君は、英語が嫌いだね」

「はあ」

「嫌いなものを学ぶのは、苦痛があろう。しかし、これからの時代、君のような有為（ゆうい）の若者は、将来のために英語を知らねばならん」

「はあ」

「語学は、積み重ねだ。予習と復習が不可欠だ。辛（つら）くとも必ず予習をしてきたまえ」

「わかりました」

藤村は顔色一つ変えず、つぶやくように返事をした。

「僕の所には、個人で教えを受けに来る者もいる。君が望むのなら、夜でも休みの日でも来るがよろしい」

「わかりました」

藤村は礼の一言も言わず、同じ返事を繰り返した。金之助は正直、不快だった。が、

「それだけだ」

と言って、教室を出ていった。

金之助が出たあと、一人の学生が藤村のもとへ駆け寄った。

「どうした。何を言われた」

「予習してこいと、言われた」

藤村は、妙な薄ら笑いを浮かべ、だが無気力に沈んだ声で答えた。

「そうか。だが、夏目先生の言われることも、もっともだぞ。君は、もう少しやる気を見せせんといかん」

「そうかな」

藤村の態度はどこまでも、覇気（はき）がない。

「のう、安倍（あべ）」

藤村は、相手の学生の顔は見ず、下を向いたままつぶやいた。

相手の学生は、安倍能成（よししげ）という。のちに大正時代を代表する哲学者となる男である。この後ほどなく金之助に師事し、「漱石山脈」の一角を担（にな）うことになる。

「将来のために学ぶというなら、僕は学ぶ必要があるんかのう」

「何を言っとるんだ！」

安倍は、思わず大声を張り上げた。藤村は薄ら笑いを浮かべたまま、うつろな目で安倍を見た。

「おう、どうした。何を騒いどる」

この時、二人の後ろから威勢のよい声が響いた。安倍の背中にかぶさるように、一人の男が勢いよくぶつかってきた。

「なんじゃ、藤村、いつまでもクヨクヨと。本当に、おまえは男らしくないのう」

「よさんか、岩波」

この威勢のいい学生は、岩波茂雄（しげお）という。安倍同様に「漱石山脈」の一人となる男である。のちに岩波書店を立ち上げ、日本文学史上初の個人全集である『漱石全集』を世に送り出す。

「多美子さんばかりが、女じゃなかろうが」

「よさんか！」

岩波がある女性の名を口にするや、安倍の激しい怒号が響いた。クラスの他の者が一斉に、三人のほうに目を向けた。藤村は、うつむいたままだった。

「あ、ああ、すまんかった」

安倍の真剣な目の色に、岩波は少したじろいで、謝罪の言葉を口にした。

「と、とにかく、飯。そうじゃ、飯を食いに行こう。うむ。今日は、わしがおごるぞ。藤村、何が食いたい。ライスカレーか。メンチボールか。さあさあ、学食へレッツゴーじゃ」

岩波は、藤村の肩を抱くと、二人をうながした。安倍も少々気まずい風で、黙ってうなずいた。

藤村は、岩波の言葉に少し戸惑ったようだった。しかし岩波にされるがままに、一緒に教室を出た。安倍も、二人のあとを付いていった。

藤村は「レッツゴー」の意味さえ、瞬時にはわからなかったのである。

# 四

教員室にもどった金之助は、早々に弁当を済ますと、先ほどの一年生のクラスの成績表を、改めて見返していた。

藤村操。明らかに成績が悪い。

なにしろ、英語の基礎的な力が、決定的に不足している。

もっとも、語学はセンスだし、さまざまなジャンルに秀(ひい)でた人間が語学だけは苦手といった事例も少なくない。だから藤村の場合も、特別に異常というわけでもない。

八雲の授業では、それでもなんとかゴマカシが利(き)いていた。だが、金之助の授業は語学の基礎に厳格だから、藤村のような者は、どうしたって置いていかれる。

「何かありましたか、夏目先生」

金之助が教員室で難しい顔をしていると、たいてい上田が声をかけてくる。

「いや、なに、一人、気になる学生がおりまして。学問する気があるのやら、ないのやら……。元もと英語が好きでないのは、わかるのですがね。それにしても、文科大の学生たるもの、最低限はマスターしてもらわんと、落第もしかねない」

「はあ、いったい誰ですか」

「一年の藤村操です」

「ああ……」

上田は、意味ありげに声を上げた。

「上田先生も、気になりますか」

「ええ……マァ、そうですな。ただ夏目先生、彼はあまり厳しく叱らないでやってくれませんか」

「どういうことですかな」

「いえ、ごくごく個人にかかわる問題ですので、教師といえど、口を出せる筋合いではないのですが、最近何かあったようです」

「身内の不幸か何かですか」

上田はちょっと考え込んだ。が、意を決したように話し始めた。

「先生も、菊池先生をご存じですよね」

上田の口から唐突に、とある人物の名が飛び出した。金之助は、意味がわからない。

「いや、知りません。どなたですかな」

あっさりと答える金之助。上田は、ちょっと面食らった。

「ええと、ホラ、つい昨年、男爵になられた菊池大麓先生ですよ。文部大臣も務められた」

「ああ、言われてみれば、聞いたような……」

金之助はこうした点、浮世離れしているというか、意外なほど世事に疎い。世間的な有名人や政治家の名などは、ほとんど知らない。

上田としては、金之助の反応は意外であった。

菊池大麓は、政治家以前に著名な数学者で、かつて帝大理科大学の学長や帝大の総長も務めたことがある。もっとも、それらの時期は、金之助が地方の学校に赴任していた頃である。

しかし、だからと言って、なんぼなんでも金之助ほどの学者が菊池大麓の名を知らないとは、上田は思いもよらなかった。上田としては、いきなり話の腰を折られた気がした。

「僕はどうも、男爵だの大臣だのは、嫌いなんです」

畳み掛ける金之助。上田はますます、どういった顔をすればよいのかわからない。口元を少しひきつらせた。

実際、官学の最高府たる帝大の教壇に立つ身で、こうまで露骨に権力嫌いを示されるのも、困りモノである。上田としては「ごもっとも」と賛同するわけにもいかないし、さりとて、真っ向から金之助を批判する気にもなれない。上田は金之助のことが好きだし、ふだんから金之助の学識を敬服している。

「ああ、なるほど。それはどうも……」

言葉をにごしながらも、上田は話を続けた。

「マァ、とにかく、その菊池先生には、ご令嬢がおられましてね。あの藤村君は、そのご令嬢と一時、懇意にしていたそうです。それが最近、不仲になったとか」

「ほう」

金之助は、目を丸くした。そんな話題が、上田の口から出るとは思わなかった。

「それで勉学に集中できん、というわけですか」

金之助の言葉には、しかし、嘲りや侮蔑の響きはない。むしろ同情的である。

「だが、何にせよ、このままでは彼は落第しかねませんよ。担任としては、なんとかせねばと、僕は思います」

金之助は椅子にもたれかかり、腕組みをして、つくづく心配そうに言った。

「それは、おっしゃるとおりです」

上田は安堵した。

金之助は、周囲にいわゆる堅物のイメージで通っている。上田も、そう思っている。だから上田としては、若者の恋愛問題などに金之助が同情的になるとは、考えていなかった。嘲るか、そうでなくとも、見下すような態度に出るかと思っていた。

「ところで、上田先生」

「何でしょうか」

「先生はなぜ、そんな個人的な事情を、ご存じだったのですか」

　この言葉には、多少の侮蔑の響きがあった。上田は敏感な男だから、ちょっと怯(ひる)んだ。

「いえ、人伝(ひとづて)に聞いただけです」

「そうですか」

　上田は、善人であり優れた学者であり、くわえて如才(じょさい)ない男である。前の二点は金之助と共通しているが、三点めだけが、金之助にない才覚である。

　したがって彼は、金之助と違い、大学の上のほうの人間ともそれなりの付き合いがある。かつての総長の娘の色恋話となれば、ちょっとしたスキャンダルだから、そんな噂を上田が耳にしたとしても、さして不思議ではない。

　金之助も、頭の中で、即座にそこまでは判断できた。

　それにしても——と、金之助は思う。

この恋が実ろうが破れようが、それが若者同士だけの話で済んでいたなら、オトナたちの耳目にふれることもなかったろう——と。

金之助は、さらに考える。

それが上田君やオトナたちにこうして知られているということは、そこにオトナが絡んだからに違いない。

察するに、娘の親の男爵が二人を引き裂いたのだ。そして、何かしらの機会に、そんな話を学校関係者へしたのではないか。「当家の娘に付きまとう文科の学生がいて困る」とか、なんとか。あるいは男爵が、我が文科大へ圧力をかけたのかもしれん——と。

金之助は想像が逞しい。頭の中で、藤村の悲恋のドラマがたちまちでき上がった。

「マァ、とにかくそういうことでして。よけいな話と一蹴いただいて結構なのですが、一応は、夏目先生のお耳に入れておきます」

「いえ、ありがとうございます。斟酌しましょう」

金之助は、上田が席にもどったあとも、独り腕組みをして考え込んだ。

「だが、こんな話はアイツに相談しても、埒が明かないよなあ」

金之助の頭に、とぼけた猫の顔が浮かんだ。

## 五

その日の夕暮れ。

金之助は、家族とともに夕餉の食卓を、囲んでいた。

金之助の家では、個別の膳は使わない。大きめの卓袱台を据えて、家族全員の食事を一度に並べてしまう。鏡子が、一人ずつの御菜を小鉢に盛るのは面倒なので、大きめの器に全部盛り付けて、卓袱台の真ん中にドンと置くのである。

卓袱台は、明治二十年代に生み出された家具で、当時は、まだそれほど普及していなかった。とくに中流以上の家庭では、膳に一人分ずつ別々に料理を並べるのが、まだまだふつうだった。

が、金之助は、元来が食事のマナーにそれほど拘りがないから、鏡子のこの「手抜き」には、何の文句も言わない。こうした点、主婦には「面倒のない男」である。

「あら、ボウバちゃん、ダメよ。そんなにお醤油をかけたら、辛くてよ」

五歳になる長女の筆子が、三女で一歳のエイから、醤油瓶を取り上げた。

エイは、家の中では「ボウバ」と呼ばれる。「坊や」が訛ったものである。

「坊や」は、江戸時代には男女の区別なく、幼い子供を指した呼び方である。明治時代にはまだ、その名残りがあった。エイは、自分が「坊や」と呼ばれているうち、それが、自分の名前だと思い込んだらしい。妙に気に入って、やたら「ボウバ」と自称するようになった。それで家族も、いつのまにやらそう呼ぶようになったのである。

「ヤー、ボウバの！　ボウバの！」

エイは、最近ようやく離乳食を食べられるようになった。が、とにかく好奇心旺盛で、小さな手に抱えきれない醤油瓶を無理矢理に握って、振り回す、と言うか、瓶に振り回されている。蕪の菜っ葉のお浸しに「これでもか」とばかりに、醤油をビチャビチャにかけた。青菜が、すっかり「醤油の海」に泳いでしまった。

「アラ、アタシ、辛いのなんか平気よ」

次女の恒子である。三歳。三人兄弟の真ん中というのは、得てして我が強いものだが、恒子も例にもれず、こうした時は必ず割って入ってくる。醤油まみれの青菜を、箸で摘んだと思いきや、一気に口に放り込んだ。

「ウェー」

が、すぐさま辛さに耐えきれず口を開いて、卓袱台の上に吐き出した。卓袱台の上に、ほとんど嚙んでいない青菜の残骸が、むごたらしく飛び散った。

「あらあら、タイヘン」

筆子が、卓袱台の隅に置いてある布巾を握り、拭き取ろうとする。けれど、布巾をただ卓袱台の上に四方八方すべらせるだけなので、汚れが、取れるどころか食卓に広がる一方である。

「はいはい。お姉ちゃん、あとは、お母様がやりましょうね」

ここに至って、ようやく鏡子が手を出した。飛び散った青菜の残骸を、なんとか片づけた。

「ボウバちゃん、もう、お醤油をかけてはダメなのよ」

「ヤー！」

筆子が、したり顔でエイに説教めいた態度を取ると、エイはたちまちホッペタを膨らませ、口をとんがらせた。娘は三人とも、目つきが父親の金之助似で、目が大きい。それを思いっきり見開いて、筆子をにらみつけた。が、そんなことで怯む筆子ではない。

「メッ」

筆子が、畳み掛ける。エイは、ますますふてくされる。恒子は、自分だけは

「我（われ）、関せず」といった風に済ました顔で、御汁（おつけ）に入った刻み油揚げを、無器用に口に運んでいる。

「はいはい。もういいから、早く御膳を済ませましょうね。ほら、ボウバちゃん、お肉よ」

鏡子は、トロトロに煮込んだ豚肉の角煮を箸で小さく刻むと、それをエイの口に入れてやった。エイはちょっと噛んでみたが、すぐにペッと吐き出した。鏡子はそれを指で拾い、平然と自分の口に入れた。

金之助はこの間、何も言わない。ただ漫然（まんぜん）と、いつもと変わらぬこの光景をながめているだけである。ひたすら自分の飯を食べた。

「相変わらず騒がしいな」

この時、台所の隅でアワビ貝に盛られた餌（えさ）を平らげた猫が、ノソノソと顔を出した。金之助はチラリと猫を見たが、何も言わず食事を続けた。

「あ、猫だ」

恒子が叫ぶや、箸を放り出した。猫を抱えようとして立ち上がった。

「ツネちゃん、お行儀が悪くてよ」

筆子が、わざとらしく取り澄まして、得意気（とくいげ）に言った。「お行儀が悪くてよ」は、最近の筆子のお気に入りのフレーズである。何かにつけ、妹に向かってこれを口にするチャンスをうかがっている。

猫は、恒子に追われるとサッと身をひるがえし、部屋の隅にある桐箪笥（きりだんす）の上へ、トンと飛び上がった。恒子が恨（うら）めしそうに見上げるのをよそに、

「おい、その豚（ぶた）、少し残しておいてくれよ」

と、金之助に声をかけた。金之助は無言で、猫に目配（めくば）せした。

「あら、やだ、ツネちゃん。猫が『ここまで御出（おい）で』って言ってるわよ」

猫の声は、金之助以外には「ニャー」としか聞こえない。筆子が勝ち誇（ほこ）ったように、恒子をからかった。

「知らない！」

恒子は、ふてくされて自分の席にもどり、畳に落ちた箸を拾い上げた。そして、構わずそれで食べ続けた。

金之助は、大きめの豚肉の角煮をひとかじりだけすると、その残りを自分の茶碗に放り込んで、台所に下げさせた。

## 六

その日の晩である。

「あなた、ランプにお気をつけてくださいましね」

小さな蚊帳を吊った部屋に、床を延べ終えた鏡子が、傍らで座って待っている金之助に言った。

金之助はここ一年ほど、角の部屋に一組だけ蒲団を敷かせ、独りで寝ている。この頃はまだ電気は高価だから、金之助の家には引いていない。蒲団に潜り込む時は必ず、書斎から英書を二冊以上運び込んで、ランプと一緒に枕元に置く。もっとも、五ページと読んだためしがない。

「よけいなことだ」

金之助は、たちまち口を「への字」に曲げ、鏡子に食ってかかった。

「だって先日も、ランプの油が、朝にすっかりなくなっていたじゃありませんか。一晩中点けっぱなしだったのでございましょう？　火の元の用心は、一番肝心でございますから」

「あれは、俺はちゃんと消したのだ。たまたま消した時に、ちょうど油が切れたのだ」

金之助は頑として、鏡子には高飛車な態度をやめない。もっとも、この言い訳はかなり苦しい。

「そうですか」

鏡子は、こんな状態で正論を説いても通じないのはわかっているから、話をさっさと切り上げた。

「おい」

蒲団を敷き終えて部屋を出ようとする鏡子に、金之助が声をかけた。

「女というのは、つまらんものだな」

「なんですか、やぶからぼうに」

鏡子は上げかけた腰を降ろして、改めて座り直した。

金之助は時折、こんなふうに鏡子相手に、いきなり議論を吹っかけることがある。中身は、最近読んだ文学の論文についてだったり、思いつきの禅問答めいた話だったりする。無論、鏡子にはそんな方面の知識はないから、いい加減に返事をするしかない。

しかしながら鏡子は、学歴こそないものの、頭の回転が速い。こうした時は落ち着き払って、金之助の話に最後まで付き合える。こうした点は、たいした女性である。

「いや、だからさ、女というのは、所詮(しょせん)は親の所有物だ。好いた男がいても、親が許さなければ結ばれない。つまらぬ運命だということさ」

「あら」

「親が賛成しようが反対しようが、本気で好いた男となら一緒になりますよ、女は」

鏡子はあっさりと、金之助の言葉を切り捨てた。

「そんなの、徳川の時代の話じゃありませんか」

鏡子は、あきれたような声を上げた。

鏡子の言葉には何の迷いもない。

「だって、女の結婚てのは、親が決めるものじゃないか」

「なんぼ親が『嫁に行け』と言ったって、本当に行きたくなければ、行きやしません。最後に決めるのは、女当人です」

「そりゃあ無茶だ」

たしかに、明治時代はまだまだ恋愛結婚など、考えられなかった。だから、金之助の言うことのほうが、常識なのである。

金之助と鏡子も、もちろん正式な見合い結婚である。もっとも、この二人の場合、双方が、親の意向より先に互いを気に入った。じつは、見合いの席で、金之助のほうが一目惚れした。

鏡子は、見合いのあいだ、まったく臆するところを見せなかった。屈託なく語り、笑った。その時に見た彼女の歯並びが、ひどく悪かった。そこに、金之助が惚れた。

「あの女は歯並びが悪いのに、それを男の前で隠そうともしない」

人によっては、礼儀知らずの愚鈍（ぐどん）な女としか評せられない。だが、金之助はそういう人間が好きだった。鏡子のほうも、金之助の真っ正直な人間性を一目で見抜き、好意を寄せた。だから、夏目家から正式に結婚の申し出があった時、一も二もなく受け入れた。そうして、この二人は結ばれたのである。

したがって、鏡子としては、「親の命令で金之助に嫁（とつ）いだ」などとは、サラサラ思っていない。まったく自分の意思で結婚したつもりでいる。だから「嫌な所へは嫁に行かない」というのは、彼女の中では理想でも空論でもなく、自らの過去に基づく絶対の真実である。それだけに、その言葉に何の迷いもないのである。

鏡子の、あまりにキッパリした、アッサリした物言いに、金之助は正直、驚いた。自分の主張がこれほど脆（もろ）く崩された実感は、これまでなかった。

それでも、鏡子に向かって「俺が間違っていた」などという台詞（せりふ）は、金之助は口が裂けても言いたくない。

「無茶じゃありません」

「だって……だって、そんな勝手をしたら、親の体面とか暮らしの算段とか、いろいろ困るじゃないか」

鏡子という女は、こうした時に、夫の立場や気持ちを察してその場を取り繕うという芸当はできない。良く言えば、裏表のない人間なのである。金之助の気も知らず、畳み掛ける。

「そんな世間体だの損得勘定だの、それこそ、つまらない話じゃありませんか。そんな上っ面ばかり考えてクヨクヨするのは、それこそ男の理屈ですよ」

「理屈じゃない。合理的な判断だ。実際、親が許さない結婚では、あとからいろいろと困ることが出てくる」

「そんなこと、その時になったら考えればよろしいんですよ。いざとなれば、なんとでもなります」

「乱暴な話だ」

「そんなこと、ありません。一等大事なのは、相手の男をどう思っているか、ですから」

金之助は、もう言い返す言葉が見つからない。鏡子の言うことは、やはり無茶だと思う。しかしながら、妙に説得力を感じる。

「女は、好いた男なら、親の反対があっても一緒になろうとするものなのか」

「だから、そう申し上げてるじゃないですか」

「本当に、そうなのかな」

「本当に好きなら、そうです」

こうも強く断じながら、鏡子の言葉には何の力みもない。穏やかなもので、それが、さも「当たり前のこと、わかりきったこと」といった感じである。

ここで金之助は、独り言のように、あるいは鏡子に問いかけるようにして、ポツリと言った。

「男爵の娘でも、そうなのかな」

「私は、男爵の娘じゃありません」

「わかっとる！」

思わず怒鳴ってしまった。怒鳴ったあとで、金之助は自分が滑稽に感じられて気恥ずかしくなった。もっとも、鏡子には、そんなことは伝わっていない。

「でも、男爵の娘だろうが伯爵の娘だろうが、やっぱり女は女だと思いますよ。本気で好いたんなら、一緒になりますよ」

「ふむ」

金之助は、考え込んだ。

鏡子は、まだ話が終わっていないと察して、座ったままじっと金之助の反応を待った。このへん、鏡子は勘が良いし、辛抱強い女である。

「だったら、女のほうで一緒になろうとしないってことは、本気で男を好いていないってことなのかな」

鏡子は今度こそ、本気で「あきれた」といった顔をした。

「そんなの当たり前です」

これを聞いた金之助は、すっかり黙り込んだ。

ここで鏡子は、話は済んだと察し、ようやく立ち上がった。

「おやすみなさいまし。ランプの灯(ひ)、よろしくお願いいたします」

鏡子が部屋を出ていくのと入れ違いに、猫が入ってきた。鏡子はチラリと猫に目をやったが、何も言わずに出ていった。

「ずいぶんやり込められていたな」

仏頂面(ぶっちょうづら)で掛け蒲団の上に寝転がっている金之助に、猫が蚊帳の外から声をかけた。

「馬鹿を言え」

猫は、蚊帳のすぐそばにいったん座り込むと、一つ大きなアクビをした。

「でも、お鏡さんの言うことのほうが正しいと、思ってるんだろう」

「フン」

金之助はゴロンと横を向いた。それから、ようやく気づいたように、

「あれ」

と、つぶやいた。

「ということはつまり、もしかして藤村は振られたってことか」

金之助が寝転がったまま身体を向き直ると、もう猫はいなかった。

夜の散歩に出かけたらしい。

外は、夏の月である。

## 七

さらに数日が過ぎた。毎日、陽(ひ)がまぶしい。

夏期休暇まで、あと数日である。帝大ではたいていの授業が、カリキュラムを済ましていた。あとはただ時間をつぶすために催(もよお)されているようなもので、教師も学生も気が抜けている。もちろん、暑さのせいもある。

そんな中、金之助の授業だけは厳格なものだった。

金之助は、学生たちの英語力を、休暇前に少しでも上げておきたかった。それに、『サイラス・マーナー』の講義がラストシーンまで進んでいない。金之助としては、なんとかラストまで漕(こ)ぎ着けたいので、休暇前ギリギリまで手を抜く気はない。

そんな金之助に対して、相変わらず「不貞腐れ」組の反抗的な学生も、少なからず残ってはいた。が、この頃にはようやく金之助の熱心さに、素直に傾倒する学生もだいぶ増えてきていた。

それにしても、暑い。

教室内では、学生たちが一様に鼻の頭に玉の汗を浮かべている。汗がポタポタ落ちて、ノートのインクがにじむ。教室の中まで、けたたましく蟬の鳴き声が響いて、時折、金之助の声が聞き取れないほどである。

「先生、蟬の声がやかましゅうて、聞こえませーん」

「だったら、もっと前に座れ」

「いえ、でしたら、聞き耳たてて拝聴しますんで、お構いなく……」

ドッと起こる笑い声。八雲の騒動も、今は昔である。

藤村操もまた、相変わらずだった。

授業に出てはいるが、いつも生気がない。うつろな目で、ボーッと黒板のほうを見ている。思い出したように、ペンを動かす。だが、すぐにその手が止まる。

隣の席では、安倍能成が熱心にノートを取っている。後ろに座っている岩波茂雄が、身体を乗り出した。

「安倍、あとでノート貸してくれ。飯、おごるから」

「藤村のあとだ」

安倍が振り向きもせず答えると、藤村はボソリと、

「僕はいい」

と言った。

教壇の金之助の耳には、聞こえない。だが、安倍と岩波が、何かにつけ藤村に気を遣って(つか)やっているのは察せられる。金之助はあえて注意せず、知らん顔をして授業を進めた。


その日も暮れ、学生たちは帰路についた。夏の夕焼けは、昼間の陽光よりむしろ暑苦しい。

とはいえ、蒸した陽気は、あまり昼と変わらない。

藤村、安倍、岩波の三人が連れだって、グラウンドを横切る。岩波が唐突に声を上げた。

「休みに入ったら、鎌倉に行かんか。鎌倉はいいぞ。海の色が違う」

「どこと、どう違うと言うのだ」

安倍が、いぶかしむ。岩波は、ちょっと困った。

「いや、俺の故郷の海より断然……断然、近代的な色だ。そのぅなんだ、西洋の色

だ」

「なんだ、それは。第一、君の故郷は長野だろう」

安倍が、真面目な顔をして返した。と、二人して同時に、藤村の顔をチラと見た。

藤村はクスリともしなかった。二人は、落胆の色を浮かべた。

と、そこへ一匹の猫が横切った。

「お」

すかさず岩波が、反応した。

猫は脚を止めると、クルリとこちらへ向きを変え、じっと三人のほうを見つめた。三人は思わず立ち止まった。

「そういえば、誰かが言うとったな。猫は旨い、と。金子じゃったか」

「金子に、そんなゲテモノ食いの趣味があるものか。おおかた他の誰かに聞いたのだろう。君は猫を食うのか」

「長野では食わん。愛媛では食うのか」

「馬鹿を言え」

安倍は、愛媛の出身である。

この時、藤村がクスクス笑い出した。岩波と安倍は、思わず藤村の顔を見た。

「北海道でも食わん」

藤村が、愉快そうな笑顔を浮かべた。その声は少しだけ弾(はず)んでいるようだった。

ここ数日、こんな藤村の顔を、二人はついぞ見たことがなかった。二人は安堵した。

やがて猫は、トコトコと三人に近づいてきた。藤村の足下(あしもと)に座り込み、じっと藤村の顔を見上げた。そして「ニャー」と一声鳴いた。

「藤村になついているな」

「藤村、おまえの猫か」

「いや」

そう一言だけ答えた藤村は、猫から目を離そうとしなかった。

すると、猫がダッと走り出した。校舎の陰まで走ると、急に脚を止め、また三人を振り返った。

藤村は、意を決したように、

「僕は、これで失礼する」

とだけ言うが早いか、小走りで猫のあとを追っていった。岩波が、一緒に追いかけようとした。しかし、安倍が、それを制した。

「おう、また明日な」

安倍が声を上げた。藤村は振り向きもせず右手を上げ、猫が走っていった校舎の裏手へ姿を消していった。

## 八

猫は校舎の裏を抜けると、そのまま遊歩道をトコトコと歩いていく。少し小走りに進んでは、藤村のほうを振り返る。

夕暮れのジリジリする陽射(ひざ)しが、藤村に降り注(そそ)ぐ。首筋が、汗でビッショリである。藤村は、すっかり湿ったハンケチで、しきりに首筋を拭(ぬぐ)いながら付いていく。なぜか藤村は、無心で猫を追いかけ続けた。まるで猫に引っ張られているかのようだった。

やがて、藤村の目の先に小さな門が見えてきた。あの「赤門」よりずっと地味な「龍岡門(たつおかもん)」である。門を越えれば、春日(かすが)通りに出る。

と、門のすぐわきに、男の人影が、おぼろげに見えた。藤村は、目を凝(こ)らした。白の開襟(かいきん)シャツ。ボーターと呼ばれるヨーロッパ風の麦わら帽。左手に鞄を持ち、門のわきの銀杏(いちょう)の木の下で、煙草(たばこ)を燻(くゆ)らしている。

そして、カイゼル髭。

「あ」

藤村は、足を止めた。気まずそうに少し下がった。

「ニャー」

その時、猫が一声鳴いた。男は声に気づいて、こちらを見た。目が合った。

「藤村君か」

「はい」

金之助である。

藤村は「見つかった」といった風で、少し狼狽した。が、おずおずと頭を下げた。

金之助は、藤村の足下でこちらを見ている猫に、目をやった。猫は、じっと金之助を見ている。

「今、帰りかね」

「はい」

「僕もだよ。しかし、こう暑さが残っていると、帰り道もなかなかひどいね。それを思うと、一歩を踏み出すのにも躊躇してしまう」

金之助は、吸っていた煙草を足下に放ると、踏み消した。

「君も一本どうかね。『敷島』だよ」

金之助はちょっと得意気に、藤村に煙草を勧めた。「敷島」は、紙巻き煙草の中では値の張るほうである。「朝日」が二十本入り八銭のところ、「敷島」は十銭だ。

金之助は、若い頃から煙草好きである。ふだんは、鏡子が買い置きしておく「朝日」を持ち歩いているのだが、この日はたまたま家から持ち出すのを忘れた。それで、出勤途中に、自前の小遣いで買った。「どうせわざわざ買うのなら」と、ちょっと奮発したのである。

「いえ、結構です」

だが藤村は、やや距離を取ったまま近づこうともしなかった。

「そうかね。マァ、こちらへ来たまえ」

藤村が一向に動く気配を見せないので、金之助は、直接うながした。藤村も、今度はさすがに「いえ、結構です」と答えるわけにいかないから、無言のまま金之助のそばに寄ってきた。

「どうだね。少し一緒に歩こうじゃないか」

「はあ」

藤村がとっさに断れず、あいまいな返事をしてしまったことは、金之助にもすぐに察せられた。だが、金之助は知らぬ顔をして歩き出した。

二人は、龍岡門から春日通りに出ると、左に折れた。上野の方角である。本郷の街は、緩やかな坂が多い。この方角は長い下りになる。足首に負担がかかって、意外と歩くのに骨が折れる。

二人は、無言で進んだ。金之助が前を歩き、藤村は、そのあとを付いていく。猫の姿は、いつのまにやら見えなくなっていた。

金之助は、チラと後ろを振り返った。藤村は、少しばてているようだった。

「少し休んでいくかね」

金之助が、声をかけた。藤村が顔を上げると、前方にミルクホールが見えた。

藤村は正直、腰をかけたかったので、ここは断らなかった。二人は店のドアをくぐった。

ミルクホールはその名のとおり、ミルクをメインのメニューにした軽食の店である。こんにちの喫茶店で「コーヒーの代わりにミルクを出す店」とイメージすれば、ほぼ間違いない。明治時代には、滋養強壮のため牛乳を飲むことが、政府から奨励されていた。そうした時代のニーズに応え、都市部には多くのミルクホールがあった。

「いらっしゃいませ」

入店すると、涼やかな青で染めた絣の着物にエプロンをかけた女給が、軽やかに声をかけてきた。

　本郷の街は、学生が多い。若い男たちは、女給とのささやかな交流を楽しみに、ミルクホールに通う。店側も心得ているから、どの店でも若い娘が数人雇われている。

　金之助は、奥のほうのテーブル席に腰を降ろした。藤村は、金之助の前に無言で座って、ホッと一息ついた。

　店の窓は全開にしているから、多少の風は通る。表よりは、よっぽど居心地がいい。棚に飾られた金魚鉢が、目に涼しく映る。

　金之助は、鞄から自前の扇子を出した。藤村は、テーブルの上に備えてある団扇で、ゆっくりと首のあたりをあおいだ。

「牛乳でよいかね」

「はい」

「君は、甘いものは好きか」

「嫌いじゃありません」

　金之助は、女給を呼び寄せると、

「牛乳二つと……そうさな、シベリアを二皿持ってきてくれ」

と言った。女給はずいぶんと慣れた娘のようで、満面の作り笑顔で、

「かしこまりました」

と声を弾ませた。この間、藤村は女給の姿に目をやろうともせず、顔をふせたままだった。

「こういう店で働いている娘は、快活でよいね」

金之助が藤村にこう声をかけると、藤村は意外そうに目を見張った。藤村もやはり学生たちの例にもれず、金之助に堅物のイメージを抱(いだ)いている。

「いえ、別に僕は、こうした店の女は……」

藤村はそこまで言って口をにごした。金之助は、少し悲しそうに顔を曇(くも)らせたが、何も言わなかった。藤村は顔をふせたままだったので、金之助の表情には気づかなかった。

たしかに、女給に中流以上の家の娘はいない。ましてや、女学校に通える家庭の娘など、皆無(かいむ)である。貧しい地方の農家から、いわゆる「口減らし」のために都会に出されてきた娘も少なくない。

そして帝大生となれば、たいていそれなりの家柄の子息(しそく)である。遊びで近づくならともかく、女給を本気で相手にする者はまずいない。

こうした点、金之助はむしろ例外的な男であった。

彼は、全国でも数えるほどしかいない明治第一世代の帝大出である。日本トップクラスの英文学者で、正真正銘のエリートだ。しかし、こうした「社会的地位の低い女性」への偏見がまるでない。

子供の時分、歳の離れた兄が遊び人で、金之助は、兄が付き合っていた芸者衆によく遊んでもらっていた。

少年というものは、身近に美しく若い女性がいると、本能的に「聖なる憧れ」を抱く。たとえばその相手は、小学校の時分に担任だった若い女性教師だったりするのだけれど、金之助の場合はそれが、人工的に磨き上げられた色香をまとう芸者衆だった。

子供時代にそんな経験を刷り込まれた金之助は、だから、三十代も半ばを過ぎてなお、女性の色香に淡い聖性すら感じている。ある意味「運の良い子供時代」を送った男だった。

もっとも、だからと言って、藤村の偏見を正そうとするほどの熱意も青臭さも、さすがにない。金之助は、この話題をすぐに切り上げた。

「君は北海道の出身だったな。夏期休暇には里帰りするのかね」

藤村は、黙っていた。だが、うつむいたままのその顔が、一瞬ひきつったように見えた。金之助は嫌な予感がした。

「東京で過ごすのかね」

「いえ……」

金之助は、じっと藤村の様子をうかがった。

藤村は、うつむいたままだった。が、妙に身体をこわばらせ、両の肩に不自然に力が入っているのがわかった。両の手で膝のあたりをつかんで、その指がジリジリと動いていた。

金之助は、思った。

これは、緊張感とは違う。緊張感というものには、少なからぬ躍動性があるものだ。言ってみれば、「目の前の窮状を、自分でなんとかしよう」という積極的な心持ちが同居している。

だが、この若者には、それが感じられない。何らかの窮状にあって、ただ立ち尽くしている。自ら動こうとしない。いや、「動けない」と初手から自らをあきらめているように、感じられる。

ならば、緊張ではなく不安か。いや、それよりももっと不安定な、もっと暗く沈んだ感情が、彼の中をまさぐっているような気がする。それは何だろう……。

金之助は、藤村を凝視した。彼の手の甲を、汗がゆっくりと流れているのが見えた。

そうか、これは「恐怖」か。だが何を恐がっているというのだ。

もちろん金之助は、「俺を恐がっているのだろうか」とは思わない。自分という人間が他人に恐怖を与えるほどに「大きな存在」などとは、金之助は自惚れていない。

その時、

「お待たせしましたぁ」

女給が、小振りのジョッキに注がれたミルクと、菓子の「シベリア」を運んできた。一瞬、金之助の気がフッと抜けた。金之助は黙って、品が並ぶのを見ていた。

「どうぞ、ごゆっくりぃ」

女給は快活な笑顔でテーブルに品を並べ終わると、クルリと体を返して、厨房のほうへ去っていった。金之助はジョッキを握ると、藤村に声をかけた。

「飲みたまえ。それから話をしよう」

# 九

「このシベリアという菓子は、おもしろいね」

　金之助は、とにかく藤村の口を開かせたかった。

　藤村が「何かを言いたい」のは、わかっていた。そのきっかけが欲しい。とにかくなんでもよいから話をしなければ——と考えた。

「西洋の菓子と日本の菓子を、こうも無造作に合わせるなんて、どうにも乱暴な話だ。ところが、これが意外と味に調和を生んでいる」

　二枚のカステラに羊羹をピタリと挟んだ菓子の「シベリア」は、もちろん日本独特の菓子である。明治の中期頃から広まり、戦前までは大人気の菓子だった。金之助は、料理についてはとんと素人だが、甘党で、菓子は大好きである。

「僕は、初めてこれを見た時、つまらぬ西洋かぶれで和菓子の味わいを台無しにしてしまう愚劣な食い物だ、などと、食べもしないで不快に思ったものさ。ところが、いざ口にしてみたら、思ったよりも旨い。

　羊羹のしっとりした嚙みごたえとカステラのふんわりした食感が、おもしろい。もっとも、両者ともひたすら甘いから、味はただ『甘い』としか言えんが、その単純さがまた良い。単純というのは何の深みもない代わり、なにしろ気楽なものだから心が休まる」

金之助はここまで喋(しゃべ)ってから、大口を開けて一口あんぐりとシベリアをかじった。あとはモゴモゴとひたすら口を動かし、ようやっとのことで呑み込んだ。

この時、藤村はようやく顔を上げた。食べている金之助の顔をじっと見た。金之助がシベリアを呑み込んだのを見てから、自分も一口かじった。

「先生」

藤村は、口を開いた。金之助をまっすぐ見つめた目は、潤(うる)んでいた。

「僕は無理なんです。僕は、そんな『無造作』とか『単純』とか、そんなの無理なんです」

この唐突な物言いに、金之助は動揺しなかった。金之助は、受け持ちの学生一人ひとりをよく見ている。だからこの若者の繊細(せんさい)さを、金之助は察している。

ものごとを複雑に、深刻に考えないではいられない。常に思想が感情を凌駕(りょうが)している。常に理性が感情を抑えていなければいけない、と信じている。いや、そうであらねば人生に意義がない、と思い込んでいる。情誼(じょうぎ)だけで生きることを恥じている。

「これが近代の若者だ」

――と、金之助は思う。そしてまた、自分もこの若者に似ていると自覚している。

「先生、僕はかつて恋をしました」

藤村は、語り始めた。

「彼女と一緒にいるだけで、幸福でした。かつて僕にとっては、彼女がいて、自分がいて、ただそれだけで世界は十分でした。満ち足りていました」

金之助は、うなずいた。

「そうだね、それが恋だね」

金之助の何ら躊躇のない肯定(こうてい)に、藤村は一瞬、言葉を止めた。だが、すぐに続けた。

「一緒に月の下を歩きました。手紙を書きました。その手紙を渡しました。そんなことを、幾度(いくど)となく繰り返しました」

藤村の様子は、無理矢理に押し込めていた腹のものを一気に吐き出しているようだった。教室でのうつろな態度とは、まるで違う藤村だった。

だが金之助は、何も違和感を抱かなかった。驚かなかった。

「けれど、その恋は終わりました」

藤村は、うつむかなかった。金之助をまっすぐに見つめたままだった。

「恋が終わったあと、僕は虚無でした。僕には、何もなかったのです。その時、僕は気づきました。僕は『ただの恋の塊』にすぎなかったのです。ただ、それだけの存在でした」

藤村は、ミルクを一口飲んだ。喉が小さくコクンと鳴った。

「それに気づいた時、僕は愕然としました。なんて、なんて僕は……」

金之助は黙っていた。しかし、藤村の次の言葉は、わかっていた。

「つまらない、虚しい人間なのだろうか、と。恋一つしか持ちえなかった。他に何もない。そんな僕という人間に、何の意味があるのだろう、と」

金之助は、まだ黙っていた。心のうちで藤村の言葉を肯定もするし、否定もしていた。

金之助も、かつて恋をした。恋が人の心をどれほど強く支配するか、ということ。その支配に人の心は抗えない、ということ。それを金之助は、実感としてよく知っている。

「だが、人はそれだけではいけない。恋だけではいけない」と、思ったこともあった。あるいは、今もそう思っている。

人は周囲とともにある。だが、恋は時として、人に周囲を不必要としてしまう。「恋だけあればよい」と思うことは、すなわち「周囲は要らない」ということである。

それを、幸福と言う人もいるだろう。人生はそれで良いじゃないか、と訴える人もいるだろう。

けれど、自分は違う。「恋の相手以外の、より多くの人のため」に何かをしなければ、生きる甲斐がないように思う。

藤村もまた、きっとそういう人間なのだ。きっと自分と同じなのだ。

彼は、生きるために何かを為さなければならない、と思っている。「ただ至福を感じるだけ」の日々に、「生きる満足」を得られない人間なのだ。

――と、金之助は、こんなふうに考えた。そして、ぽつりとつぶやくように言った。

「そうさね。幸福であることは、必ずしも満足には結びつかないね」

「そうなんです」

藤村は、身体を乗り出した。椅子がガタンと揺れ、隣のテーブルにいた客が驚いて振り返った。

「けれどね」

金之助は、言った。

「『虚しい』ということは、『中に何もなくなった』ということだろう。だったら、また何かを詰め込めばいい。恋が終わったことは、人生が終わったことにはならない。『別のことが始まる』、いや、『別のことを始める』きっかけじゃないのかね」

藤村は、一瞬目を見張って金之助を見た。が、すぐにその目はうつろになった。口元が緩み、うっすらと笑みさえ浮かべるようだった。

嘲笑。

金之助は、その笑いをそう解釈した。

「先生、僕のうつろさは、そんな都合のよい楽天的なものじゃありません。本当に何もないんです。何かを詰め込むといったって、袋が空っぽになったわけじゃない。袋さえがないんです。正真正銘の虚無なんです」

金之助は、じれったくなった。

「君、虚無というものは、人がそう簡単に至れる境地じゃないよ」

金之助の言葉には、少し怒気があった。

金之助は学生時代、鎌倉の寺に籠もって禅の修行の真似事をしたことがある。

これといった理由があったわけではない。ただ、当たり前の毎日が漠然と嫌になった。その不快を仏の教えが取り除いてくれるのではないか、と素人考えに思いついただけである。

案の定、たいした成果は得られなかった。ただ、その時ほんの少しだけ、禅の悟りというものを垣間見た気がした。

悟りは虚無である。だが、そこに不安はない。虚無とは、自分と周囲が溶け込むことだ。自分と周囲の垣根がなくなることだ。だから何ものにも縛られず、何ものにも固執しなくなる。これほど穏やかなものはない。

けれど、そうなってしまっては「周囲に何かを為す」ことは、決してできない。なにしろ「自分と周囲の区別がなくなってしまう」のだから。

それに気づいた時、自分はとうてい悟れない、と金之助は理解した。それはすなわち「近代の人間は悟れない」ということだった。

金之助は思う。

藤村もまた、自分と同じ「悟れない人間」だ。「虚無になれない人間」なのだ――と。

「君は、虚無じゃない。君には『袋』がある。ただ、今は疲れて、その袋に何かを詰め込むのが面倒になっているだけだよ」

金之助は、まっすぐに藤村の目を見て言った。きっぱりした口調だった。

「君は、恋を失った。その結果、今は『何もない自分』になった。それは、そのとおりだろう。けれど、『何もない状態』というのは、『もはやどうしようもない状態』じゃないよ、君。気の持ちようで、『何かがある状態』にすることは、いくらでもできる。そりゃあ時間がかかるだろうさ。だけど、いくら時間がかかったって、いつかは、そこに何かを詰め込める。繰り返すが、君は、ただ『袋が空っぽなだけ』なんだ」

藤村は、しかし動じない。

熱に浮かされているかのように、熱いまなざしを金之助に向けるだけである。金之助の言葉を、どう理解したのか。いや、理解していない、もっと言えば、理解する気が端(はな)からないようにも見える。

「でも、先生、僕の袋なんて所詮、たかが恋一つでいっぱいになってしまう程度の、くだらない袋です。何も入れられやしません」

「『たかが恋』などと言うんじゃない！」

金之助の声が、荒くなった。この一瞬、藤村が初めて動揺した。反射的に椅子に反(そ)り返った。隣のテーブルの席の男がまた驚いて、食べかけのトーストをくわえたまま振り返った。

「君、恋は崇高（すうこう）なものだ。恋ができた人間なら、他のことはなんでもできる、その気にさえなれば」

　恋は崇高。

　これは、藤村には、まったく予想できなかった言葉である。

　藤村は、恋を「崇高なものだ」などと考えたことはなかった。自分の恋は、ただの刹那（せつな）的な享楽（きょうらく）であり、果てしない自己満足であり、だから卑下（ひげ）すべきものだと考えていた。そして、そんな「たかが恋ごとき」に支配されてしまった自分に、果てしない自己嫌悪を覚えていたのである。

　ところが、今ここにいる中年男性は、しかも自分よりはるかに学識深いはずの帝大の教師は、恋を「崇高」と表したのである。

十

　店が混んできた。

　そろそろ夕暮れ時である。小腹（こばら）のすいた学生や、気ままな散歩途中の紳士（しんし）たちが、ミルクホールの扉をくぐってくる。

店の入り口近くにある柱時計が、ボーンと鳴った。六時である。

　金之助たちのテーブルの逆の奥のほうのテーブルで、二人の学生が対座している。一人が気分悪そうにうなだれて、もう一人が、しきりに介抱しているようだ。

「馬鹿だなア。そんなものを飲むからだ」

　うなだれているほうの男の前には、飲みかけのミルクがある。その横に、絞ったレモンの欠片があった。もう一人の男が頼んだ紅茶に付いてきたものを、絞ってミルクに入れたらしい。

　藤村は金之助の肩越しに、この二人の様子をチラと見た。藤村の顔は少し不快気だった。

「恵比須をくれーっ」

　別のテーブルから、張り上げた声が聞こえる。まだ陽があるうちから、ビールを飲もうというのだ。

「そろそろ出るかね」

　金之助が言った。

「はい」

「ならば、それを平らげてしまいたまえ」

　藤村の前には、半分ほど食べかけのシベリアがあった。藤村は物も言わず、一度にそれを口に放り込んだ。モゴモゴと一心に咀嚼して、残ったミルクを一気に飲み干し、まとめて呑み込んだ。

金之助は、自分の分をすでに平らげていた。藤村が食べ終わるのを見届けてから、席を立った。藤村も、すぐに続いて立ち上がった。

金之助が勘定を済ますと、藤村は、

「ご馳走様でした」

と軽く頭を下げた。

「構わんよ」

金之助の目は、優しかった。

「君、講義はあと数回残っている。これからは予習してきたまえよ」

藤村の前を歩く金之助は、振り返らずに言った。口調は穏やかだった。

「はあ」

夏の陽はまだ残っているが、通りのガス灯に、ぽちぽち灯が入る。ぼんやりと、なにやら間の抜けた明かりが、二人の行き先を照らす。派手やかな薄紅色の浴衣をまとった女が、人力車に揺られてすれ違った。銭湯帰りなのだろう。

「先生」

藤村が、急に声を上げた。

「僕の祖父は盛岡藩士でした」

　これは、金之助には唐突だった。思わず、

「そうか」

　としか答えられなかった。

　盛岡藩は幕末、会津藩に味方する諸藩の連合「奥羽越列藩同盟」の一翼を担った。薩摩・長州の維新政府軍と激闘を重ね、明治維新後に、敗者として処罰された。

　藤村の祖父も、そうした歴史の中で、北海道の新天地に移らざるを得なくなった。だが、そこで事業を起こし、成功した。

「薩長に『朝敵』の汚名を着せられた盛岡藩の男は、実力で這い上がるしかない」

　それが、元盛岡藩士の合い言葉だった。藤村の祖父も、その信念のもと一族を教育し、これが功を奏して、藤村家は北海道で指折りの資産家となった。

「先生は、かつての徳川の時代の侍たちをどうお思いですか」

　意外な質問だった。

　金之助は、藤村の真意がわからなかった。この問いかけに、何の意味を込めているのか。藤村は、何という答を待っているのか。まるで見当がつかなかった。

　金之助は学生と話す場合、たいてい相手の問いかけから即座に、「相手はどんな回答を期待しているか」を判断できる。その期待に応えてやる場合もあれば、そうでない場合もある。だが、いずれにせよ、自分が答えたあとの相手の反応を、答える前から推察する。そうやって彼は、学生の指導をしてきた。

だからこの時の金之助は、あまりに、ふだんと勝手が違っていた。金之助は絶句した。

藤村は黙って、金之助の答を待った。金之助は、答えなくてはならない。

「侍というのは、常に戦いに身を置く者だね。とくに維新前の侍たちは、その気概(きがい)があったと思う。日々をのんべんだらりと安心しきって過ごす明治の人間には、とうてい真似のできないことだ」

金之助は、なにしろ正直な男だから、当たり障りのない返事をしてその場を適当に流すという芸当はできない。できないと言うより、それを潔(いさぎよ)しとしない。彼としては、誠意をもって真剣に答えたつもりでいる。

事実、金之助は江戸っ子で、心情的には徳川方の贔屓(ひいき)である。

もっとも、夏目家は武家ではない。庶民の上級クラスに位置する「名主(なぬし)」の家だった。だが、江戸の庶民というのは得てして、武士階級に素直な、悪く言えば幼児的な憧憬(しょうけい)と尊敬心を抱いていた。この点は金之助も、先祖のそうした感性を単純に受け継いでいる。

い。

とはいえ、この答で藤村がどう出てくるか。それは、金之助には推し量れていない。

ところが、藤村はこれを聞くと、あからさまにうれしそうな表情を浮かべた。金之助は意外に感じた。漠然とだが、それでも「藤村が喜ぶ答」をしたとは、自分では思っていなかった。

金之助は一瞬、安堵を覚えた。だが、次の藤村の言葉に戦慄した。

「先生、戦えば死にます。侍は死ぬことを恐れません。僕は、その精神だけは気高いと思います」

瞬間、金之助の脳裏に、ミルクホールで藤村が見せた「恐怖」の表情が、よみがえった。

「でも、君は死ぬのが恐いのだろう！」

思わず叫んだ。藤村は妙な薄笑いを浮かべた。

「だったら、死ぬんじゃないぞ」

金之助は、明らかに狼狽していた。立て続けに叫んだ。

藤村は、薄ら笑いをやめなかった。金之助とは対照的に、落ち着き払っていた。

「君、袋を詰めたまえ」

金之助にしては、あまりに端的な表現だった。ふだんの彼なら、若い者を相手にする場合、もっと理路整然とした言い方をする。

だがこの時は、これが精一杯だった。

「君、次は、ちゃんと予習をしてくるんだよ」

陳腐な説教を繰り返した。言ったすぐあとで、自分でも、いかにも「中身のない教師」が口にする浅薄（あさはか）な台詞だと思った。けれど、とにかく今は、この若者にこう言うしかないと、思ったのである。

藤村は、黙ったままだった。金之助はまた、そこに嘲りを感じた。

二人は黙って歩いた。それから五分ほどして、藤村は、「僕はこっちです」とだけ告げ、路地（ろじ）を曲がっていった。

金之助は、「そうか」と言って、藤村を見送った。他に何の言葉もかけなかった。

夕暮れの街中は、にぎやかである。豆腐（とうふ）屋のラッパの音が、虚しく金之助の耳に響いた。

無力さを感じた。

## 十一

「どこへ行っていた」

夕食後、金之助が明日の下見をしているところへ、猫が入ってきた。金之助の口振りは、なにやら突っけんどんだった。

「ミケコさんの所だ」

猫はもったいぶることもなく、あっさりと答えた。

「猫か」

「当たり前だろう」

「どんな猫だ」

「いつも首に鈴をぶら下げている雌猫(めすねこ)のミケコさんだ。頭をコクンとかしげるたびに、チリンチリンと、涼しい音をさせる。吾輩の良き朋友(ほうゆう)だ」

「フン」

金之助は、ちょっと英書に目を落とした。が、すぐにまた猫に顔を向けた。

「今日は、どういうつもりだった」

金之助は猫をにらみつけ、詰問(きつもん)した。

「どうって、吾輩としては、おまえさんに気を利かせたつもりだ。だって、あの学生と話をしたかったのだろう?」

金之助は、喉まで出かけた「よけいなお世話だ」という言葉を、呑み込んだ。

「どうして、そう思った」

「おまえさんの様子を見ていれば、わかる」

「どんな様子だ」

「教室で、あの学生に、ずいぶんと気を回していたろう」

「のぞいてたのか」

「教室の外の木の上からな。風がよく通って涼しいし、蝉も捕まえやすい」

こは、いい。窓越しに、おまえさんの様子がよく見えるんだ。あそ
「なんだ、探偵みたいなやつだ」

金之助は、吐き出すように言った。あからさまに不快な顔をした。

「マァ、吾輩としては、人間のもめ事に口を挟む気はさらさらない。おまえさんと
あの学生がどういう関係になろうと、興味はない」

「冷たいやつだ」

「猫だからな」

金之助は、猫の襟首（えりくび）をつかんで持ち上げると、自分の鼻の先へ猫の顔を近づけ
た。金之助と猫は、一寸（いっすん）もないほど間近に顔を突きつけ合った。

「何をする」

猫は、別に動じない。至って平穏（へいおん）に聞いた。

「おまえ、このあいだ言っていたな。小泉先生が……そのうなんだ。二年ほどした

ら、もしかして、そのぅ、何か悪いことになるかもしれない……とかなんとか」

猫はフッと、嫌な笑いを浮かべた……ように、金之助には見えた。

「吾輩は、そんな言い方はしていない。あの男は、二年もたずに死ぬ、と言ったのだ」

「やめろ」

金之助は、猫を放り投げた。猫は事も無げにストンと着地した。

「おまえ、そのなんだ……あの学生は、どうだった」

金之助の目には、いかにも不安の色がある。

「さあ」

「なんだ、その返事はっ」

「そういうことは、こちらが本気で相手の顔をじっくり見ないことには、わからん」

猫はそう言ってから、前脚で耳を軽く掻くと、その脚をペロペロと舐めた。

金之助は、なにやらホッとした。安心したわけではない。ただホッとした。

「おい」

金之助は、声を張り上げた。

「ミケコというのは、どういう猫だ」

急に話頭を転じた。

「だから、言ったろう。吾輩の朋友だ」

「それ以外に、だ」

「そうさな……」

猫は、ちょっと考えた。

「吾輩が何を話しても、たいへん興味深そうに聞く。『アラ、そう』とか『マァ、たいへん』とか、しきりに感心して見せる。吾輩とトントンの歳で若いのに、なかなか向学心のある雌猫なのだ。それから、吾輩を『先生』と呼ぶ」

「なんだって」

「『先生』だ。吾輩が、教師の家の飼い猫だから、そう呼ぶのだ。きわめて自然な話だ」

「そうかな」

「だって、おまえさん、吾輩に名前を付けていないじゃないか」

「猫に名前なぞ贅沢だ。『猫』でたくさんだ」

「フン」

猫は、尻尾をクルリと一回転させた。

「これからは、おまえさんも、吾輩を『先生』と呼ぶがいい」

「馬鹿を言えっ」

金之助は、本気で怒ったようである。また猫の首根っ子をつかもうと、座蒲団(ざぶとん)から身を乗り出した。猫はヒラリと体をかわした。

「冗談だ」

猫は、あっさり引き下がった。

「だが、そいつは雌なのに、なかなか見所があるじゃないか。他人の話にきちんと耳を傾けるとは、なかなか女にはない上等の人格だ」

「そうだろう」

猫は得意気である。

この二人、いや、一人と一匹、こと「女性への理解の度合い」については似た者同士である。

## 十二

二日ほどが過ぎた。

教壇の金之助は、あまり機嫌が良くなかった。

「次、藤村君。読んでみたまえ」

金之助は、後方の席に隠れるようにして座っている藤村を指名した。

藤村はテキストを持たずに、スッと立ち上がった。隣に座る安倍が心配そうに見上げている。

「読めません」

藤村は、憮然（ぶぜん）として答えた。

思わず金之助の右手が、持ったテキストの形が変わるほどに、強く握り締められた。

「読めんことはないだろう」

「どこを読んでいいのか、わかりません」

「聞いていなかったのか」

「聞こえていませんでした」

「ここだ」

隣席の安倍が、あわてて藤村のテキストのページをめくり、ページの中ほどを指さした。藤村はあわてる風もなく、テキストを持たずに、机の上に目を落とした。

「もうよい、座りたまえ」

金之助は、そのまま読ませようとはしなかった。

「安倍君、読みたまえ」

「Such colloquies have occupied many……」

指された安倍は立ち上がると、流暢(りゅうちょう)な発音で読み進めた。

「よろしい。今のところ、藤村君、訳してみたまえ」

金之助は、安倍の朗読を止めるや、再び藤村を指名した。安倍は思わず声にならない声を上げ、藤村を見た。藤村は再度立ち上がると、落ち着き払って言った。

「わかりません」

考える素振(そぶ)りさえ見せなかった。

「予習してこなかったのか」

「きませんでした」

金之助の目の色が、変わった。

教室の空気が一瞬で凍りついた。全員、金之助と藤村に目が釘付けになった。ふだん最後尾の席で不貞腐れのポーズを決め込んでいる少数派の反発組でさえ、固唾(かたず)を呑んで見つめていた。

「なぜ、予習してこなかった」

金之助の声は、わずかに震えていた。

「したくなかったからです」

藤村は、顔を上げたまま答えた。

金之助は、とうとう爆発した。

「予習してこないなら、もう授業に出るな！」

その場にいる者が皆、一瞬、恐怖で青ざめた。金之助の釣り上がった目に、全員が射貫（いぬ）かれた。

だが藤村は、顔色を変えなかった。立ち尽くしたまま、うつろな目で金之助を見ていた。

「先生！　許してやってつかぁさい」

安倍が叫んだ。狼狽のあまり、思わず方言が出た。

これを聞いた金之助は、フッと気が抜けたように冷静な顔にもどった。教室の空気が、少しやわらいだ。誰もがホッとした。

「座りなさい。次からは予習してきたまえ」

金之助は持ったテキストに目を落とし、穏やかに言った。藤村は、無言で席に着いた。

その後、金之助はことさら藤村にふれないようにした。藤村は授業のあいだずっと、机の上に開いたテキストを見つめていた。時々、安倍が「おい」と声をかけると、思い出したようにページをめくる。しかし、ペンにはさわろうとさえしなかった。

そのまま、この日の授業は終わった。金之助は鐘が鳴るや、

「今日はここまで」

と一言だけ言って、教室を出た。

「藤村！」

後ろに座っていた岩波が、金之助が教室から出るが早いか、身体を乗り出して藤村の肩をつかんだ。

「どういうつもりじゃ。夏目先生へのあんな無礼、俺は許せんぞ」

この時ばかりは安倍も、藤村の弁護をせず、黙って見ていた。その目には、怒りの色があった。

「もういいんだ。決めたことだ」

だが藤村は臆する気色もなく、はっきりした口調で言った。

「何を決めたんじゃ！」

「今にわかる」

藤村は口を真一文字に結び、両の手を机の上で強く組んで、その手を見つめながら独り言のようにつぶやいた。

岩波はその瞬間、背筋に凍るものが走るのを感じた。思わず、ブルッと軽く身震いをした。あわてて安倍に、助けを請うような目を向けた。だが安倍も、岩波と変

わらぬ戸惑いの顔で、岩波と見つめ合うのみだった。

「馬鹿なことは、考えるなよ」

やっとのことで安倍が弱々しく、それだけ言った。岩波も、おとなしく自分の席に座り直した。

また鐘が響いた。次の授業が始まる。教室のあちらこちらでガヤガヤやっていた学生たちは、あわただしく自分の席にもどった。

「諸君、毎日暑いことだな。休暇まであと少しだ。もうひと踏ん張りしようではないか」

快活な声を響かせて教室に入ってきたのは、上田敏（びん）だった。

## 十三

教員室にもどった金之助は、自分の席に着くや、一言も発せず考え込んだ。

先ほどの藤村の顔を何度も思い返した。

なぜか不快や腹立たしさは感じない。

「妙だな……」

それが、かえって不思議だった。

ふだんの金之助なら、こんな時は、はらわたが煮えくり返って、しかたないはずである。金之助はこうした点、自分で自分を冷静に見られる男だから、「腹の立たない自分」が奇妙である。無気味でさえある。

もう一度、藤村の顔を思い返す。どこか違和感があった。

「あ」

思わず声が出た。

違和感の正体は、一昨日ミルクホールで話した時の藤村との、雰囲気の違いだった。今日の藤村は明らかに、どこかが一昨日と違っていた。

そうだ！

あの、ミルクホールのテーブルで対峙（たいじ）した時に、はっきり感じた「恐怖の色」が、今日は微塵（みじん）も感じられなかったのである。

それに気づいた時、背筋が凍った。一挙に不安というドス黒い谷底へ、ドスンと落ちた感じがした。まとわりついていた蒸し蒸しする熱気が、急に冷たくなって、身体を圧迫した。開けた窓から聞こえていた蝉の声が、耳の中でけたたましく響いた。

「ああ……」

絶望的な声が、口をついて出た。

ようやくわかった。

藤村の態度に怒りを覚えなかったのは、あの時、自分に「怒る余裕」がなかったからだ。教室で藤村を見ながら感じていた「とてつもない不安」で、「怒るどころではなかった」からである。

だが金之助は、それ以上のことが考えられなかった。

ふだんの金之助なら、さまざまな考えに頭を巡らすことだろう。

なぜ藤村から「恐怖」が消えたのだろうか。

「恐怖」を切り捨てた藤村は、どうする気なのだろうか。

それを目の当たりにして、自分はどうするのだろうか。どうしたいのだろうか。どうすればよいのだろうか――と。

だが、この時の金之助の頭には、そもそも何の「言葉」も、思い浮かばなかったのである。ただ、頭の中がひたすら真っ白になった。すっかり惚けてしまった。

金之助は自分で、そうなった自分に気づいた。「何も考えられない」ことに気づいた。そしてその瞬間、恐怖が襲った。

「ああ」

先ほどと同じ声が、またもれた。

蟬の声が、けたたましく鳴り響く。教員室がグルグル回る。机の上で組んだ両手が大きく膨らんで、重みで持ち上がらなくなる。

暑さが重い。首筋に流れる汗が、妙に粘っこい。喉の奥が、嫌な甘味でネチャネチャする。白い大きな岩に、頭が押さえつけられているようだ。

「先生！　夏目先生！」

ハッと我に返った。

声のほうを振り向くと、上田が立っている。授業を終え、教員室にもどってきたのである。

「お加減が、ずいぶんと悪そうですよ。医務室へ御出でになったほうが、よろしいです。鎮静剤を飲まれては」

上田は心配気に、早口でまくしたてた。金之助は、なにやらホッとした。

「恐れ入ります。大丈夫です」

だが、その声は自分でも驚くほど、しゃがれていた。

「今、お茶をお持ちしますよ」

上田が、あわてて給湯室のほうへ、小走りに向かっていった。金之助は呆然としたまま、湯呑みを持った上田がもどるのを待った。

その日、金之助は、ふだんどおり昼に早々と弁当を済ませ、午後の授業も滞りなく進めた。最後の授業に向かう前、用務員に頼んで人力車を呼ばせておき、授業が終わるや早々に車で帰宅した。

## 十四

「へいっ、お疲れサンでやんした」

玄関先で威勢のよい車夫の声がしたのに気づいた鏡子は、驚いて玄関まで出てきた。ガラリと格子が開くや、金之助が鞄と麦わら帽を突きつけてきた。

金之助のただならぬ雰囲気を、すばやく察した鏡子は、一瞬「何か言わねば」と思った。

「あの……今日は、お早いですね」

だが、金之助はジロリと鏡子を横目でにらんだだけで、何も言わず、足早に書斎へと向かった。鏡子は瞬間、「しくじった」と後悔した。

金之助は、庭先の縁側を進む時、しきりに庭をながめ回した。柿の木の下に、蟬の抜け殻が落ちていた。

「おらんのか」

そうつぶやくと、いまいましそうに乱暴に障子を開け、書斎に入った。気ぜわしく服を脱ぎ、ろくに汗も拭かずに、和服に着替えた。そして、鏡子に茶の催促を

しようとした時、

「よう、帰ったか」

猫が、のそりと書斎に顔を出した。

「どこに行っていた」

「どこって、河原のほうだ」

「何をしていた」

「何って、マァ、涼みに」

猫は、そう言ってから、金之助をしげしげと見つめ、

「何があったんだ？」

と、心配気に問いかけた。

「別に何もない」

「見りゃわかるよ」

たしかに、金之助のいつにない苛（いら）つきは、誰の目にも容易に察せられるものだった。

「藤村だ」

金之助は、あぐらをかいた自分の膝のあたりを見つめながら、いまいましそうにつぶやいた。

「藤村？　ああ、あの学生か。たしか、そんな名だったな」

「あいつ、何か、しでかすんじゃないか」

「何かって、何を」

「それがわかりゃ、苦労せん」

金之助は、吐き捨てるように言った。

「ふむ」

猫は、しきりに後ろ脚で耳を掻いた。

「わからんなら、悩んでも、しかたなかろう」

脚を降ろし、こう言った。

「我々猫族は、わからんことは考えない。勘で動く。それで、たいてい上手くいく」

「猫と一緒にするな！」

「一緒さね。猫も人間も、動物だもの。おまえさんも、わからんなら勘で動け。勘で『そうしたい』と思うとおりにすりゃあ、いいさ」

金之助は黙り込んだ。外の蟬の声が、書斎中に響きわたる。

金之助は、突如スックと立ち上がった。が、すぐにまた座り直した。机の上に放り出してあった英書に手を出しかけ、その手をまた引っ込めて膝の上に置いた。

「どうしたいのか、わからん。何も思いつかん」

金之助は、すがるような目で猫を見た。猫は、じっと金之助を見て、

「ああ、そりゃあ、何もできん、ということだ」

と答えた。

「僕は、勘が働かない人間ということか」

「そうじゃない。勘は働いてる。勘が、おまえさんに教えてるんだよ。『何もできることはない』ってな。何を心配しとるのかは知らんが、おまえさんにできることはない。ただ、事の成りゆきを見てるしかない」

そして猫は、ひと呼吸おいた。

「できることは、やるさ。できないことは、できんさ」

「そんな無責任な」

金之助は、目を落として、弱々しくつぶやいた。

「責任？」

猫の言葉に、蔑むような響きがあった。

「おまえさん、ナニサマのつもりだ」

「なんだとっ」

「無責任というのは、できることをやらんやつのことだ。だったら、おまえさん、

なんでもできるのか。その藤村という学生が、何をしでかすのか全部わかって、どうすりゃあいいのか、全部わかって、わかったことを、全部できるのか」

「そりゃあ、僕は、そんな大層な人間じゃない」

「大層かどうかは知らんが、とにかく、おまえさんは人間だよ。所詮は人間だよ。何でもわかってなんでもできて、だから、なんでもやらなきゃ無責任だ――なんてのは、神や仏の話だ。おまえさん、たかが人間の分際で、神や仏と自分が同じだとでも言いたいのか。図々しいにも程がある」

責める口調ではない。だが、厳しかった。金之助は、うつむいたまま、

「そうなのかな」

とだけ、つぶやいた。

「吾輩だって、空を飛んでカラスどもを取っ捕まえてやれれば、結構な話だがな。吾輩は猫だから飛べん。けれど、飛べんことでクヨクヨはせん」

猫は最後にそう言って、書斎から出ていった。

金之助は、畳にゴロンと寝転がると、精一杯に手足を伸ばした。そして、天井を見つめて、

「とにかく覚悟はしておこう」

と、つぶやいた。

だが、具体的に何を覚悟するのか、それは、わからない。

## 十五

その翌日、金之助は、ふだんどおり出勤した。

休暇前の授業も、大詰めである。時間割の変更もいくつかあり、その日は前日に続いて、藤村たちのクラスの授業があった。

「とにかく平常心だ」

金之助は、努めて昨日のことは引きずるまいと、自分に言い聞かせた。藤村を指名するのは今日はやめておこう、と思っていた。

ところが、いざ教室に入って、教壇から室内を見渡すや驚いた。

藤村が、いない。しかも、それだけではない。安倍能成も岩波茂雄もいない。いつも三人が固まって座っている席が、スッポリ無人である。

何かあったのか、と一抹（いちまつ）の不安を抱えながらも、とにかく、その日の授業は無難に済ませた。他のクラスの授業も滞りなく進み、平穏無事な夏の一日が終わった。

帰りがけに、上田に聞いてみた。

「今日、一年の藤村操たちが、欠席でしたな」

「ああ、そう言えば、そうでしたな」

上田は、何ら気にしていない様子である。

「先生は、彼らの欠席理由はご存じですか」

「いや、とくに聞いておりません。マァ、この時期、学生たちが気ままに欠席するのは、よくあることですし」

上田は、何気なくそう答えたが、金之助が妙に深刻な顔をしているのに気づいた。

「何かご心配事が、おありですか」

「あ、いや別段……。私の思い過ごしでしょう」

金之助はそれだけ言うと、足早に帰路に着いた。

その日の晩、例によって、猫が書斎にのそりと入ってきたが、金之助は、とくに話しかけるでもなく放っておいた。猫のほうも、口を開かなかった。しばらくは金之助の傍らの座蒲団の上でゴロゴロしていたが、いつのまにやら姿を消した。

しかし翌日の朝には、ちゃんともどっていて、台所の隅で朝の餌を平らげた。子供たちに家の中を追い回され、金之助が家を出る頃には、また姿を消していた。

「今日は、来るかな」

金之助は、藤村たちのことが、ずっと心の隅に引っかかっていた。今日は彼らのクラスの授業はないので、一時限目が終わったら、彼らのクラスの受け持ちの同僚に、ちょっと聞いてみようと思った。

だが、同僚にそんな質問をする必要は、なかったのである。教師たちが一時限目の準備に追われている朝の教員室。そこへ珍しく、学長の井上哲次郎が顔を出した。

「皆さん、お聞きください」

井上の顔は、青ざめていた。心なしか、声が震えている。

「今朝早く、連絡が入りまして。一年生の藤村操君が、亡くなられたそうです」

教員室中に、ざわめきが起こった。

「夏目先生！」

上田が、思わず金之助のほうへ振り返り、声を上げた。金之助は、机の上のチョーク箱に手をかけたまま動けなくなっていた。

「ご病気ですかっ」

一人の教師が、井上に聞いた。

「いえ、その……自殺だそうです」

再び、教員室中がざわめいた。

「亡くなられたのは、昨日です。藤村君の叔父で、東京での後見人にあたる那珂通世博士より、ご通知いただきました。諸先生方には故人が生前ひとかたならぬご厚情を賜った、と謝辞のお言葉を、いただきました」

那珂通世は東洋史学の著名な学者で、帝大の講師を務めたこともある人物である。藤村を預かり、息子同様に育てていた。

金之助は、立ち尽くしたままだった。不意を突かれた感はなかった。「やはり」という思いが、頭の中をかけ巡った。

「なんでまたっ。なぜ死んだのです?」

別の教師が、井上に詰め寄った。

ここ数日の藤村の異変を、金之助以外の教師は、誰も気づいていなかった。元もとがおとなしい学生である。だから金之助以外の教師たちにとっては、寝耳に水のことだった。

「いや、詳しいことは、まだうかがっておらんのですが……。遺書は、あったそうです。覚悟の自殺だったようです」

「やはり、菊池家のご令嬢とのことで」

一人の教師が、言葉をにごすようにして言った。誰もが瞬間、これに納得の顔を見せた。

だが、独り金之助だけが、「違う」と小さくつぶやいた。

この時、一時限目の予鈴が響いた。教員室中が一斉に我に返ったように、まただざわめいた。

「皆さん、とにかく詳しい話は後ほどです。どうか授業のある先生は、各々教室へ向かってください。あるいは、学生たちも、もうこの話を聞きつけているやもしれません。努めて騒ぎを大きくしないよう、ご配慮ください」

井上は神妙な面持ちで、教師たちをうながした。数人の教師が教員室を出ようとした時、井上が、あわてて付け加えた。

「あっ、皆さん、今後、この件に関して、新聞がいろいろ聞いてくるやもしれません。くれぐれも軽はずみな発言はなさらぬよう、お願いします」

当時は、テレビもラジオもない時代である。が、出版メディアは、すでにマスコミとして十分に機能していた。朝日、読売、東京日日（こんにちの毎日）の他、数紙の新聞が、市場を競っていた。月刊ペースで発行される雑誌も、数多かった。「帝大生の自殺」といったスキャンダラスな話題となれば、彼らにとっては、格好のネタである。

その日、金之助は淡々と授業をこなした。藤村の自殺は、井上の案じたとおり、すでに学内に知れ渡っていた。ただ、一年生以外の学生は、それほど騒ぎ立てていなかった。そして、金之助はこの日、一年生の授業は受け持っていなかったのである。

「先生、どうぞお気を落とさずに」

帰り際、上田が心配そうに声をかけてきた。金之助は、

「いえ、大丈夫です」

と、弱々しい返事をした。

帰ってからは、夕食の時間以外、書斎に引きこもった。猫は、とうとう姿を見せなかった。だが金之助は、強いて猫に会いたいとは思わなかった。

藤村の顔が、何度も頭に浮かんでは消えた。頭の中の藤村は、しかし何も言わない。ただ、悲しい目をして、こちらに微笑んでいる。

金之助は、その微笑みの意味がわかるような気がした。

## 十六

翌朝、かなり早い時間に目が覚めた。蒲団に入ったまま、ふと枕元のほうを見上げると、猫が丸まって寝ていた。

「おい」

金之助は、蒲団の中から猫に声をかけた。

「なんだ。まだ朝飯には早かろう」

猫は、ゆっくりと金之助に顔を向けると、大きなあくびを一つした。

「藤村が、死んだ」

「ふーん」

ずいぶんと気のない返事である。驚きもしない。金之助は、妙に腹立たしくなった。

「だから、死んだんだよ」

「聞いたよ。それで、なんだっていうんだ」

「いや。おまえだって、あいつのことは知っているじゃないか」

「知ってたって、それは、生きている時の話だ」

金之助は、思わず蒲団をまくり上げ、腕を伸ばして猫をつかもうとした。猫は事も無げに退いて、それをかわした。

「冷たいやつだ」

金之助が叫ぶと、猫は、ギロリと金之助をにらんだ。

「死んだモンのことでクドクド言うのは、人間だけだ」

金之助は、猫に怒りが込み上げた。

「冷たいやつだ」

もう一度繰り返した。だが、猫は冷静だった。

「吾輩たち猫族は、誰かが死んだことに後悔はしても、死んだモンのことは、後悔しない」

「何を言ってるんだ。同じじゃないか」

「違う。だからシロくんは、カラスに食われた子供のことでクドクドは言わなかった。そのかわり、次に産む子は必ずカラスから守ると言っていた」

金之助は、ハッとした。猫の言ったことがわかるような気がしたし、正しいような気がした。けれど、癪(しゃく)だった。自分の中のモヤモヤしたものは、晴れなかった。

「けど、気の毒じゃないか」

思わず叫んだ。本音であったし、と同時に、他に何を言ってよいのかわからぬ末の、苦し紛(まぎ)れの言葉でもあった。

「フン」

猫は、しかし冷淡な目のままだった。

「おまえさんが気の毒がったからと言って、その学生が生き返るわけでもあるまいよ」

クルリと背を向け、蚊帳から這い出ると、ノソノソと障子の開いた隙間のほうに向かっていった。部屋を半分出かけて、猫は、ちょっと立ち止まった。

そして、背を向けたままつぶやいた。

「おまえさん、ナニサマのつもりだ」

そう言って、猫は部屋を出ていった。

猫にこの言葉を浴びせられたのは、二度目である。金之助は、もちろん一度目のことも忘れていない。いや、忘れられない。唇をギュッと噛みしめ、黙って猫を見送った。

しばらくして、蒲団から出た。台所へと歩を進めた。台所をのぞくと、鏡子がせわしげに朝食の準備をしている。七輪の上で鍋が吹いて、味噌(みそ)の香りがそこいら中に広がっている。

「あら、お早いですね」

「新聞は」

「さあ」

鏡子は、突っけんどんに答えた。

鏡子は、朝は少々ぼーっとしている。低血圧で、朝は弱いのである。金之助も、それは承知しているから、黙って玄関へ新聞を取りに行った。座敷で新聞を開くと、案の定、藤村のことが出ていた。

「帝大生、人生煩悶（はんもん）の末の自殺」

昨日の段階では、藤村は、ただ「自殺した」としか、井上から知らされていなかった。ところが驚いたことに、新聞には、藤村がどこでどのように自殺したのか、詳しく報じられている。遺体を確認した藤村の叔父に、取材したようである。

それによれば、藤村は、日光の華厳滝（けごんのたき）へ投身自殺をしたのである。

藤村は独り汽車を乗り継いで、栃木県の日光までおもむいた。そこで死んだ。

「なんだ、これは」

金之助の目についたのは、新聞に掲載された一枚の写真だった。

それは、太い木の幹の表面を削って、筆でしたためた文章を写したものである。

記事によれば、藤村が身を投げる前に書いた遺書だという。写真は画像が粗（あら）いから、とても判読はできない。とはいえ、写真の横に、わざわざ活字にしたものが付けられている。

　巌頭之感（がんとうのかん）

悠々（ゆうゆう）たる哉天壤（かなてんじょう）、

遼々（りょうりょう）たる哉古今（ここん）、

五尺の小軀（しょうく）を以（もつ）て此大（このだい）をはからむとす、

ホレーショの哲學竟に何等のオーソリチィーを價するものぞ、
萬有の眞相は唯だ一言にて悉す、曰く「不可解」。
我この恨を懷いて煩悶、終に死を決するに至る。
既に巖頭に立つに及んで、
胸中何等の不安あるなし。
始めて知る、大なる悲觀は大なる樂觀に一致するを。

藤村は、日光へ向かうに先立ち、わざわざ木の幹を削るナイフと筆と墨を、用意していったというのである。滝のわきに生える木に、遺書を書き付けるという芝居じみたことを、彼は当初から目論んでいたというわけだ。

一読した金之助は、藤村の絶望と悲痛な覚悟を読み取った。ゴウゴウと流れ落ちる滝壺を前に、水しぶきを浴びながら必死に木の幹を削る藤村の姿が、目に浮かんだ。

この時、金之助の心にあふれたのは「哀れ」の感慨である。藤村が哀れでしかたなかった。涙が出そうになった。

と同時に、小さな「残念」という思いが、胸をチクリと刺した。

「違う」

小さくつぶやいた。

文中に表された「ホレーショ」という人名。その意味が、金之助には即座に理解できた。

ホレーショは、シェークスピアの悲劇『ハムレット』に登場する人物である。だが、主人公であるハムレットの友人にすぎず、哲学者などではない。

じつは、『ハムレット』の第一幕に、主人公のハムレットがホレーショに語りかけるシーンがある。

「ホレーショよ。この天と地には、人間のちっぽけな頭からひねり出されるありふれた哲学などより、もっともっと深遠にして多大なる事々が、満ち満ちているのだ」

訳せば、こうした台詞である。

この「ありふれた哲学」が、原文では「your philosophy」となっている。英語の「your」は、状況によって「ありふれた」という意味で用いられる。

ところが、藤村はこのことを知らず、単純な字義である「あなたの」と解釈した。そして、ホレーショに向かって語りかけた台詞だから、そのまま「ホレーショの哲学」と訳したのである。

つまり、『ハムレット』の台詞を引用したまではよかったが、これを誤訳してし

まったのだ。もし、この台詞を遺書に正しく用いるならば、

「ハムレットのホレーショに語るが如く、人間のありふれたる哲學竟に何等のオーソリチィーを價するものぞ」

と示すべきであった。

「藤村、大丈夫だからな。こんなの些細な間違いだ」

この間違いに気づいた金之助は、しかしこうつぶやいた。

金之助が残念に感じたのは、誤訳そのものではない。

この誤訳を、訳知り顔の人々が指摘し、藤村の稚拙な英語力を揶揄することだった。後世に「帝大生が中学生程度の間違いをした」などと、くだらぬ揚げ足取りをされて、藤村の死が貶められるかもしれない。それが、金之助には残念でならなかった。

一通り新聞を読み終えた金之助は、座敷に向かった。やがて朝食となったが、金之助がずっと難しい顔をしていたので、子供たちもなんとなく居心地が悪いようだった。三人とも黙ってそそくさと食べ終えると、さっさと居間のほうへ行ってしまった。

金之助が独り食後に茶をすすっていると、居間のほうから、

「何とおっしゃるウサギさん……」

と、聞こえてきた。長女の筆子が、学校に行く前に「もしもしカメよ」の唱歌を、妹たちに歌って聞かせてやっていたのである。

金之助は、玄関で無言のまま、鏡子から鞄と帽子を受け取った。ふと気になって玄関先で鞄を開け、紙巻き煙草が入っているかどうかを確かめた。果たして「朝日」が、ちゃんと一箱入っていた。

その間、鏡子は立ったまま、じっと金之助のことを見ていたが、一言も発しなかった。

## 十七

学校に着いて教員室に入ると、何人かの教師が新聞に見入っている。数人の教師は、新聞を片手に、ひそひそ話をしている。皆、それぞれに藤村の死がショックだったのである。

「夏目先生、先生はご無事でしたか」

あとから入ってきた上田が、開口（かいこう）一番、聞いてきた。金之助は、とっさに意味がわからなかった。

「え、ええ、マァ、そうですな」

適当な返事をすると、上田はハンケチで額の汗を拭いながら、さも大事件といった風に興奮気味で、

「私はつかまりましたよ。最近の藤村君はどんな様子だったかと、しつこく聞かれましてね」

と、身体をかがめ、妙な小声で言った。

「ああ」

ここで、ようやく意味がわかった。上田は、待ち構えていた新聞記者につかまったというのである。

この日、金之助は二時限目が、藤村のいたクラスの受け持ちだった。教壇に立った金之助は、いつものように、グルリと教室全体を見渡した。先日同様、藤村、安倍、岩波がふだん座っていた席は、スッポリ抜けていた。

「諸君、藤村君のことは、すでに承知だろう。授業前に黙禱（もくとう）し、故人の冥福（めいふく）を祈る」

学生たちは、誰も何も言葉を発しなかった。ただ無言で、金之助の指示に従った。

授業そのものは、いつもと変わらず、淡々と進んだ。だが金之助は、いつもどおりであることに、かえって違和感を覚えた。

「君」

教室内を歩きながら朗読をしていた金之助は、ついに居たたまれなくなって、前のほうに座っている学生に声をかけた。

「藤村は、なぜ死んだのかね」

唐突な質問である。金之助自身も、なぜこんな質問が自分の口から出たのか、わからなかった。

聞かれた学生は、ちょっと考えたが、顔を上げて、

「大丈夫です、先生。ご心配には及びません」

と答えた。その目が、金之助を哀れんでいるように、金之助には見えた。

「大丈夫なことがあるものか！　死んだじゃないか！」

思わず大声で叫んだ。学生はびっくりして、目を丸くした。

「あ、いや、済まなかった」

金之助は、あわてて謝罪の言葉を述べた。少し目をふせて、また朗読にもどった。

帰り際に、また井上が教員室に顔を出して、

「くれぐれも新聞にはよけいなことを言わないようにしてください」

と、再度クギを刺した。金之助も、新聞の無責任なゴシップ記事には前々から不

快を覚えていたクチだから、井上の不安には同意である。黙って、うなずいた。

帰り道、藤村と入ったミルクホールの前を通った。あの日の藤村の顔が、急に思い出された。

「藤村、おまえ、あの時は、死ぬのが怖かったじゃないか」

心の中でつぶやいた。

あの日、対座した藤村が見せた「恐怖」。あれは、「これから死ぬのが怖かった」のである。彼はあの時すでに、自殺を決意していた。決意した上で、それでも、死ぬのが怖かったのだ。

藤村が自分に語った諸々のことは、「相談」していたわけではなかった。ただ「すでに決めていた心のうち」をぶちまけていただけだった。

藤村は、ただそうしたかったのだ。決意を言葉にしたかっただけなのだ。だから、別に相手は誰でもよかった。たまたま自分が目の前にいたから、自分の前で語ったにすぎなかったのだ。

――と、金之助は、ミルクホールの扉の前で、そんなふうに考えた。自分の無力さと藤村への哀れさが、再度、胸のうちにうずまいた。

「おまえさん、ナニサマのつもりだ」

突如、猫に言われたあの言葉が頭の中に響いてきた。そして、頭の中でもう一度繰り返された。

「おまえさん、ナニサマのつもりだ」

金之助は一瞬、少し救われたような気がした。けれど、そう感じた自分に、次の瞬間、とてつもない嫌悪を覚えた。悔(くや)しくはなかった。ただ、情けなかった。

「パープー」

豆腐屋のラッパの音が、耳に飛び込んできた。

蒸し暑い夕暮れだった。

## 十八

藤村の死は連日、新聞、雑誌がこぞって取り上げた。

帝大生の自殺。しかも、その原因が「人生の苦悩」という哲学めいたものだったから、よけいにスキャンダラスだったのである。

これが、生活苦だの心中(しんじゅう)だの、あるいは、何か罪を犯して追いつめられた末の自殺だのだったら、ここまでは騒がれなかったろう。そんな陳腐な理由ならば、それこそ「江戸時代の瓦版(かわらばん)」の記事と変わらない、昔からよくある世俗(せぞく)のゴシップである。

しかし、現実的には死ぬ必要がまったくなかった若者が、きわめて観念的な、言ってみれば「純粋な苦悩」の末に死を選んだ。人々は、そこに「近代の思想」を読み取りたがったのだ。

「日本の若者は、もはや、徳川の時代のような陳腐な道徳に従うだけの人間ではない。西洋人のように高尚(こうしょう)な哲学を以て、人生を深く考えるようになったのだ」

人々は藤村の死を、そんなふうに「近代日本人のプライド」をくすぐってくれる甘美(かんび)な出来事として、受け取っていた。

言わば、藤村の死に「酔っていた」のである。

マスコミは、そうした世間の空気を敏感に嗅(か)ぎ取る。世間の風潮(ふうちょう)に合わせ、あるいは煽(あお)ることを「使命」のように思い込んでいる。

さまざまな新聞や雑誌が競って、学者や文化人といった人種に、「藤村操の自殺とは何ぞや」と質問をぶつけ、インタビューや寄稿(きこう)で紙面をにぎわせた。「若き哲学者の死を弔(ちょう)す」といった類(たぐい)のタイトルが、各紙に乱舞(らんぶ)した。

藤村の書き残した「巌頭之感」もまた、一つのブームとなった。言ってみれば「名調子」のフレーズだったから、誰もがこぞって口ずさみ、真似したがった。「人生不可解」は、若者のあいだで、ちょっとした流行語になった。

金之助は、そうした時代の風潮をぼんやりながめていた。

　幸か不幸か、金之助にはマスコミからの取材は、寄ってこなかった。もっとも、これには、帝大のマスコミに対する圧力もあったのだろう。金之助自身も、藤村の死について何も語りたくなかったから、自分から雑誌や新聞に寄っていくことは無論なかった。

　ただ、学生たちのあいだでは、金之助と藤村について一つの噂が流れていた。

　藤村が日光に向かう前日の最後の授業。彼は金之助に、ひどく叱責（しっせき）されている。もちろんそれは、クラス中の学生が目撃している。

「藤村は、夏目先生に叱られたから死んだんじゃないか」

　ありえない話だが、一部の単純な学生は、そんなふうにささやき合っていたのである。

「どうにも、よくない風潮ですな」

　そんなある日、教員室で上田が、さも困った顔をして、金之助に語りかけてきた。手には、今日の新聞が握られている。

「藤村君のことが引き金になって、馬鹿なことをする輩（やから）が、出てきたもんですな」

「はあ、それはどういう……」

　金之助は、上田の言葉の意味が、すぐにピンと来なかった。

「ですから、藤村君の模倣ですよ。先生、新聞、ご覧になっていないんですか」

　上田は、少しあきれたような顔で言った。金之助の世事の疎さに、改めて驚いたようである。

「最近、大騒ぎじゃないですか。なんでも、藤村君の真似を気取って、『人生不可解』とか遺書を残して、華厳滝に飛び込んだ者が、すでに何人か出ているそうです。中には、本当に死んでしまった者もいるという話ですよ」

　金之助は、藤村についての報道は、ことさら見ないようにしていた。それらの大げさでやたらもったいぶった文面が、かえって藤村の死を貶めている感じがしたからである。だから、上田の話は初耳だった。

「どういうつもりなんでしょうな」

　上田が金之助に問いかけると、それを耳にしていた向かいの席の漢学の教師が、急に口を挟んできた。

「いや、上田先生、それはですね、明治の世になって、日本人が神仏を信心する心を失ってしまったからですよ」

　彼は得意満面といった顔で、言葉を続けた。

「信心があれば、『人生不可解』なんぞと悩むはずはないんです。何事も、神仏のお導きがあるのですからね。こうも信心が廃れたとは、まったく嘆かわしい世の中ですわい」

その教師は、鼻息荒くこう力説すると、腕を組んで、しきりにうなずいた。どうやら前々からの自説だったらしい。それを披露できたことで、さも満足げである。

上田は、顔を引きつらせ、苦笑いを浮かべたが、それには何も答えず、改めて金之助を見た。金之助は、静かな口調で答えた。

「若者というのは、『死』にロマンを感じるものですからね」

金之助は、噛みしめるように言った。

「若者にとって死は、あまりに現実から遠い。それだけに、ロマン的な憧れが、あるのでしょう。

そのロマンの思いが、時として、現実の判断を超えてしまう。華厳滝に飛び込んだらどうなるかといった現実より、飛び込むというロマン的行為に、心が支配されてしまうのかもしれませんな」

「なるほど」

上田は、大いに納得の風である。

「しかし……」

金之助は、続けた。遠くを見る目だった。

「若者も老人も、『死への距離』は一緒なのです。どれほど若いとて、いつ現実に死が迫ってくるか、わかりゃしない。誰だろうと、『死』はロマンではない。現実なんですがね」

金之助は、二人の兄を肺病で亡くしている。若くして死んでいった兄たちを見送った経験が、彼にはある。だからこの言葉は、決して思いつきなどではなく、ずっと金之助が胸に秘めていた感慨だった。

「はあ」

だが上田には、最後の一言はあまり通じなかったようである。金之助より七つも年下のこの俊英の教師は、自らの死を「現実」と受けとめるには、あまりに「死について凡庸(ぼんよう)」だった。

「藤村君もやはり、『死』にロマンを感じていたのですかね」

上田は、チラリと机の上の新聞に目を落とすと、何気ない感じで、金之助の言葉をおうむ返しするように言った。すると、金之助は、即座にそれを否定した。

「いや、藤村君の『死』は、そんなものじゃない。もっと崇高なものです」

厳しい目だった。上田は戸惑って、思わず口をつぐんだ。

金之助も、それ以上語ろうとしなかった。

それ以上に何を語ればいいのか、自分でもわからず、黙るしかなかったのである。

藤村操自殺の余波は、長く続いた。その死後四年間で、華厳滝への投身事件は、百八十五件に及んだ。もちろん大半が、藤村に影響を受けた者である。そのうちの四十人が実際に亡くなってしまった。

当時の警察は、華厳滝での自殺防止に努めざるを得なかった。警備を置き、藤村が書き置きしたミズナラの木も伐採（ばっさい）してしまった。だから、こんにちの華厳滝には、すでにその木はない。

## 十九

その日の夜である。

金之助は帰るなり鏡子に、

「今日は早めに夕飯を食う」

と告げた。そして夕暮れに、書斎へ自分の分の食事だけを運ばせた。

「終わったら呼ぶから、出ていけ」

金之助は、飯をたいてい茶碗に二膳半食べる。だから鏡子は、食事中おかわりを盛り付けるため、わきに座っているつもりだった。だが金之助は、配膳ができるや鏡子に、おひつだけ置いて出ていくよう命じた。

「わかりました」

鏡子はそれだけ言うと、あとは何も聞かず出ていった。

食事を済ませて膳を下げさせたあと、金之助は文机の前に座って、何をするでもなくボーッとしていた。明日以降の下読みは、すでに済ませている。

金之助は、「今は藤村のことは考えまい」と、心がけることにしていた。猫に言われたことが、その決心をうながした。

今「藤村の死」についてあれこれ思っても、自分が追いつめられるだけで、何も生み出せない、と金之助は考えた。

金之助が当面気になっていたのは、藤村のことではなく、彼の朋友である安倍能成と岩波茂雄のことである。

二人は、藤村が欠席した日に同じく欠席した。そしてそれ以来、ずっと登校していない。

欠席の理由は、判然としない。学校に届け出もない。もっとも通常だったら、学生の数日の欠席など、騒ぐようなことではない。だが、今回ばかりは状況が状況だけに気になる。

「全体どうしちまったんだ」

思わずつぶやいた。

井上に問い合わせたところ、さすがに井上も少しは気になっていると見えて、

「明日来ないようなら、学校から家のほうへ問い合わせてみましょう」

と言っていた。金之助は、明日は一年の授業があるから、自分でもクラスの学生に聞いてみようと思った。

「それにしても、どうしちまったんだ」

またつぶやいた。

と、その時である。

「あなた」

障子の向こうから、鏡子の呼ぶ声がした。

「学生さんがお見えです」

「寅彦か」

反射的に聞いてから、「学生なら寅彦のわけないか」とすぐに気づいた。

「違います」

鏡子は障子も開けず、廊下に突っ立ったまま返事をした。猫の通り道に少しだけ

開けている隙間から、その姿が垣間見える。

「野村か」

「違います」

「じゃあ、誰だ」

「存じません」

金之助は、イライラし出した。

「誰でもいいから、通せ！」

金之助が、文机の前であぐらをかいたまま怒鳴ると、鏡子が、縁側を玄関へとパタパタ歩いていく足音がした。やがて障子の向こうから、

「失礼します」

という物静かな感じの声が聞こえ、障子がスッと開いた。

安倍能成だった。

「君か」

「はい」

安倍は、障子をきちんと最後まで閉めた。金之助は、一瞬「あ」と小さく声をもらしたが、そのままにした。安倍は、気づかなかった。

「よく来たね、全体どうした。ずっと休んでいたじゃないか。岩波君は一緒じゃな

いのかね」

金之助は、今の今まで安倍たちのことを考えていたものだから、ふいの訪問にもかかわらず、さほど意外な感じはなかった。それで、矢継ぎ早に言葉が出たので、かえって安倍のほうが戸惑った。

「あ、あの……岩波は、一緒じゃありません。僕一人です」

安倍のあわて振りを見て、金之助も、今更（いまさら）のように自分の性急さに気づいた。なんだか安倍に気の毒なことをしてしまったと思い、少し気まずくなった。改めて落ち着いた口調で、問いかけた。

「二人とも、やはり藤村君のことで休んでいたのかね」

安倍は悲痛な面持ちで、少し下を向いた。

「はい」

「全体何があった。どうして来た」

金之助は、努めて平静を装った。だが、身体が自然と前のめりになっていた。

「あのぅ、その件に関して、夏目先生にお伝えせねばならないことがありまして。それで、こんな夜更け（よふ）に非礼とは存じましたが、参りました」

金之助は、急に緊張し出した。

# 二十

藤村のことで伝えねばならないこと。

金之助は、それが何なのか、まるで見当がつかなかった。金之助は、「まるで見当がつかないこと」を極度に恐れる男である。

「それで、あのぅ、藤村のことなんですけど……」

安倍が、一字一句を悩みながら喋っていることが、金之助に伝わってくる。早く続きを聞きたくもあり、聞きたくなくもある。ひたすら黙って、安倍の次の言葉を待った。

「藤村が死んだ日、夜遅くに、僕の所に知らせが来たんです。藤村の叔父さんの那珂家が、わざわざ知らせを寄越してくれたんです。

でも、その知らせは『藤村が失踪(しっそう)した』というだけだったので、僕は、まさかあいつが死ぬとまでは思ってませんでしたから、あわてて、とにかく那珂家に向かったのです」

もちろん、金之助には初耳の話ばかりである。金之助は、無言のまま安倍を見つめ続けた。まるで、安倍の口の動きを一瞬たりとも見逃すまいといった風だった。

「着くと、岩波も呼ばれていました。叔母さんが出てきて、藤村が書き置きをしていなくなった、と言いました」

「書き置き？」

「机の引き出しの中にあったそうです」

藤村は家を出る時、あえてすぐに気づかれないよう、机の引き出しの中に、家族へのメッセージを残していたのである。

自分がいなくなって不審に思い始めた家族は、手がかりを求めて、部屋を探し回るだろう。そうなれば、やがて机の引き出しを開けるだろう。そうして初めて、メッセージに気づくだろう。

その頃には、自分はすでに東京を離れているだろうから、追いつかれて家に連れもどされる心配はない。その一方で、机の引き出しなら、比較的見つけやすいから、事を済ませたあと、気づかれるまで時間がかかりすぎることもない。

――と、藤村の周到な計算だったのである。

果たして藤村の思惑どおり、家族が机の引き出しに気づいたのは、藤村が日光に着いた頃だった。

「引き出しの中に、箱が入っていたそうです。そして、箱の蓋に『これを開けよ』と書いてあったそうです。

開けると、中に何通かの封書があって、北海道の実家宛とか、那珂家宛とかがあって、それから、『安倍と岩波へ』と書いた封書も入っていたのです。それで、僕たちが呼ばれました」

金之助は、事情が飲み込めてきた。

「その君たち宛の手紙に、僕のことが何か書いてあったのかね」

「はい」

安倍は、うなずいた。だが、その手紙をすぐに出そうとはしなかった。金之助も催促するのは気が引けたので、黙って話の続きを聞いた。

「叔父さんが那珂家宛の手紙を開くと、『日光へ向かう。不孝の罪はお許しください』とかなんとか、書いてあったそうです。叔父さんは、すぐに汽車に飛び乗ったので、僕たちが那珂家に着いた時には、すでにいらっしゃいませんでした。

岩波が、『僕らも行こう』と言い出したのですが、叔母さんに『頼むから、いてくれ』と懇願されて、皆で叔父さんの連絡を待つことにしました。そうしたら……そうしたら」

安倍は、涙ぐんできた。金之助は、とにかく続きが気になった。無言で待った。

「真夜中に電話がありました。日光の叔父さんからです。藤村が死んだって。遺体を確認したって」

電話は、明治三十二年に東京ー大阪間の長距離市外通話が始まり、本格的に普及し出した。もっとも当時は、ごく一部の裕福な家庭にしか引かれていない。

「頭から落ちていったから、頭が潰(つぶ)れて、顔がグチャグチャになって、誰かわからないほどだったって。けれど、滝の上の木に例の遺書があったし、服装ですぐに藤村だと知れたって。

初めに電話を取った叔母さんは、真っ青になって、ろくに口も利けませんでした。電話を僕に代わってくれて、叔父さんが僕に話してくれたのです」

「気の毒だったな」

金之助はつぶやいた。が、誰に向かって、つぶやいたのか。藤村にか。那珂家の人々にか。安倍にか。

「とてつもない衝撃でした。言った当人の金之助にも、わからなかった。何と言うか、とにかく衝撃でした。岩波は、電話口に座り込んでしまって、顔をうずめて、しばらく動けませんでした。僕も、叔母さんに『ご愁傷様(しゅうしょうさま)です』と一言言ったきり、あとは言葉が出ませんでした」

「で？」

金之助は、いきなり口を開いた。

「岩波君は、どうしたんだ」

「岩波ですか」

　安倍は、ちょっと驚いたように顔を上げた。

「岩波は、帰りました。二人宛の手紙を読むと、僕の胸に『預かっておいてくれたまえ』と言って押し付けて、帰ってしまったんです。

　翌日、岩波の家に尋ねたら、その日の朝早くに独りで出かけてしまったそうです。信州の岩波家の別荘に、今もずっとそこに引きこもっているようです」

「では、無事なのか」

「え、ええ、それはもちろん」

　金之助は、ホッとした。

「僕も、それから何もする気が起きなくて、ずっと下宿に引きこもっていました。藤村からの手紙を、何度も読み返しました」

「ふむ」

　金之助は、その手紙の内容が知りたかった。だが、「何と書いてあったのかね」と聞くのはいかにも下卑た態度に思えて、踏み止まった。安倍は、それを察したかのように話を続けた。

「手紙には、僕たちへの感謝とか、最後の数日の非礼を詫びたいとか、蔵書を形見としてもらってほしいとか、そんなことが書いてありました。それから」

　安倍は、顔を上げた。

「自分は、このまま生きていても何の益もない人間だと悟ったから、死ぬのだ、と」

「益がない、だって！」

金之助は、いきなり叫んだ。安倍は驚いて、思わず身体を少し後ろにのけ反らせた。

「益がないとは、どういうことかね。自分が世の中になんの役にも立たないと、そういうことかね」

だとしたら、なんと愚かなことをしたのだ、あいつは。

金之助は、心のうちでそう続けて叫んでいた。

世の中の損得だけで生命の価値を計るなどは、「生命そのものの荘厳さ」を軽んじる、いや、侮辱することだ――と、金之助は思う。

「世の中に益を与えたい」という気持ちは、わかる。自分だってそうだ。けれど、その一点だけですべてを決してよいほど、生命は単純な存在ではないはずだ。生命は、「生きているだけで喜ぶべき存在」のはずだ――と。

ところが安倍は、金之助の言葉に即座に異を唱えた。

「いえ、それは違います」

目が、まっすぐに金之助を見ていた。安倍に迷いは感じられなかった。

「そのことも書いてありました。『言っておくが、益がないというのは、他人に対してではない。他ならぬ僕自身に対して、僕の命は益がないのだ』と、そんなふうに書いてありました」

「僕……自身……」

金之助は、目を丸くした。

意表を突かれた。そこには思い至らなかった。

その瞬間、藤村のあの悲しい笑顔が脳裏に浮かんだ。自分が、急に藤村からずっと後方へはじき出されたような気がした。

だが安倍は、金之助の表情の変化には気づかなかった。というより、そんなことに気を回すゆとりはないようだった。熱に浮かされたような目で、ひたすら話を続けた。

「それが、どういう意味なのか、僕にはうまく説明できません。だけど、なんとなくわかる気がするのです。

僕はそれを読んで、それから華厳滝の遺書を知って、藤村がどれほど……その何と言うか……『生きる意味』、そうです、生きる意味に純粋に煩悶していたか、わかる気がするのです。

先生、僕は、藤村がかわいそうでなりません。けれど、僕は彼を尊敬しています。いや、尊敬というか、軽蔑（けいべつ）はしません。僕は、藤村を侮辱する者を決して許しません」

そして、ひと呼吸置いてから強い口調で付け加えた。

「僕は、あいつの朋友ですから」

安倍は、明らかに興奮気味だった。正座した身体を少し浮かせて、膝に置いた両の拳（こぶし）が強く握りしめられているのが、見て取れた。

金之助は、黙っていた。藤村を「愚か」とは、もう思わなかった。けれど、哀れだった。

「先生、それで」

安倍は腰を浮かせて、ズボンの尻のポケットから一枚の紙を取り出した。

「藤村からの手紙の最後に、この一文が添えられていました。その一文だけ、インクの色が違っていて、文字も少し小さくて、あとから書き足したものだとわかりました」

金之助は、安倍の手に握られた紙片を、じっと見た。二つ折りにされたそれは、ノートのページをハサミできれいに切り取ってきたものだった。

「その紙が、そうなのかね」

「はい、その一文を書き写してきたものです」

安倍は、手紙の実物は持ってきていなかった。安倍と岩波へ宛てられた私信だから、それを別の人間に見せることを、安倍はためらったのである。安倍はそういう男だった。

「見てください」

安倍が差し出した紙片を受け取った金之助は、ちょっと躊躇した。が、ゆっくりとそれを広げた。安倍の几帳面な字で、そこにはこう書かれてあった。

「願わくば、我は死を以て我が袋を満たすもの也と、夏目先生に伝えいただきたく候」

金之助は、小さな声でそれを読み上げた。読み上げてから、

「そういう袋だったのか」

と、つぶやいた。

「先生」

安倍は、居住まいを正して、改まって声を上げた。

「藤村のこと、ありがとうございました。朋友の一人としてお礼申します」

そう言って、深々と頭を下げた。

「藤村と先生のあいだに、何があったのかは存じません。僕も岩波も、藤村から何も聞いていません。袋とは何のことなのか、僕にはわかりません。

けど、その一文、僕はこう思うんです。藤村は、先生に『わかってもらいたかった』んだと思うんです。

先生、僕は藤村のことを知っています。あいつが先生に『わかってもらいたかった』のは、あいつが先生を、その、なんと言うか、信じていたからです。先生が、『わかってほしい人』だったからです」

これを聞いた時、金之助の目が潤んだ。何も答えられず、安倍の顔を見ることしかできなかった。

「だから、あいつは先生に、きっと、その……大きな恩を受けたんでしょう。恩を感じて、うれしくて、そういう相手だから、わかってもらいたかったんだと思います。

だから、この一文を書いたんだと思います」

安倍もまた、目を潤ませていた。この時、金之助の目には、安倍と藤村が重なって見えた気がした。

正直、安倍の言葉を、そのままに受け入れるにはためらいがあった。自分が果たして、それほどのことをしてやれたのか、というためらいがあった。

けれど、金之助はうれしくもあった。

「ありがとう」

一言だけ答えた。安倍はもう一度、深く頭を下げた。

それから、しばらく二人は無言のまま対座した。やがて、

「それでは、僕はこれで」

と、安倍が腰を上げた。金之助が紙片を返そうとすると、安倍は、

「いえ、どうか持っていてください」

と、伸ばした金之助の手を遮った。金之助は、

「そうか」

と言って、紙片を文机の上に置いてから、

「君、明日は学校に来られるかい」

と聞いた。

「はい、行くと思います」

「そうか。そのほうがいい」

金之助は、玄関まで安倍を見送った。書斎にもどると、入れ違いに入ってきたらしく、いつも出しっぱなしにしてあるもう一枚の座蒲団の上に、猫が丸まっていた。金之助は、それを見た瞬間、安倍に、この座蒲団を勧めてやればよかったと、後悔した。

「客があったようだな」

猫は顔も上げず、言った。

「受け持ちの学生だ。藤村の友人だ」

「ほー」

猫は丸まったまま目をつぶって、それっきり話を続けようとしなかった。金之助は自分の座蒲団に座ると、しばらくあの紙片をながめていたが、

「僕は、藤村のことは忘れんようにする」

と言った。

「辛いぞ」

猫が言った。目を開けて、じっと金之助を見ていた。

金之助は何も言わず、紙片を机の引き出しにしまった。

廊下をドタドタと走る音が聞こえた。子供たちが蒲団に入りたがらず、鏡子から逃げ回っているようである。

# 第三部　一つ、吾輩のことを書いてみてはどうだ

## 一

「しかし、驚きましたな。あの華厳滝の学生が、よもや先生の教え子だったとは」

夏期休暇に入って数日である。

金之助の書斎には、久しぶりに寺田寅彦が訪れていた。

縁側の障子をすべて開け放しにしてはいるが、風がほとんどないので、ずいぶんと暑い。部屋中に無造作に積まれた書籍が、よけいに部屋を、暑苦しく感じさせる。金之助と寅彦は二人して、始終パタパタと団扇をあおぎながら話をしていた。

寅彦はこの年の夏期休暇明け、つまり明治三十六年（一九〇三）九月から、帝大理科大学の講師となる。大学を卒業後、そのまま大学院に進んで研究にいそしんでいたが、このほどその研究が評価され、晴れて帝大講師のクチに就けたのである。

もっとも、同じ帝大でも理科と文科では事実上別の学校なので、金之助の同僚になったとは言い難い。

ちなみに金之助も、まだ講師である。すなわち門下の寅彦と、社会的な立場では同格となった。もちろんこの二人に、そんなことでわだかまりが生じるわけもないが。

「それでは先生も、さぞやご心痛だったでしょう」

「マァ、それほどでもなかったがね。だが、惜しい若者だったよ」

寅彦は、ある意味で金之助以上に世事に疎い。ことにここ数年は、ほぼ毎日、下宿と研究室を往復するだけの暮らしで、世間の動きとは、とんと没交渉である。それに、この数日は忙しくて、金之助の家にも足が向いていなかった。だから、寅彦が藤村の事件を知ったのは、本当につい先日だった。世間ではそろそろ「古びた話題」になりかけている頃である。

この日、寅彦は恩師の金之助を、就職の挨拶のため訪れた。ひとしきり型通りの挨拶が済んだあとで、藤村の話題となった。金之助のほうから切り出したのである。

「それにしても、なぜ死んだのでしょうな」

寅彦は、きわめて純然たる疑問として、この問いを発した。その言葉には、金之助に対して、何の遠慮も臆面もない風だった。

優れた科学者である彼にとっては、人の想いさえも「科学的な研究対象」なのである。

「彼なりの決着だったのだよ。自らを死に至らしめることで、自らの人生を完結したのだ」

「ふ～む」

寅彦は腕を組んで、しきりに考え込んだ。頭の中で、金之助の言葉を「科学的説明に変換」しようとしていた。

「『完結』ですか。では、当人には後悔はなかったのですかね」

「なかったろうね。後悔とか、あきらめとか、そういうのは、『未来』を見据えたものだ。でも彼の場合は、未来を、欲していなかった。すなわち、『ここで終わり』と、自らピリオドを打ったのだ」

寅彦は、ちょっと怪訝な顔をした。金之助の言う「後悔と未来」のつながりが、解せなかったのだ。

金之助は、話し相手の顔色で疑問や不安といったものを、すぐに察せられる。即座に説明を続けてやった。

「後悔というのはね、君、『昨日、ああしたかった、こうしたかった』と考えることだ。だからそれは、『明日こそは、ああしよう、こうしよう』というふうに、未来の指針になるのさ。けれど藤村の場合は、自らの人生に『こうしよう』とか『ああしたい』とかいうものは、もはやなかったのだよ。『自分は、もうこれでいいや』といった気持ちで、だから自ら死んだのだ」

「それは、生きるのをあきらめた、ということではないんですか」

金之助は、即座に首を横に振った。

「『あきらめた』と言うより、『納得した』と言うべきかな。『人生の完結』というものを、肯定したのさ。だから当人は、至って平然と死ねたのさ」

「平然と、ですか。そんなに平然と死ねるものですかね」

「そういう人間もいる、という話さ。もちろん、大半の人間はそうじゃない。大半は、ずっと生きていくことが喜びだし、だから死ぬのは不満さね。けれど藤村は、自分を『ここで終わらせる』と決断するのが、喜び……とまでは言わないが、満足だったのだ。満足できることなら、平然とできるものさ」

金之助は、よどみなく説明を続けた。

じつはここ数日、彼は自分の胸のうちで、藤村の気持ちについて煩悶し続けた。自分の中で、彼の死を「肯定」してやりたかった。それが「藤村のため」だと思ったし、より深い心の奥底では「自分のため」だと思った。

だから、そのための「明確な説明」に、なんとかたどり着きたかった。何度も何度も、自問自答を繰り返した。

そして、ようやく説明らしきものが固まってきたのである。彼は、それを口に出したかった。だから寅彦の訪問は、金之助にとって「渡りに船」だったし、だからこそ、金之助のほうから藤村の話題を持ち出したのだ。

「後悔して死んだのなら、遺憾な話さ。若い者なら後悔は付き物で、その後悔を取り返す機会は、いくらでもあるはずなのだからね。

でも納得して、満足して死んだのなら、それは他人がとやかく言うことではないよ。

人生は、誰でも『死』を以て終わる。その幕引きを、自分で納得して、満足して決めたのなら、それはそれでいいじゃないか。

当人が満足していることを、横からアレコレ批判して、『その満足は間違いだ』なんて否定する権利は誰にもないだろう。他人の『人生の完結の形』を否定するなんて、それこそ、『ナニサマのつもりだ』というところさ」

「なるほどォ」

寅彦の返事の調子は、どこか間が抜けていた。金之助の説明を理屈としては受け入れても、実感がわかなかったのである。

金之助も、それをすぐに察した。寅彦が口を「への字」に曲げて眉間にしわを寄せている様子を、だからわざとらしく感じた。

だがそれは、しかたあるまい——と、金之助は思う。

寅彦は、ちょっと伏し目がちに何か考えているようだったが、急に顔を上げると質問した。

「では先生、たとえばですな、僕が今この場で、死んじまってもいいや、と思ったら、本当に死んでもよいわけですかな」

これは寅彦らしい質問だろう。「目の前のできごとを科学的に検証しようとする」といった、いかにも科学者的なクールな発想である。だがこれを聞いたとたん、金之助は目を丸くし、叫んだ。

「それはだめだ！」

「へ？」

金之助の顔には、驚きと言うより恐怖の色があった。

「それは絶対にだめだ。だって……だって」

金之助の唇は、小刻みに震えている。

「君が死んだら、僕はひどく悲しいじゃないか！　君、僕はきっとひどく悲しむよ。周りの者を悲しませるのは大きな罪だよ、君」

「はあ、なるほど」

寅彦は、少し納得がいかない感があった。けれど同時に、金之助の言葉がうれしくもあった。また、金之助が少し哀れでもあった。それで、この話はもうここでやめようと思った。

寅彦は、気を取り直したように穏やかな顔で言った。

「それにしても短い生涯でしたな。まだ一年生でしょう」

「うん、それだけは哀れだ」

金之助は止めていた団扇を、再びゆっくりと動かし始めた。庭のほうに顔を向け、遠くを見るような目をした。寅彦は、金之助の様子が妙に深刻になったので、あわてて言葉を継いだ。

「でもマァ、何幕もある長い芝居でも、つまらんものはつまらんですし、一幕モノのごく短い芝居にも名作はあります。人生の善し悪しは、長さではありませんよね、きっと」

寅彦は、とっさのわりには穿ったことを言った。

実際、寺田寅彦は科学者でありながら、文学的な素養もかなりある人物だった。ちなみにこののち、金之助に勧められて、雑誌に文章を寄せるようになり、晩年に至るまで何篇ものエッセイを書いている。

「うん」

金之助は短くこう返事をすると、努めて笑顔を見せた。寅彦の気遣いがわかったのである。

この時、垣根の下から猫がノソノソと顔を出した。

猫は、トンと縁側へ飛び乗ると、そのまま書斎に入ってきた。そして、金之助の横に敷いてある座蒲団の上で、身体を丸めた。

「お、部屋のヌシが、帰ってきましたな」

寅彦は、おもしろそうに猫を見て言った。

金之助も、チラリと目を落として猫を見た。グルグルと、猫の喉の鳴るのが聞こえた。しばらく二人は、その音に聞き耳を立てた。

「先生、猫の寿命をご存じですか」

とつぜん寅彦が顔を上げて、言った。

「よくは知らん。おおかた四、五年じゃないか」

「マァ、そんなものでしょう。長生きなのだと、十年くらいらしいですが」

「だからと言って、人間と猫の寿命を比べて、『二十歳そこそこで死んでも沢山だ』なんぞとは、言えないよ、君」

金之助は、藤村の死を猫にかこつけて、寅彦が何か言うのではないかと先読みし、それを制するつもりで、少し語気を強めた。

「いえ、そんな不遜（ふそん）なことを、言うつもりはありませんよ。僕が思ったのは、猫は人よりずっと短命ですから、つまり、それだけ精神的な成長も早い。その猫も、見たところせいぜいまだ一歳くらいでしょうけれど、きっと精神は、それなりにオトナなのかな——ということです」

「ああ、マァ、それは、たしかに、そうかもしれん」

金之助は、言葉をにごした。が、もちろん寅彦の言うことが真実だと、金之助は実感している。

「マァ、ですからですな、今回の件に関して、この猫に意見を求めたなら、何か人間とは違う視点で、良い意見を聞けるんじゃないかな……と。そんなことを、ちょっと思った次第です。マァ、いずれにしろ冗談ですがね」

寅彦は、照れ隠しするように、ちょっと首をすぼめて、薄ら笑いを浮かべた。欠けた前歯が、妙にめだった。

「フン、こいつになんぞ聞いたって、たいしたことは言えまいよ」

金之助は、ぶっきらぼうにそう答えると、団扇で軽く猫の頭を叩（たた）いた。

猫は、動きもせず叩かれるままにしたが、つぶっていた目を少し開けて金之助を見た。金之助は、その視線にすぐに気づいた。が、黙っていた。

軒先の風鈴が「チリン」と一度だけ鳴った。

## 二

寅彦が訪れて二日後のことである。

「よし、決めた」

いつもの時間に目を覚ました金之助は、蒲団の上で蚊帳越しに天井を見つめながら、つぶやいた。

金之助は、ある決意をした。

帝大の職を辞するつもりだった。

元もと教師として勤める毎日に、言いようのない不満や不快がずっとあった。大学を出て教職に就いて以来、何か「生きることの物足らなさ」をずっと感じていた。

妙に重苦しいものが、いつも心の奥底にくすぶっていた。言葉では表しようのない不満に、いつもさいなまれていた。

いや、「不満」と言うより「不安」である。「今の自分は本当の自分なのか」といった煩悶。何かが、いつも自分の脳を圧迫しているような不快感である。

金之助は、この数年来、そうした不安に時折耐えきれなくなる。圧迫してくる「何か」を、無性に振り払いたくなる。

ことに今回の藤村の件で、教師という立場がつくづく嫌になった。「嫌だという実感」が、ことさらに激しくなった。

そんな折、一番の教え子である寅彦が、晴れて帝大の講師となることが決まった。これを知った時、金之助はなんだか、寅彦が自分の「教師としての仕事」を引き継いでくれた、といったように感じた。

現実としては、寅彦は理科大学に勤めるわけだし、金之助の仕事とは、まったく何の関係もない。けれど金之助は、これで寅彦に「自分の教師としての魂」を受け継いでもらえた、といった感慨を持った。

無論、かなり一方的な思い込みである。金之助も理屈では、それはわかっている。それでも、「もう俺は、これで教師から解放されてよいのだ」と思えた。肩の荷を降ろせたように感じた。

「今日、大学に行ってくる」

朝食中、金之助はぶっきらぼうに鏡子に言った。

「あら、まだ夏期休暇中ですのに」

「用があるのだ」

それだけ言うと、金之助は、空の茶碗を鏡子の目の前へ突き出した。鏡子は、それ以上は何も聞かず、黙って二杯めを盛った。

二人は、目を合わさない。

金之助は、その日の午前中に、文科大学長の井上哲次郎を訪ねた。

「学長、お話があります」

夏期休暇中であるが、井上は大学に来ている。金之助は、ひっそりした校舎の中を抜けて、学長室を訪れた。

そして部屋に入るや、挨拶もそこそこに、井上の机の上に辞職願の封書を置いたのである。

井上は、それをしばらくじっと見た。そして呆然とした顔を上げ、

「これは何でしょうか」

と、金之助に聞いた。

「ご覧のとおり辞職願です。思うところがありまして、このたび本校の職を辞する決意をいたしました」

金之助は淡々と語り、深く頭を下げた。井上は、金之助の顔と辞職願を交互にせ

わしく見比べ、しばらくボーッとした。が、やおら、

「えーっ」

と大声を発するや、机の両端を強く握りしめていきなり立ち上がった。勢いで椅子がガタンと鳴り、金之助はびっくりしてちょっと後ずさった。

「ちょっ、ちょっとお待ちください、夏目先生。そ、それは、先生がこの文科をお辞めになるということですか」

「ええ、辞職ですから」

「いやいやいや。考えられないでしょう。だって、夏目先生がお辞めになるって、そんなこと、あり得ないじゃありませんか」

「いえ、これは僕の問題ですから、僕が決めることですから」

「いやいやいや。先生のこととおっしゃっても、これは我が帝大文科全体のことじゃありませんか」

井上は、これ以上ないというくらい狼狽の気味だった。両の目を見開き、しどろもどろで、とにかく喋り続けた。しかし、およそ理路整然とした説得など、できる状態ではなかった。

井上は、本当に「金之助を買っていた」のである。

彼は、元もと官僚的で堅い性格なうえ、明治維新を目の当たりにした世代の傾向

として、わりと国粋主義的なところがあった。それでじつは、芸術家肌で自分勝手なところがあり、さらに外国人でもある小泉八雲とは、当初から折り合いが悪かったのである。

そのため、大学の運営上の問題ばかりではなく、感情的にも、八雲を一日も早く追い出したかった。だから、金之助が現れてくれたのは、まさしく天佑だった。言ってしまえば金之助は、井上が「八雲追い出し」という目先の目的に駆られて雇い入れた教師でもあったわけである。金之助の力量を十分に吟味して迎え入れたとは、正直、言い難かった。

ところが、雇ってみて驚いた。金之助は、期待をはるかに超えて優秀だった。八雲とは対照的に、語学に厳密な金之助の授業は、井上の理想の教育だった。

反抗的な学生にもまったく怯まず、毅然たる態度で臨む金之助の姿にも、好感を持てた。明治維新の頃に子供だった彼は、少年心に「維新の若き志士」たちへの憧れを抱いていた。その面影が、大学の廊下から垣間見る授業中の金之助に、重なって見えていたのである。

くわえて、金之助の同僚である上田敏も良い教師だったので、彼は、この四月からの新任の人事には大満足していた。

来たる九月の新年度には、金之助が、カリキュラムの始めからすべてを取り仕切ることになる。文科の英文学の授業は、きっと自分の理想どおりのすばらしいものになってくれるに違いない。

——と、井上は、ひそかに胸躍らせていたのである。

「だって、夏目先生、九月になれば新年度ですよ。これからは、先生のなさりたいように授業をしていただけるのですよ」

「ええ、それは、マァ、そうなんですが」

金之助は、ちょっと痛いところを突かれた。態度が、知らず少し軟化した。たしかに金之助も、「九月にさえなれば思うようにできるのだから、毎日の不快も少しはマシになるだろう」と、常々考えてはいたのである。

しかし、藤村の事件からこっち、教職という仕事への物足らなさは、もっと深いところに根差している気がする。とにかく今は、教壇に立ち続ける自分の姿を想像するのが、嫌になっていたのである。

金之助の決意が少しひるんだと見た井上は、「ここぞ」とばかりに畳み掛ける。

「それに、先生、学生たちは先生の授業を、たいへんに好いております。試験後の補習授業も、ずいぶんと多くの学生が聴講していたではありませんか。先生がいなくなったら、学生たちは皆、ひどくがっかりしますよ。残念がりますよ。学生たちが、かわいそうではありませんか」

井上は、今度は金之助の情に訴える作戦に出た。金之助が、お人好しで若者をかわいがるタイプの男だということは、重々承知している。「学生たちのため」と言えば、金之助は情にほだされると踏んだのである。

そして、この井上の言葉は事実でもあった。

金之助の授業は、小泉八雲の留任騒動の余波を受けていた当初はともかく、夏期休暇の前の頃には、かなりの人気だった。もっとも、教室の後ろのほうの席ばかりが埋まるのは、四月からずっと変わっていないが。

これには金之助も、ぐらついた。何か言おうと口を開きかけたが、言葉が出なかった。その変化をすばやく見て取った井上は、次はまた、別の方面から攻めにかかる。

「先生、第一、今、学校を辞められては、たちまちお暮らしに困るんじゃありませんか。お子様も、おいででしょう。

あ、そうです、そうです。俸禄のことでしたら、じつは私、文部省に掛け合うつもりでおったのです。いきなり大幅な増額というわけにも参りますまいが、決して悪いようにはいたしませんから」

金之助の眉が、ピクリと動いた。井上は、「いける」と心のうちでほくそ笑んだ。

「あっ、それにですね。先生は、このままお勤めになれば、遠からず教授にお就きになれますよ。ええ、私が保証しますとも。教授ですよ、教授」

　金之助は、すっかり黙り込んだ。少しうつむきかげんだったので、井上からは、その表情はよく見えない。井上は、さらにもう一押しと思った。

「いやあ、先生は、行く行くは、私の後任として文科大学長にもおなりになる方だと、じつは常々思っておりました。先生、学長ですよ、学長」

　この言葉もまた、その場凌ぎの御世辞というわけばかりでもない。実際のところ、金之助の学識・キャリア・力量は、文科大の学長に就いておかしくないほどであった。こうした点、井上は金之助をよく見ている。

　しかしながら、井上は読み間違えていた。明らかに失敗した。

　金之助は顔を上げると、ものすごい形相で井上をにらみつけた。顔を真っ赤にして、

「僕は、カネが欲しいわけではありません！」

と怒鳴りつけた。

「え？」

　井上は一瞬、何が起こったのか理解できなかった。金之助の怒鳴り声に気圧され、口をアングリ開けたまま、二の句が継げなくなった。

「あ、あの、夏目先生」

「僕は、カネが欲しいわけでもないし、ましてや教授になりたいわけでもない！」

金之助はカネや地位といったものに、ひどくナーバスな男なのである。

一言で言えば、清麗（せいれい）なのだ。とはいえ、心の底から、それらを顧（かえり）みないで平気でいられるほどに「解脱（げだつ）」しているわけでもない。本当にそうなら、逆にここまで感情的にはならない。

要するに、青臭（あおくさ）いのである。

「それに、当家の暮らし向きなど、他人（ひと）に心配される筋合（すじあ）いではないっ。無礼千万（ぶれいせんばん）だ！」

井上は、自分がしくじったと直感した。これは自分が悪かったと、悟った。

井上もまた、気骨（きこつ）ある明治人である。金之助のプライドを傷つけたことを、素直に反省した。

「申し訳ありません。口がすべりました」

潔（いさぎよ）く謝った。

しかし、潔く謝られて、今度は金之助のほうが困った。威勢よく振り上げた拳（こぶし）の下ろし所が、なくなった。たちまち、感情的になった恥ずかしさが込み上げてきた。

「い、いいえ。こちらこそ失礼しました」

しどろもどろに小声で謝った。

金之助は、こうしたことが往々にしてよくある。勢いよく出たはいいが、気勢を挫かれてたちまち失速、という竜頭蛇尾の行動パターンである。

それに、本当のところ、井上の言うとおりなのだ。金之助に、先々の家計の当てがあるわけではない。

金之助の目論見とすれば、「帝大を依願退職すれば、退職金が入る。しばらくそれで食いつないで、あとはなんとかなるだろう」といった程度のものなのである。その先どうするのかと聞かれると、返事のしようがない。井上の心配は、至極もっともな話だった。どうにも金之助は、臆病なわりに行き当たりばったりのところがある。

当人も、今更のようにそれに気づいた。だから、内心よけいに恥ずかしかった。机の上の辞職願に目を落として、立ち尽くしてしまった。

「ですが、夏目先生、我が文科が先生を必要としている事実は、どうかおわかりください。そのうえで今一度、ご斟酌願えませんでしょうか。どうか今日のところは、私に免じて、一旦これを引き揚げていただけますまいか」

学長にここまで頼まれてなおも突っぱねられるほど、金之助は強気になれる男ではない。今はもう、ただただ、この学長室から姿を消したかった。辞職願を懐に

もどすと、

「わかりました。本日はとんだおじゃまをいたしました」

と頭を下げて、部屋を出て、そのまままっすぐ家に帰った。

金之助は元もと、ものごとを客観的に見られる男だし、想像力が豊かである。こうした時は得てして、その能力が仇になる。

「恥ずかしい今の自分の姿」が、頭の中にイメージされてしまう。スゴスゴと歩く情けない自分が浮かんできて、それが嫌で嫌で、一刻も早く家に着きたくて、ひたすら早足で歩いた。だから、家に着いた時は汗でびっしょりだった。

「おい！　水を汲んでこい！」

家に着くと、鏡子が座敷で末っ子のエイを寝かしつけながら、自分もウトウトと昼寝していた。それを見るや、たちまち腹が立って、怒鳴りつけて叩き起こした。そして、行水の用意をさせた。

汗は流れたが、気分はまるでさっぱりしない。そのまま書斎に引っ込むと、畳に大の字になった。自分も昼寝してやろうと思ったが、とても寝つけない。さっき見た鏡子の昼寝姿が思い出されて、また腹が立った。

「よう、どうした」

そこへ猫が入ってきて、声をかけた。

「うるさいっ」

金之助は、寝転がったまま猫に背を向け、怒鳴った。

猫は何も言わず、また出ていった。

三

八月になった。

あれ以来、金之助が辞職の件で井上学長の所へ行くことは、なかった。

冷静に考えれば、やはり無理な話なのである。帝大の退職金で一生食べていけるわけでもなし、他の学校に勤めるというのなら、どの道、教師を続けることに変わりがない。

それに金之助は、自分が優秀な教師であることも知っている。能力だけで言えば、たしかに教師に向いているのである。

――と、ここまで考えが至ってみると、どうしても「帝大を辞めねばならない理由」というのが、自分でも見つからない。

「とんだ恥っさらしだ」

金之助は、辞職願を握りしめ勇(いさ)んで学長室へ乗り込んだあの日のことを思い出すたび、情けなくなる。ダダをこねた子供みたいで、滑稽(こっけい)にさえ思える。そして、居たたまれなくなる。

「あーっ」

独(ひと)り書斎で声を上げ、畳の上を転げ回る。そんなことが、たびたび繰り返された。障子は開け放したままだから、その声は家中に響く。子供たちはおびえて、この数日はすっかり金之助に寄りつかなくなった。

金之助の精神は、元もと脆(もろ)い。これまでのさまざまな鬱積(うっせき)が、事あるごとに彼の精神を痛めてきた。今回のことは、ことに彼の心をさいなんだ。

恥辱(ちじょく)。世間や他人に対して恥ずかしい、ということではない。自分で自分が、恥ずかしい。自分で自分が、情けない。金之助にとって、これほど耐え難いものはない。

「ああ、ああ」

金之助は独り、言葉にならない声をもらした。

そんな時、二度に一度は猫がやってくる。猫は励(はげ)ますような、からかうような調子で、金之助に話しかける。今日も、そうである。

「よう、ご機嫌斜めだな」

「マァ、おまえさんの機嫌のいい時なんざ、お目にかかったことはないが」

「うるさい、猫のくせに」

猫に向かって「猫のくせに」とは、ずいぶんと理不尽なイチャモンであろう。だが、猫のほうは慣れたもので、軽く受け流す。

「そんなに機嫌が悪いなら、水でも浴びるがよかろうさ」

「行水くらいで、僕の心が癒されるものか」

「難儀だな。昼間っからゴロゴロして、いいご身分じゃないか。何を文句がある」

「僕は、ゴロゴロなんかしていない」

「してるじゃないか。教師ってのは、いいな。暑ければ、そうやって大の字になって寝ていられるんだから」

「馬鹿にするなっ」

金之助はガバと飛び起きて、猫を捕まえようとする。猫はヒラリとかわす。毎度のパターンである。

「僕は、教師なんか好きでやっているわけじゃないんだ」

「そうかね。そんなに辛そうには見えないがな」

猫は後ろ脚で耳を掻く仕種をすると、ノソノソ縁側に出て、金之助に背を向け、丸まった。金之助は文机に片手で頬杖を突いて、横目で猫の背をにらんだ。

「そりゃあ、できない仕事じゃあない。けれど、『できる・できない』と『やりたい・やりたくない』は違うだろう」

「ふむ」

猫は、背を向けたまま返事した。

「しかしな、『できる』ことは、たいてい『やりたい』ことさね。吾輩(わがはい)だって、蟬(せみ)取りは得意だから、暇があれば、ついついやってしまう。さっきも二匹ほど捕まえたところだ」

「また食ったのか」

「一匹は食った」

金之助は、庭に目をやった。果たして、蟬の死骸(しがい)が一つ、柿の木の根元に転がっている。金之助は嫌な顔をした。

「蟬なんざよいから、ネズミを捕まえろよ」

「『やりたい』ことが、必ずしも『できる』ことでもあるまいよ」

猫は悪びれもせず即答した。最近は、ネズミが捕れないことについては開き直っている。

「なあ、おまえさん」

猫は立ち上がると、またノソノソ書斎に入ってきた。そして、自分の指定席の座蒲団の上に、腰を落ち着けた。

「『できる』ことが『やりたくない』ってのは、そうじゃない。そうじゃなくて、『もっとやりたいこと』があるんだ」

「何だって」

金之助は、猫のほうに目を落とした。

「おまえさん、教師よりやりたいことがあるんだろう」

「フン」

金之助は、両腕を文机の上で組んで顔をうずめ、独り言のようにつぶやいた。

「僕は、藤村みたいなやつは嫌いだ」

「そうかね」

唐突な言葉である。が、猫が動じる気色（けしき）はなかった。

「僕は、藤村みたいなやつを見なくて済む仕事がしたいのだ」

「見たくないなら、見なけりゃいいだけの話だろう」

「そうじゃないっ」

金之助は座ったまま、いきなり猫のほうへ身体を向けた。勢い余って、腰が少しズキッとした。金之助は一瞬、顔を歪（ゆが）めた。猫は、平然と金之助を見ている。

「藤村みたいなやつに、藤村みたいな真似（まね）をさせない仕事をしたいのだ」

「またか。おまえさん、ナニサマのつもりだ」

「だから、そうじゃないって」

金之助の声には、悲痛な響きがあった。

「藤村のやったことを、止めたかったわけじゃない。あれはあれで、否定せん。そうじゃなくて、そうなる前に何かをしてやりたかった」

金之助の目が、少し潤(うる)んできた。

「心の袋というのはな、もっといろいろと詰め込めるようにできているのだ。それを、僕は示したい」

絞(しぼ)り出すような声だった。言ってから、金之助は猫をじっと見た。猫も、金之助から目をそらさなかった。

「じゃあ、そういう仕事をしろよ」

「できれば苦労せん」

金之助は、またバッタリと畳の上に大の字になった。そして、黙り込んだ。

猫は、そのまましばらく座り込んでいたが、何も言わずに庭へ降りた。蟬の死骸に見向きもせず、垣根の下から外へ出ていった。

その時、パタパタと気ぜわしく足音が遠ざかっていく音がした。金之助は気づいたが、面倒なので放っておいた。

鏡子が、縁側の端にずっと居たのである。

# 四

「けしからん！」

金之助は、怒り心頭だった。

座敷の真ん中にドッカとあぐらをかいて、両腕を組み、微動だにしない。眉間のしわが、時折ピクピクと動く。食いしばった歯が、ギリギリと鳴る。眉を釣り上げ、ただでさえ大きな目を見開いて、すごい形相である。血が頭に昇って、顔は真っ赤だった。

金之助は、じっと目の前をにらみつけている。そこには、当年五歳の長女、筆子が座らされていた。

筆子は、すっかり泣きべそをかいて、スンスン泣き声を立てている。大声で泣き叫びたいのを、懸命に我慢しているが、あふれる涙が止まらない。もう十分以上、正座をさせられて、足がしびれている。でも恐くて、何も言えない。痛みと恐怖で動けない。

左頬が、無惨にも赤く腫れている。金之助に、平手で殴られたのである。足ばかりでなく、頬がジンジン痛む。血の気が引いて、顔面は蒼白である。

「なぜ、あんなことをした！」

金之助は、これ以上ないというくらい大声で、怒鳴りつけた。筆子は驚きのあまり、電気が走ったようにビクンと身体を震わせた。それでも、泣き出すのを必死に耐えた。身体を縮こませて、歯を食いしばり、泣き声を立てないようにこらえる。それでも、どうしても泣き声がもれてしまう。

「泣くんじゃない！」

すると金之助は、また怒鳴りつける。筆子の両肩をつかんで、乱暴に揺する。筆子は恐ろしさのあまり声を上げようとしたが、言葉が出ない。ただ口をあんぐり開けて、「あっあっ……」と言葉にならない声をもらす。

この時、玄関の格子がガラガラと開いた。廊下をパタパタと近づいてくる足音が、聞こえてきた。

「ただいま、もどり……」

座敷に入ってきた鏡子は、この状況を見るや、いきなり持っていた買い物籠を投げ捨てた。金之助から奪うように筆子を抱きかかえ、金之助に背を向けた状態でその場に座り込んだ。筆子をしっかり胸に抱いて首だけ振り返り、金之助をにらみつけた。

「何をなさっているんです！」

大声で、金之助を怒鳴りつけた。金之助は、一瞬ひるんだ。

「そいつは父親を馬鹿にしている！　子供の分際で、けしからん！」

金之助は筆子を指さし、怒鳴り返した。指の先がブルブルと震えていた。

鏡子は、金之助のただならぬ雰囲気を察した。得体の知れぬ恐怖が、鏡子を襲った。

が、こういう場面で「逃げる」ということをしない女なのである。負けじと、怒鳴り返した。

「こんな子供が、何をしたと言うのですか！」

鏡子は、金之助から目をそらそうとしなかった。胸に抱かれた筆子は、まだ身体を震わせていたが、母親の胸に抱かれて、いくらか安堵していた。

「そいつだ！」

金之助は、筆子を指さしていた腕をグンと自分の後方へ伸ばすと、座敷の端を指さした。鏡子は、その指の先に目をやった。だが、何もないように見える。金之助が何に怒っているのか、さっぱりわからない。

とたんに、とてつもない不安がわきおこった。背筋に冷たいものが走った。

それでも鏡子は、勇気を振り絞った。金之助をまっすぐ見つめると、ことさら声を張り上げて聞いた。

「何があると言うのですか！」

「よく見ろ、馬鹿もの！　五厘銭が、落ちてるじゃないか！」

言われて、鏡子は目を凝らした。たしかに落ちていた。

しかし、それが何だと言うのだ。鏡子は、いよいよ無気味になった。少し声の調子を落として、金之助をなだめるように聞いた。

「たしかに落ちてございます。でもそれが、筆子と何の関係があるのです」

「そいつが、わざと置いたのだ！」

「はっ？」

「だから、俺を馬鹿にしようとして、わざと置いたのだ」

「おっしゃる意味がわかりません」

「わからんか！　馬鹿もの！」

金之助は、また怒鳴った。だが、声の調子が少し落ち着いている。

「わからなければ、教えてやる」

こういうところ、金之助はやはり金之助である。どんなに激していても、ものごとを理路整然と説明しなければ、気が済まない。彼の果てしない論理尊重の思考は、もはや「本能」のようなものだった。

「俺が、ロンドンにいた時のことだ」

いきなり、ロンドン留学の思い出話を始めた。

鏡子は、わけがわからないまま、とにかく話を聞くことにした。あえて黙って話の続きを待った。

「往来を歩いていたら、物乞い(ものご)が道の端に座り込んでいた。ボロボロの服に、煤け(すす)た真っ黒な顔をした年寄りだ。道行く者に弱々しい声で、恵みを乞うていた」

金之助は、鏡子をにらみつけたまま話を続けた。鏡子も、金之助から目をそらさない。

「俺は気の毒になって、銅貨を一枚くれてやった。わざわざ、やつの手のひらに載せてやったのだ。物乞いはペコペコ頭を下げて、銅貨を懐にしまい込んだ。俺はそれを見届けて、下宿に帰った」

鏡子は、知らずゴクリと息を呑(の)んだ。話の流れは、さっぱりつかめない。けれど、それだけに何かとてつもない「危険」が、自分の家庭に迫っている予感がした。

「ところが、だ。部屋にもどる前に下宿の便所に立ち寄ったら、便所の窓の縁(ふち)に、銅貨が置いてあったのだ」

金之助の目に、異様な光があった。

「あの物乞いだ。やつは、下宿の主(あるじ)が雇った探偵だったのだ。やつは、物乞いの振りをして、俺の行く先に待ち伏せて、俺の行動を逐一監視していたのだ」

金之助の唇が、小刻みに震えている。再燃した怒りが、金之助の中に渦巻いている。

「しかもやつは、俺が便所に入るのを見透かして、俺がくれてやった銅貨を置いたのだ。『どうだ。おまえのやること為すことは全部見ているぞ』と、これ見よがしに、銅貨を置いたのだ」

金之助の目は、鏡子を見ているようで見ていない。何かに憑かれたように、上の空を踊っている。よく見ると、口から少し泡を吹いて、よだれが流れている。ひどい興奮状態である。それでも構わず、金之助は弁じ続ける。

鏡子は、ますます無気味に感じた。

「あの下宿のバアさん。やっぱり俺をずっと監視していたのだ。きっと探偵と二人で、俺を蔑んで、笑い物にしていたのだ」

「それで？」

鏡子は、これ以上話を聞いていても埒が明かないと察し、思いきって口を開いた。

「それで、その話と筆子に、何の関係があるのですか」

「馬鹿もの！」

いきなり怒鳴った。

「そいつは、わざとあの物乞いの探偵と同じ真似をしたのだ。五厘銭を俺の目に付く所に置いて、俺にあの時の屈辱を思い出させて、笑い物にしようとしたのだ。子供の分際で親を馬鹿にするなど、もってのほかだ！」

金之助の言葉には、いっさいの躊躇も迷いも感じられなかった。明らかに本気なのである。

鏡子は、筆子を抱きしめながら、必死に状況を理解しようとした。

金之助の言うことは、わけがわからない。けれど、わけがわからぬまま、この場を逃げても何も解決しない。この場をなんとか収めなければ、家庭が崩壊する。とにかく金之助を、冷静にさせなければ。

――と、彼女は、瞬時にそこまで頭をめぐらせた。肝の座った女である。

鏡子は金之助の立場になって、頭の中で話を整理しようと試みた。

ロンドン滞在中、下宿の女将が金之助を監視していた。

彼女は探偵を雇い、探偵は物乞いに変装をして、金之助の行動を見張った。

さらに、彼女らは銅貨を金之助に見せつけて、「監視されていること」を思い知らせ、屈辱を与えた。

そして今日、娘の筆子が金之助にそのことを思い出させて、からかおうとした。

そこで、その時の銅貨と同じように、これ見よがしに部屋の隅に五厘銭を置いた。

——と、話の流れは、ざっとそんなところである。

ここまで話の筋が見えて、鏡子はいっそう恐くなった。

第一に、ロンドンの下宿の主人が、金之助の監視などするわけがない。する必要が、まったくない。

第二に、よしんば、そんな事実があったとしても、筆子がそれを知るわけがない。筆子がそんないたずらをするわけがない。

金之助の話は筋が通っているようで、一から十まで理不尽である。非現実的である。しかも、ロンドン時代の件と今日の件と、妄想が二重になっている。

「この人はおかしくなった」

鏡子の胸に、この一言が突如わきおこった。とたんに鏡子は、恐怖のどん底に叩き落とされた自分を感じた。

## 五

その時、抱かれていた筆子が、鏡子の両腕をギュッとつかんだ。ハッと我に返った鏡子は、

「とにかく、この子は守らねば」

と、この場を何とか取り繕って収めることだけを考えた。

ここで金之助の妄想を指摘しても、金之助はますます逆上するに決まっている。金之助の話を否定するのは簡単だが、そんなことをすれば、金之助はいっそうおかしくなる。この場はとにかく金之助の話に合わせたうえで、金之助を引かせるように持っていかねばならない。

――と、鏡子は瞬時にそう決意した。

鏡子は、頭が切れる。

「誤解です、あなた。あの五厘銭は、筆子の置いたものではありません」

「なんだと！」

金之助は身体を前にのめらせ、目を剝き出して鏡子に迫った。一瞬、鏡子はその目に心臓が射貫かれたように感じて、全身に冷たいものが走った。が、耐えた。

「だから、誤解なのです。私、先ほど豆腐屋の前で財布を開きましたら、家に出る時、たしかにあった五厘が足らないことに気づいたのです。家を出る時、うっかり座敷の隅に落としてしまったのです。ですから、あの五厘は、私の財布から落ちたものです」

もちろん、デタラメな作り話である。だいたい鏡子という女は、良い意味でも悪とがない。

い意味でも大雑把で、自分の財布にいくら入っているかなど、そもそも気にしたこ

「ですから、あの五厘銭は、ロンドンの下宿の女将さんとは何の関係もありませ

ん。まったくの偶然で、あなたの目に止まってしまったのです」

「そ、そうなのか？」

金之助は、急にしおらしくなった。

「そりゃあ、あなたもお気の毒でした。私がお金を落としてしまったばかりに、嫌なことを思い出す羽目になってしまって。私の落ち度です。申し訳ございませんでした」

鏡子は、ことさら済まなそうに頭を下げた。金之助は、すっかり黙り込んでしまった。

鏡子はあえて、金之助の妄想を事実かのように扱ったうえで、話を進めた。金之助は本当にロンドンで下宿の女将に見張られた、ということにして、今回の件は「不幸な偶然だった」という決着にしようとした。そうでもしなければ、金之助をとても納得させられないと、読んだのである。

「でも、筆子は良い子です。父親に嫌なことを思い出させようなんて、そんな悪さをする子ではございません。ね、そうだよね、筆」

鏡子は筆子に向かって、なだめるように優しく話しかけた。筆子は歯を食いしばったまま、コクンと首をたてに振った。

金之助は、すっかり落ち込んでしまった。頭をガックリとうなだれて、座り込んだまま微動だにしなかった。

「もういい」

金之助は、絞り出すような小声でそれだけつぶやいた。もう大丈夫と悟った鏡子は、筆子を抱いていた腕を緩めた。

「さ、良い子だから、もうあっちへお行き。恒子とエイと一緒にね、お台所にお芋が蒸してあるから、それをお食べ。お母様は、あとで行くからね」

そう言って、筆子を部屋の外へとうながした。筆子は、コクンとまた首をたてに振ると、急ぎ足で出ていった。

筆子が部屋から姿を消すと、パタパタと小さな二人分の足音が遠ざかっていくのが聞こえた。次女の恒子がおびえながら、ずっと廊下の陰に隠れて様子をうかがっていたのである。三女のエイが居間の座蒲団の上でグッスリ寝ていたのは、幸いだった。

「あなた」

鏡子は、努めて穏やかに話しかけた。

「ここのところ、だいぶお疲れじゃありませんか。一度、尼子さんに診ていただきましょうよ」

尼子とは、当時夏目家の隣で開業していた内科医で、尼子四郎という。日本医学研究の草分け的研究誌である『医学中央雑誌』の創刊者で、こののち大正二年（一九一三）、日本医師協会の創設にも携わる。近代日本の代表的な医学者の一人である。明治三十年代のこの時期、まったくの偶然に千駄木で開業医を営んでおり、夏目家の掛かり付けの医者だった。

「そんな必要はない」

そう言いながらも、金之助はすっかりしょげ返っていた。鏡子を見る目が、何かを訴えるような、助けを求めるような風だった。鏡子は、金之助が気弱になっていることをすぐに察した。

「そうおっしゃらずに。何もなければ何もないで、結構じゃありませんか。それに、誰だって、こう暑くては身体が参ってしまいますよ。尼子さんに滋養のお薬を出していただいて、それで少しでも元気になれば、メッケモノじゃありませんか。損はございませんよ」

鏡子は、必死に頼み込んだ。ふだんの金之助なら、ヘソを曲げて逆効果になるところである。が、この様子なら頼めば素直に言うことを聞くと、鏡子は踏んだのである。

「マァ、おまえがそこまで言うなら、受けんこともない。だったら、尼子さんの所へ行って、往診（おうしん）を頼んでこい」

「はい、すぐに」

鏡子は、ホッとして立ち上がり、廊下に投げ捨てた買い物籠を拾って部屋を出ようとした。と、その時、ハッと思い出して、いそいそと部屋の隅に行った。金之助に見せるように、少し大げさな仕種で五厘銭を拾った。そして、それを財布にしまった。

「おい、尼子さんの所に行く前に、茶を入れていけ」

金之助は五厘銭のことにはふれず、それだけを鏡子に命じた。鏡子は珍しく、

「はい」

と愛想の良い返事をして、台所へ向かった。

台所に入ると、子供たちが、棚のザルの上にあった蒸し芋をモグモグと食べていた。騒ぎのあいだに、エイが起きたらしい。筆子が、抱きかかえてきたのだろう。エイも、二人の姉のそばに座り込んでいる。

筆子は芋の皮をていねいに剝いて、小さくちぎったものを、エイの口に入れてやっていた。その隣では、芋を一本平（たい）らげおわった恒子が、土間（どま）にしゃがみ込んで、

一心に何かをまさぐっている。土間の隅で横たわって寝ている猫の背をなでているのだ。

「恒子、おやめ！」

鏡子は思わず、少し強く声を上げた。恒子は、びっくりして手を止めると、不審な顔を鏡子に向けた。

「さ、さあさあ、皆、お芋を持って、座敷で遊んでおいで。お母様は、これからお父様のお茶をわかすのだから、危ないよ」

恒子は、なおも不審な顔をしたままだったが、黙って立ち上がった。筆子も、黙ってエイを抱（かか）えた。

と言っても、五歳の娘が一歳の子供を抱えるのだから、かなり体勢に無理がある。それでも慣れたもので、エイは、両わきをきつく抱えられながらも、おとなしくしている。恒子は片手に芋をつかみ、もう片方の手は筆子の袖（そで）をつかんで、三人して座敷へと出ていった。

鏡子は、猫に目を落とした。猫はそ知らぬ顔で、じっと寝たままだった。

「おまえ、いったい何なんだい」

鏡子は、金之助と猫が何か「ただならぬ関係」になっているような気がして、しかたなかった。

けれど、それが果たして良いものなのか悪いものなのか、わからない。金之助がおかしくなったのは、この猫のせいじゃないかと疑う反面、この猫が金之助を救ってくれるような気もする。

鏡子の胸には、言いようのない不安と不審と恐怖と期待が去来(きょらい)した。

しかし、一つ大きなため息をつくと、あとは気を取り直して水を鉄瓶(てつびん)に汲み、茶の用意を始めた。

改めて、買い物籠の中をのぞいた。思わず放り投げてしまったが、幸いにも買ったのは厚揚げと蒟蒻(こんにゃく)だけだった。鏡子は、豆腐を買わないで本当に良かったと思った。

# 六

「どうです」

尼子医師はにこやかな笑顔で書斎に入ってくると、開口(かいこう)一番、いつもの挨拶を口にした。座って待ち構えていた金之助は、

「さあ、どうぞ」

と、ちょっと頭を下げて、目の前にある座蒲団を勧めた。いつも猫が使っている

例の座蒲団である。

「どういうこともないのですがね。どうもここのところ、暑さのせいで癇癪が起こってしかたないのです。癇癪を抑える薬はありませんか」

尼子が座に着くや、金之助は症状を述べ立てた。当人としては、ことさら落ち着きを装っているつもりでいる。が、どこかオドオドして、不安の色は隠せない。

しかも、自分の精神の不安定を「暑さのせい」と、いきなり断言するのは、つまりは患者が勝手に素人診断してしまっているわけである。治療としては、きわめて危険なことだし、医者への礼も失している。だが金之助は、そんな自分の問題点に気づいていない。

「なるほど、なるほど。では、ちょっと拝見」

それでも尼子は笑顔を崩さず、おもむろに鞄を開けて舌圧子を取り出した。舌や喉を診るヘラ状の医療器具である。

「はい、結構です」

金之助の舌を、それらしい仕種でひとしきり診た尼子は、

「少しお疲れですな。胃が、だいぶやられています。食欲はおありですかな」

と聞いた。

「美味いものなら、いつでも食いたいです」

「そりゃあ、私もそうです」

尼子の満面の笑顔と穏やかな口調は、まったく揺るがない。

「ちょいと失礼」

今度は、金之助の目の下を指で抑え、眼球を観察する。

「はい、結構です。やはり胃だと思いますよ。胃の薬を出しておきましょう。あとで奥様に、取りに来させるとよろしい。胃が良くなってくれれば、気持ちも落ち着いてきましょう」

尼子は、やたら「胃」を強調して説明した。すると金之助は、

「なるほど、やはりそうでしたか」

と、すっかり安心した顔を見せ、しきりにうなずいた。

実際、金之助は若い頃から慢性の胃炎を抱えている。もちろん当人の食生活の不摂生も、大きな原因である。

「しかし、先生、医者の薬というのは効くもんですかな。僕なんざ若い頃から胃の薬をずっと飲んでいるが、ちっとも良くなりゃあしません」

安心した末、金之助は少々、図に乗ってきたようだ。ずいぶんと失礼な言い草である。

「効かんこともないです。もっとも、急には効きません。段々と効いてきます。あ

とは、ご勉強はほどほどにして、よくお休みになることです」

「勉強は商売ですから、ほどほどになんか、できやしません」

金之助は妙に得意気な顔で、ちょっとふん反り返った。尼子は笑顔のまま舌圧子を鞄にしまうと、立ち上がった。

「では、お大事に。奥様にお声をかけていきますから」

「よろしくお願いします」

金之助は、先ほどとは打って変わった明るい顔で、尼子を見送った。尼子の背が見えなくなってから、書斎の真ん中にドッカと座って団扇であおぎ始めた。

やがて玄関のほうから、格子がガラガラと開く音がした。尼子が帰るのだろう。が、そのあとから何やらボソボソと話し声が聞こえてくる。どうやら玄関口で、鏡子と尼子が話をしているらしい。

もっとも、何を言っているかまではわからない。しかし、おおかた薬の受け取りの時間についてだろうと思ったから、金之助は何の不安も感じなかった。

少ししてから立ち上がると書斎を出て、台所のほうへ向かった。果たして鏡子が、夕食の下ごしらえをしていた。

「おい、尼子さんの所へ行って、早く薬をもらってこい」

「はい。では、子供を少し見ていてください」

「ああ、わかっとる。早く行け」

鏡子は前掛けを取ると、それを丸めて棚の上に置き、いったん座敷に上がった。筆子に、留守番を言いつけに行ったのである。

子供を見ると言っても、金之助は何か子守(こも)りをするわけではない。生来(せいらい)、子供嫌いではないが、子供を玩具(がんぐ)のように弄(もてあそ)ぶ趣味はないので、子供のほうから寄ってこない限り放っておく。

それに、あんな騒動があったばかりだから、子供のほうから金之助に寄りつくわけがない。金之助もそれは承知しているので、座敷をのぞきもせず、書斎に一人もどった。

書斎で半(なか)ばぼんやりと英書をながめていると、猫がノソノソと入ってきた。金之助はチラリと猫に目をやったが、声はかけなかった。

猫は、いつも自分が乗っかっている座蒲団に鼻をつけ、クンクンと匂(にお)いを嗅(か)いだ。そして、

「おい、ひっくり返してくれ」

と、金之助に頼んだ。金之助は、黙って座蒲団を裏返しにした。相変わらず猫には素直である。

「さっき来ていたのは、あれは医者か」

「ああ、鏡子が呼んだのだ」

金之助は、猫のほうにわざわざ向き直った。

「聞いてやるよ。話すがいい」

「何を」

「だから、医者に何を言われた。それを話したいのだろう」

猫は後ろ脚で耳を掻いてから、金之助に向かって座り直した。金之助は、ちょっと苦笑い（にがわらい）を浮かべたが、ことさら反論もせず、話し始めた。

「じつは、胃が悪いのだ。それで、最近は癇癪が起こるのだ。つまりは胃から脳に障（さわ）って、頭に血が昇りやすくなる、という寸法（すんぽう）だ」

「癇癪は、胃のせいなのか」

「そうだ。猫には、わかるまいがな」

猫は何も言わず、座蒲団の上に身体を寝そべらせた。が、ちょっと顔を上げて、

「お鏡（きょう）さんが、出ていったな」

と、思い出したように言った。

「薬をもらいに行ったのだ」

「では、それを飲めば、治るのか」

「治らんこともないさ」

金之助はしたり顔で、尼子が言ったような台詞(せりふ)を口にした。猫はそれには何も答えず、一つ大きなあくびをした。

居間のほうから、

「何とおっしゃるウサギさん」

という歌い声が、かすかに聞こえてきた。最近の筆子の十八番(おはこ)である。恒子とエイに聞かせてやっているのだろう。

## 七

鏡子は、尼子医院の扉をくぐった。

薬をもらいに来た旨(むね)を看護婦に伝えると、看護婦はすっかり心得ていたようで、

「では、しばらくお待ちください」

と、鏡子を待合室に通した。

あつらえの薬をもらうだけなら、玄関口で受け取れば済む。だが、わざわざ鏡子を待たせたのは、尼子が鏡子と話をする必要があったからである。

そのことは、尼子が夏目家を出る時に、鏡子に伝えていた。だから、鏡子は驚きもせず、言われるまま待つことにした。

待合室には、ほかに誰もいなかった。室内は全体的に殺風景だったが、申し訳程度に、壁に絵が飾られていた。雪におおわれた宿場町の風景画のようである。単純に考えれば、季節外れの装飾だろう。が、そこが、尼子の洒脱なセンスの現れらしい。

長椅子に深く座った鏡子は、目の前の壁の絵を呆然とながめた。しかし、これといった感慨も浮かばなかった。

「お待たせしました。どうぞ、お入りください」

しばらくして、出入り口の向かいの扉が開き、尼子が例のにこやかな顔で出てきた。そこは、診察室である。鏡子は一礼すると、診察室に入った。

「どうです、夏目さんは。お出での時は、おとなしくされていましたかな」

「はい、おかげさまで。先生の所へ早く薬をもらいに行けと、急かされまして。夏目は、先生をたいへんに信頼しておりますから」

「ありがたい話ですな。僕ももう少しマメに診てあげたいのだが、最近は雑用が多くって、夏目さんには不義理をして申し訳ない次第です」

尼子が創刊した雑誌『医学中央雑誌』は、この年すなわち明治三十六年の三月に、第一号が出たばかりである。当時、彼は雑誌の編集作業にも携わっていたから、たしかに多忙だった。

「さて、それでですね、奥さん、薬は、たしかにお渡しします、一週間分。毎食後にお飲ませなさい。マァ、正直、気休め程度のものですが……。

実際、夏目さんのご病気は、胃よりも精神のほうがずっと深刻です。早い話、奥さんのご心配のとおりですな」

鏡子は、身体をこわばらせた。顔色がスッと青くなった。口をグッと結び、ゴクリと息を呑んだ。

鏡子は、尼子に往診を頼みに来た際に、事のいきさつをざっと説明していたのである。無論、気が急いている鏡子の口から出た説明なので、そうそう要領を得たものではなかった。が、その時、尼子には、だいたいの事情がすぐに察せられた。

それに尼子は、元もと過去の何度かの往診で、金之助の精神の変調には薄々気づいていたのである。だから、

「どうも、うちの人は、神経がおかしくなったのではないでしょうか」

と、鏡子がオドオドした様子で危惧を訴えた時、すぐにピンと来るものがあった。往診中、尼子は、その点を確認するつもりで、注意深く金之助を観察していたのだ。

一方の鏡子は、推察どおりだったとはいえ、専門家からはっきり断言されたのは、やはりショックだった。

正直、心のうちでは否定されることを望んでいた。だが現実は、最悪の形で自分の想像が当たっていた。

「でも、でも……」

鏡子は遠慮がちに、だが、必死で訴えた。

「夏目は、ふだんはマトモです。そりゃあ、癇癪を起こすことは、よくありますけれど……。でも、勤めにも滞りなく通っておりますし。その、おかしくなったのは、娘に無茶な怒り方をした、このあいだの一度きりなんです」

だが、尼子の鏡子を見る目は微動だにしなかった。診断について、確固たる自信がうかがえた。

「奥さん、奥さんが否定なさりたいお気持ちは、わからんでもありません。この病気のお身内の方は、往々にして、そうですな。とにかく認めたがらない。けれど、奥さん、果たして本当にそうですか。たしかに、はっきり目に見える形で異常な様子を見せたのは、今回が初めてかもしれない。けれど、それ以前の夏目さんに、何か妙なところが少しでもなかったですか」

言われて、ハッとした。たしかに金之助は、だいぶ以前から、それこそここ数年来、やたら癇癪を爆発させる。そうでなくても、ふだんから急に機嫌が悪くなる。何をそんな些細なことで、と思うような原因で、ひどく興奮する。

そして最近の、あの書斎で独りでいる時の呻き声である。

これまでは、そんな様子を気にはしながらも、「性格だから」の一言で片づけていた。だが、あれらが精神の病の「小さな症状」だったのなら……。

――と、改めて思い返すと、納得できるような気がする。

鏡子は、黙ってしまった。膝の上で組んだ両の手の指が、気ぜわしく動いた。

「ご承知のとおり、私は呉先生のご指導で、巣鴨のほうの勤務もしております。ですから、こうした患者さんの様子というのはわかります」

呉先生とは、日本精神医学の草分け的存在である呉秀三のことである。帝国大学医科大学卒業後、ドイツに学び、精神医学を日本に根付かせた。

また、巣鴨というのは、東京府巣鴨病院のことを指す。呉たちが立ち上げた、日本の精神科治療のメッカである。

「精神の病気というのはね、奥さん、それこそ、当人にも気づかぬうちに、じょじょに進行する。なんというか、心の傷が深まっていく、というか、心の膿が溜まっていくんですな。

そうして、ある一定の限度を超えると、症状が外に一気に出てくるんです。だから、端から見ると、急におかしくなったようにも見える。けれどそれは、決して急な病ではないのですよ」

鏡子は黙って、うつむいた。もはや反論する気にはなれなかった。尼子の診断を受け入れざるを得ない、と思った。

「奥さん、まずは奥さんが、しっかり気をお持ちなさい」

尼子の表情が厳しくなった。が、目の底の優しさは変わらなかった。

「呉先生が、よくおっしゃっていますよ。『この国で精神の病を得たる患者は、病の不幸のほかに、この国に生まれたるの不幸を重ぬる』とね。

奥さん、わかりますか。この国は、まだまだ精神の病気に対する偏見（へんけん）が根強い。身体の病人はいたわるのに、精神の病人を迫害（はくがい）する。とんでもない話です。病気であることには、一向（いっこう）変わらないのですから」

尼子の目は、ふだん見せないほど、真剣な光を放っている。

「ですから奥さん、まずはお身内の方が、そうした偏見から脱せねばならない。奥さんは夏目さんが風邪（かぜ）をひけば、懸命にご看病なさるでしょう。それと同じなのですよ。病気に大切なのは、適切な治療と周囲の慈（いつく）しみです」

尼子は、一言一言を嚙みしめるように、鏡子に懇々（こんこん）と説いて聞かせた。鏡子は、じっと尼子の目を見たまま、口を固く結んで微動だにしなかった。

たしかに、尼子から金之助の病気を断言された時は、強いショックを受けた。だが、鏡子という女は、そこから並の女とは違っていた。

彼女には、世間並みのひどい偏見は、もはやなかった。夫が何の病気であれ、病気ならば看病するのみ、とたちまち決心を固めた。単純と言えば単純な女だが、それはたしかに「強さ」である。

「それにしても……」

と、鏡子は、少し以前から疑問に思っていたことがあった。

「先生、じつは夏目の教え子が身投げしたのです。そのことと夏目の病気は、何か関係があるのでしょうか」

尼子も、もちろん藤村のことは知っていた。だから、鏡子の問いかけの意味はすぐにわかったし、そうした疑問を鏡子が持つかもしれないという推察も、ある程度はできていた。

尼子は、わざとらしいほどに自信満々の気味で答えた。

「いや、今、申したとおり、この病気は、何か一つや二つの原因が引き起こすような類のものではありません。積もり積もって、進むものです。ですから、その件は、発症が少しだけ早まるきっかけになったかもしれんが、それだけが直接の原因とは、とても言えんですな」

「では、教え子の身投げで、おかしくなったというわけではないのですね」

「ええ、くれぐれも言っておきますがね、奥さん。精神の病気は根深いところで、長い時間かかって、じょじょに進んでいくものなのですよ。それを、なかなか承知できないから、たいていの人は、何か目先のことを原因と思い込みたがる。素人判断のよくやってしまう過ちです」

　鏡子は大きくうなずいた。正直、ホッとした。

　もし藤村のことが原因だったならば、苦悶の末に自殺した若者を、自分の愛する夫の仇として生涯憎む羽目になるに違いない。他人を憎まずに済んだということが、鏡子には大きな安堵だったのである。

「あの、もう一つ」

　鏡子は、ためらいながらも、もう一つの疑問を尼子にぶつけようと思った。

　しかし、これにはかなり覚悟が要った。さすがに、馬鹿にされるだろう、という羞恥心が、彼女の中で膨らんだ。だが、聞かずに悩み続けるよりは、と思いきって口を開いた。

「うちの猫が……。夏目が猫とよくお喋りをしているような、そんな様子を見せるのです。あの……そのことと病気は関係あるのでしょうか。このまま猫を飼い続けても、よろしいものでしょうか」

「猫、ですか」

　これは、尼子にも意外な話だった。言葉をつまらせた。

「いや、それは、なんとも言えませんな。ですが、夏目さんは、その猫をかわいがっているのですか」

「はい、それはもう」

鏡子、即答である。

「ふーむ。マァ、そのぅ、関係がないとは言いきれんが。しかしマァ、飼い続けて危険ということもないでしょう。猫は最近、飼い始めたんでしたな」

尼子も、夏目家に出入りしてるから、猫がいることは知っている。

「はい、二カ月ほど前から」

「でしたら、少なくとも猫が病気の原因ということは、あり得ませんな。猫がいようがいまいが、夏目さんの病気に変わりはないはずです」

鏡子は、また少しホッとした。猫を捨てずに済んだ、という安心感だった。

だが、藤村のせいでもない、猫のせいでもない、とするなら、どうしても、もう一つ問いたださねばならない疑問がある。

今度は鏡子に、ためらいはなかった。まっすぐ尼子の目を見て、はっきりした口調で聞いた。

「では、私が、病気の原因なのでしょうか。このまま私が一緒にいることで、夏目の病気は悪くなるのでしょうか」

# 八

「もし私がいることで夏目の病気が悪くなるというのでしたら、私は、スッパリ身を引きます。実家に帰ります。それが、夏目のためになりますのなら」

鏡子の目は、まっすぐに尼子を見ている。興奮しているのだろう、やや釣り上がって、しきりに瞬き（まばた）をしているのが見て取れる。

金之助は、必ずしも鏡子に優しい夫ではない。

新婚早々、

「俺は学者で常に勉強せねばならんから、おまえには構っていられない。そのつもりでいろ」

と宣告された。この一言は、結婚後ずっと、鏡子の胸にトゲのように刺さっている。

それ以来、金之助は鏡子を虐待（ぎやくたい）するようなこともない代わりに、取り立てて、かわいがってくれることもない。頼めば、たいていのことはやってくれるが、自ら家事や育児に協力しようという態度はいっさい見せない。三度三度の食事にしても、文句を言わない代わりに誉（ほ）めてくれたことがない。

ことに最近は無愛想で、顔を合わせるたびに不機嫌な表情を向けてくる。何かと言えば、「馬鹿もの！」を連発する。家の中で始終イライラしているのが、こちらの胸に刺さるように伝わってくる。

尼子は、鏡子の切々とした訴えに、相槌も打たず黙って聞いていた。鏡子の目がじょじょに潤んでくるのに気づきながらも、途中でいっさい口を挟まなかった。

「いかがなんでしょうか。どうぞ、はっきりおっしゃってください」

鏡子は、半ば涙声だった。尼子は腕を組んで、しばし考えた。

「さよう……」

と、静かに口を開いた。

「たしかに、長年一緒に暮らしている家族に、心を圧迫されて精神の病に陥るということは、あります。母親であったり、父親であったり、兄弟であったり、あるいは、妻や夫、それらのせいで、心が痛んでいくことがね」

「それでは」

尼子は、首を横に振った。

「いや、私の診たところ、奥さんは違うと思いますね」

尼子は、はっきりと否定した。

「心を圧迫する家族というのはね、奥さん、病人よりも『強い立場』の家族です。

それこそ、親とか兄とか、ですな。そうした存在に上から押さえ付けられるようにして、知らず知らず心を痛めつけられるのです。それこそ傷つけているほうも、傷つけられているほうも、気づかぬうちに、ね。

だが、失礼ながら、お宅様を拝見しているところ、奥さんが、夏目さんの心をそんなふうに圧迫できるとは、とても見えませんな」

鏡子は、慰(なぐさ)められたような、馬鹿にされたような、妙な気分になった。だが、正直ホッとした。

「奥さん、夏目さんが奥さんにウンデレでないのは、元もとの性質でしょう。病気とは関係ありませんよ」

「ウンデレ……ですか？」

「女房の言うことにウンウンうなずいて、デレデレしてる夫ですよ。明治の世になってこっち、そうした男が増えましたな。もっとも奥様方には、そうした男のほうが重宝(ちょうほう)なんでしょうが」

尼子は明治維新の三年前の生まれだから、とても「明治以前の人間」とは言えない。が、おもしろいもので、この世代の人間は得てして、こうした「江戸時代は良かった」式の発言をしたがる。江戸時代最後の世代である親の背中を見てきた強烈な印象が、刻まれているからだろう。

「それよりですね、奥さん、この病気はさっきも申したとおり根の深いもので、私の見立てたところ、奥さんとのご結婚以前から、病気の原因は蓄積されていたと思いますよ。つまりは、奥さんがご一緒にいようがいまいが、病気には関係ありません」

「それでは、どうすれば、よろしいのでしょう」

鏡子は、身を乗り出した。オドオドした様子は、もはやない。

「マァ、結局は、夏目さんご本人の問題ですな」

尼子は腕を組んだまま、宙を見上げた。

「まずは夏目さんご本人が、これから『自分で自分の心を痛めずに済む生き方』に気づくことです」

こう言って、尼子としては良い説明をしたつもりらしく、妙に得意気な顔で鏡子を見た。が、鏡子には、今一つピンと来ない。

「あのぅ、それは、どういうことでしょう」

「え、う〜ん。ああ、つまり、ですな。平たく言ってしまえば、『本当に自分に合った生き方』というやつを、見出すことですな」

鏡子は、ちょっと考えた。が、思いきったように、やや声を張り上げた。

「それは、帝大を辞めればよいということですか。私が、あの人に『帝大をお辞めなさい』と言えば、よろしいのですか」

鏡子は、単純である。家庭に病気の原因がないのなら、仕事に原因があるのだろう、とシンプルな二者択一をたちまち発想した。一足飛びに、極端な結論に至った。尼子は、あわてて手を振った。

「いや、必ずしもそうではありません。とにかく、しばらくは様子を見ておいでなさい」

そこまで説明したうえで、尼子は急に気の毒そうな表情を浮かべた。そして、少し声を細めて付け足した。

「しかしながら、奥さん、奥さんが一緒にいるのが辛いとおっしゃるなら、一度実家に帰られるのも一つの手だと思いますよ。

精神の病気というのは、一朝一夕で治るものではありません。まだ当分は、夏目さんが奥さんに辛く当たられることがないとは、言いきれんですから」

尼子の言葉には、鏡子に対する哀れみがにじみ出ていた。それに気づいた鏡子は、尼子に対して感謝する反面、何か腹立たしさを感じた。

「いいえ、私がいてもいなくても同じということでしたら、私は、あの家に居続けます。私は夏目の妻でございますから、私に落ち度がない限り、私があの家を出る謂れはございません」

きっぱりと言いきった。それは、半ば怒鳴りつけたような口調で、ずいぶんと、きつい物言いだった。

鏡子にしてみれば、「金之助を守れるのは自分だけだ」というプライドがある。「別居しろ」だの「別れろ」だの、赤の他人に口を出される筋合いではない、といった自負がある。

無論、尼子は、あくまでも専門家の立場から治療上の配慮として、アドバイスしたまでである。鏡子のこのきつい物言いは、非礼と言えば非礼であろう。が、尼子は、そんなことは意に介(かい)さないように、再び笑顔で優しく語りかけた。

「奥さんが、そこまでご決心なさっているのでしたら、強(し)いては申しますまい。ただ、くれぐれも『夏目さんはご病気だ』ということを肝に銘(めい)じて、奥さん自身がご無理をなさらぬよう、お気をつけなさい」

尼子は座っている椅子を机のほうに向けると、カルテに何かを書き付けた。そして、改めて鏡子のほうを見た。

「今日は、もうよろしいでしょう。看護婦から薬をお受け取りになって、お帰りなさい」

鏡子は、やや興奮気味だったが、尼子の笑顔を見るや少しバツが悪くなった。大あわてで礼を述べると、そそくさと診察室を出ようとした。

「あ、奥さん、ちょっと」

ドアノブに手をかけた時、尼子が呼び止めた。

「精神の病気というのはね、奥さん、何か熱中できるものがあると症状が和(やわ)らぎます。つまりは、気晴らしですな。くわえて、それが、先ほど申した『本当の生き方』に気づくきっかけになるかもしれません。

いずれにせよ、夏目さんがご勉強ばかりなさらず、何か楽しめるものがあると、よいのですがね」

鏡子は、「なるほど」と心のうちで手を叩いた。が、それでバツの悪さが消えるわけでもないので、顔をこわばらせたまま、もう一度頭を下げて待合室のほうへ向かった。窓口で、看護婦の、

「お大事に」

といった決まり文句も耳に入らず、薬袋を抱えて帰路に着いた。

「負けるものか」

帰る道々、鏡子は知らずにつぶやいていた。

# 九

金之助は、わりと多趣味な男である。

身体が弱いわりにはスポーツ好きで、熊本の第五高等学校の教壇に立っていた頃には、ボート部の顧問(こもん)を引き受けたほどである。野球を観(み)るのも好きで、中学生の試合などがあると、わざわざ見物に出向くこともある。

自身の身体を動かすことと言えば、散歩が好きで、五キロや十キロの距離は、平気で歩く。

芝居、落語などの演芸も、一通りは観る。元もと官費留学を命じられるほどの一流の英文学者だが、とくに「シェークスピア劇の研究者」としては、世界レベルと言ってもよい。つまり芝居は、むしろ専門家である。

また、俳句を嗜(たしな)むほか、絵を描(か)く趣味もある。水彩(すいさい)絵の具の彩色画を描くのが好きで、友人宛の葉書(はがき)に、人物画や風景画を添えて出したりする。

ただし、酒は体質的に受け入れないようで、猪口(ちょこ)に二杯も呑めば、顔が真っ赤になってしまう。食(く)い道楽(どうらく)というほどでもなく、「食べるものはなんでも美味い」という質(たち)で、微妙な味の差はわからない。

もっとも、かなりの甘党である。散歩中、砂糖まぶしの南京豆などを買い込み、ポリポリやりながら往来を歩く。学生時代、汁粉の食い過ぎで胃けいれんを起こしたこともある。

ことほど然様に趣味を多く持っていはするが、正直、どれも心の底から熱中できるほどではない。暇潰しの手慰みの域を出ない。

鏡子はそれでも、尼子のアドバイスを頼りに、金之助に何か気晴らしを与えられないものだろうかと、あれこれ考えた。

「ねえ、あなた、たまには一緒に出ましょうよ。私、摂津大掾が聞きとうございます。連れていってください」

摂津大掾は、この頃、大人気の義太夫節の太夫である。当時の歌舞伎座は、彼の人気でもっているようなものだった。

摂津大掾が語るのは、素浄瑠璃である。人形芝居や踊りのない、三味線の伴奏と語りだけで進む演芸である。

鏡子は、それなりの資産家の娘なので、子供の頃から芝居見物などはよく行っていた。じつは演芸好きである。もっとも、結婚してからこっちは生活に追われ、また、金之助があだから、とんと演芸場へ足を運ぶ機会などなかった。したがって、この誘いは、鏡子としてはかなり珍しいものだった。

金之助は、鏡子が書斎に入ってくるなり、唐突に歌舞伎座に誘うなどしたものだから、かなり驚いた。読んでいた新聞を畳の上に置くと、鏡子の顔をしげしげと見ながら、

「何を言い出すんだ、急に」

と、戸惑(とまど)った顔で問いかけた。

「だから、ホラ、その新聞に広告が出てるじゃありませんか」

言われて、金之助が新聞の下段の広告欄に目をやると、果たして、今かかっている歌舞伎座の題目が書いてある。金之助は、よくよくのぞき込んでから、

「『堀川(ほりかわ)』じゃないか。これは駄目(だめ)だ。三味がうるさいばかりで、中身がない」

と、妙に通(つう)ぶったケチをつけた。

いわゆる『堀川』とは、世話物(せわもの)浄瑠璃の一つで、江戸時代の町人世界を舞台にした人情ドラマである。それほど騒々しい内容でもないから、金之助の評は、的確とは言い難い。つまりは、面倒なので行かないで済む言い訳に、適当にケチをつけたにすぎない。

「いいじゃありませんか。私が行きたいんですから、連れていってください。子供は、ご近所で預かってくださいます」

「俺は行かん。行きたければ、勝手に行け」

それでは意味がない、と鏡子は思う。次には、別の方面から攻めてみる。

「それでしたら、ようございます。そのうち勝手に参ります。それにしても、暑いじゃありませんか。いかがでしょう、子供を連れて、氷でも食べに参りましょうよ」

明治二十年（一八八七）にかき氷の氷削機（ひょうさくき）が発明され、明治三十年代には、かき氷は庶民の夏の嗜好品（しこうひん）として、かなり定着していた。もっとも、こんにちのように安価なものではなかったが。

「浅草まで出ようじゃありませんか。たまには、家族でお参りも結構じゃありませんか」

「氷……か」

金之助は、今度はちょっと考えた。が、

「行かん。面倒だ。食いたければ、勝手に行け」

と、今度も取り付く島がない。

鏡子は、さすがに少し焦（じ）れた。

「あなたは、なんでも嫌だとおっしゃる。そんなんでは、家の中に閉じこもってばかりで、ご退屈で気が滅入（めい）るばかりでございます。治るものも治りませんよ」

思わず不平をもらした。だが、最後の一言はよけいだった。

金之助の顔の色が、サッと変わった。

「何が、治るものも治らんと言うのだ！」

金之助の目が、筆子を叱（しか）っていた時と同じ雰囲気を宿した。異様に見開いたその眼差（まなざ）しは、たちまち鏡子の恐怖心を射貫いた。

「いえ、その、胃病が……」

鏡子は、なんとかごまかそうと必死である。しかし他人の嘘には、金之助はとくに敏感になる。

「嘘をつけ！　どうせ、俺が神経衰弱だと思っとるんだろう！」

だが、事実そうなのだから、金之助が怒る謂れは本来はない。鏡子も、ごまかそうとしないほうが、話がスムーズに進んだかもしれない。

結局は鏡子も金之助自身も、「精神の病というものに対する偏見」が、すっかり拭（ぬぐ）えていたわけではないのである。多少なりとも偏見があるから、過敏（かびん）に反応する。尼子の危惧していたのは、こういうことだった。

鏡子は、すっかり黙ってしまった。明らかに恐怖があった。本来、良く言えば正直、悪く言えば単純な女だから、こうした場を適当にごまかして切り抜ける器用さは、持ち合わせていない。

金之助のほうも、鏡子がただ無言で自分を見つめているものだから、うまい言葉が見つからない。二の句が継げず、彼もまた黙ってしまった。

双方無言のにらみ合いが、しばし続いた。

やがて金之助は黙ったまま、文机の引き出しを開けた。何をするのかと鏡子が注視していると、中から短い一本の棒状のものを取り出した。そして、その棒状の両端を持つと、鏡子をにらみつけてスッと引いた。

とたんにピカリと寒い光が、鏡子の目に飛び込んだ。ハッとして、より大きな恐怖が鏡子の心臓に打ち込まれた。

文具の小刀だった。

金之助は、抜き身の小刀を、鏡子の膝元あたりに軽く放り投げた。鏡子は、恐怖で思わずのけぞった。小刀は、鏡子の膝の少し前にポトリと落ちた。

「おまえは、小刀細工を弄(ろう)するのが好きな女だ。その小刀で、好きなだけ小刀細工をすればいい」

小刀細工とは、小細工、こせこせした策略の比喩(ひゆ)である。鏡子は、じっと目を落として、小刀の寒い刃の光を見つめていた。が、それには手をふれようとせず、

「失礼いたしました」

と言って、頭を下げた。

「出ていけ！」

金之助は、大声で怒鳴りつけて再び新聞を広げると、一心に読む振りをし出した。もちろん、紙面は頭にまるで入ってきていない。

鏡子は書斎から出ると、縁側でハーッと一つため息をついた。

「失敗だった」

心のうちで、つぶやいた。

結局、自分では金之助を外に連れ出すことはできないと悟った。だが、放っておきたくはない。何か金之助に興味を持たせたい。

鏡子には、尼子が別れ際に言ってくれたアドバイスだけが、頼りだったのである。

「猫が、あの人を連れ出してくれればいいのに」

思わずついて出た言葉に、鏡子は自分でちょっと驚いた。金之助と猫が連れだって往来を歩いている絵が、ふと心に浮かんだ。その絵があまりに漫画染(じ)みた滑稽なものだったので、たちまち馬鹿馬鹿しいと思った。

すると、足下(あしもと)を猫がノソノソと歩いていった。猫は書斎の前まで行くと、ピタリと立ち止まった。そこで、おもむろに振り向いて、じっと鏡子を見た。

鏡子は、ちょっと不審に感じたが、たちまちその意味がわかった。書斎を出る時、頭が混乱して、開け放してあった障子を、わざわざ閉めてきてしまったのである。

書斎の中は今、熱気がこもって、しかたないはずだ。が、金之助が動く気配は一向にない。

意地を張って、暑さを我慢しているのか。怒りで感情が高ぶって、暑さを感じていないほどなのか。

鏡子は、そっと抜き足で書斎のそばまでもどった。そして、できる限り腕を伸ばして、障子を猫が通れるくらいだけ静かに開けた。すぐにその場から離れ、少し遠くから様子をうかがった。

果たして、猫がスッと書斎に入っていった。するとすぐに、金之助が自ら立ち上がって、障子を開け放したのが見えた。

鏡子は、猫が金之助に「障子を開けろ」と言ったような気がした。

## 十

三日ほどが過ぎた。

鏡子にとって幸運だったのは、金之助が図書館へ調べ物に出て留守の時、寅彦が訪れてくれたことである。

その日の午後、寅彦は、ふいにやってきた。

「奥さん、どうも。今日も暑いですな。先生は、ご在宅ですか」

「あら、寺田さん、いらっしゃいまし。ほんに、お暑うございますね。でも、お生憎様(あいにくさま)で、夏目は今日、珍しく外に出ております」

「へえ、本当に珍しいですな。いや、なに、今日は、実家から届いたものをお裾分(すそわ)けに、と思いまして参上した次第なんです。ですから、先生がおられなくても、別に構いやしなかったんです」

寅彦はニコニコして、手にぶら下げていた風呂敷(ふろしき)包みを、前に差し出した。

「あら、わざわざ恐れ入ります。マァ、どうぞ、お上がりください」

鏡子は風呂敷包みを受け取ると、そのまま寅彦を座敷へとうながした。風呂敷包みの上からの感触が、ゴツゴツして妙に堅いので、鏡子は何か見当(けんとう)が付かず、ちょっと首をひねった。

「鰹節(かつおぶし)ですよ」

寅彦は鏡子の様子に気づいて、すぐに説明した。

「あらマァ」

「食べてごらんなさい。東京のものとは、一味違います」

「ほんに、そうでございましょうねェ」

寅彦は前述のとおり、土佐の出である。鰹節は、彼の郷里の名産である。鰹節なら鏡子は適当に返事したが、正直、鰹節と聞いてなにか拍子抜けした。鰹節なら東京でだって珍しくもなんともない、と思った。食べ物の微妙な風味の違いというものが、鏡子にはよくわからない。このへん、金之助とは似た者夫婦である。

鏡子は寅彦を座敷に通すと、すぐに麦茶を入れてきた。

「や、恐れ入ります」

麦茶は、明治時代から夏の庶民の飲み物である。原料の大麦が、初夏に収穫の時期を迎えるからだ。もっとも、冷えた麦茶が定番になるのは、冷蔵庫が普及する昭和三十年代以降の話である。

「今日は、折り入って寺田さんにお頼みしたいことがございまして……。夏目の留守にお出でいただけたのは、ほんに幸いでございました」

「ほう、何でしょう」

寅彦に対座した鏡子は、真剣な眼差しで話し始めた。寅彦はただならぬものを感じはしたが、それほどの危機感は持たなかった。それで、気軽に返事をした。

そもそも寅彦はそうした男であるし、くわえて彼は、金之助と鏡子の夫婦を心から信頼していた。この夫婦がいかほどの問題を抱えたとしても、取り返しの付かぬほど酷いことにはなるまいといった思いが、漠然と底にあるのである。

「じつは、夏目の神経が、前にも増して悪くなっているようでございまして。ことに最近は、子供にも辛く当たる始末なのです」

「お子さんに、ですか。それは、よろしくありませんな。子供の他愛(たわい)ない悪戯(いたずら)など、笑って見過ごしてやれば、よいものですからな」

「いえ、あなた、子供が何か悪戯をして怒るというのなら、まだわかる話なんです。それが、子供が何もしていないのに、いきなり妙な言いがかりをつけて怒鳴りつけるのです」

「ふ〜む」

これは、さすがの寅彦にも意外な話だった。

金之助は、どんなに感情が不安定な時でも、他人には決して取り乱した態度を見せない。常に温厚な紳士(しんし)で通している。苦心してそう演じているというわけではなく、自然とそういう振る舞いになる。彼の「飛び切りの理性」が、病気でありながらも、他人の前では感情を見事に抑えきるのである。

それでも、金之助は寅彦には心を許しているから、たまに金之助の「紳士的でない」側面を、寅彦は垣間見ることがあった。金之助の子供染みた感情の高ぶりを、折にふれて何度か見ている。甘味(かんみ)屋に入った時、汁粉の餅(もち)が小さいとブツクサ文句を言う金之助を見たこともある。

だが、それらはあくまでも、「笑って許される」レベルの茶目っ気にすぎない。子供を理不尽に叱るなどという惨いことを、金之助がやらかすとは想像もつかなかった。

「それが本当なら、奥さん、ちょっと看過できませんな。いっそのこと、医者に見せてはいかがですか」

寅彦は、鏡子が嘘をつく女ではないことを知っている。聞いた話は、たしかに意外ではあった。が、端から疑う気はなかった。この点、他の金之助の門下生だったら、こうはいかなかったろう。

「いえね、じつは、もう尼子さんに相談申し上げたんですよ。そしたらやっぱり、神経の病だろうって。それで、この病には気晴らしがよいから、何かするのがよかろうって」

「なるほど。尼子医師が……」

寅彦も、尼子の名声は知っている。専門家の医師がそう診断を下したとなれば、気軽に扱える話ではない。寅彦は、事の深刻さをたちまち理解した。

「以前にも奥さんは、僕に『先生を連れ出してくれ』とおっしゃいましたな。となれば、つまりは、そういうことをもっと頻繁にしたほうがよいということですな」

さすがに寅彦は話が早い。

鏡子は味方を得た気分で、おおいに安堵した。たちまち顔が明るくなった。

「そうなんです、寺田さん。お忙しいとは存じますが、夏目をいろいろと連れ出してやってはくださいませんか。とにかく、こう毎日家の中でじっとしていては、病気に障って、しかたないと思うんです」

「そうですな。僕もいよいよ勤めが決まって、そう毎日はお付き合いしかねますが、できるだけお誘いしましょう。先生はいざとなれば趣味が多いですから、いろいろと行く先はあると思いますよ。

なにしろ、お子さんにまで当たるというのは、よっぽどの話でしょう。神経がかなり参っているのですな」

寅彦は、熊本時代の金之助が筆子の誕生に大喜びしたのを、目の当たりにしている。その時は、親というのはこれほど子がかわいいものなのかと、高校生ながら感動したものである。

だから彼は、金之助が本当は子煩悩だということをよく知っているし、それだけに、子供に当たる金之助というのはとても尋常ではないと、状況を十分に理解できたのである。

「早速、帰ったら、お誘いの葉書を出しますよ。明後日には着きますでしょう。そうですな、どこがよいか……。一つ上野の動物園にでも、お誘いしてみますか」

「はあ、動物園でございますか」

「奥さん、馬鹿にしちゃいけません。動物の生態を観察するというのは、おおいに知的好奇心を満足させてくれるものですよ。

とくに、虎がよろしい。あの端正あるフォルムと、それに反して、自然学的に無意味としか思われない黄のまだら模様は、その矛盾があいまって、まさに神の手際と気紛れが合致した一つの……そのぅなんです……一つの、天の芸術です」

「はあ、なるほど」

もちろん鏡子には、寅彦が何を言っているのか、よくわからない。

「そうそう、虎と言えば、例の猫は元気ですか。今日は姿が見えませんな」

「はい、おかげさまで、ネズミも捕らないくせに、ご飯だけは一人前ですのよ。そういえば今日は、朝ご飯のあとは、とんと姿を見せませんね」

「先生、おかわいがりですからな」

「そうなんです。……あの、それでですね、あなた。お笑いになっちゃ、嫌ですよ」

鏡子は思いきって、金之助と猫のことを、寅彦に話してみようと思った。

「夏目が、よくあの猫と話をしているように見えるんです。時折、一人の時に猫に向かってブツブツ言っているのを、何度か見ているんでございますよ。どうしたものでしょう。やはり、神経の病気のせいでしょうか」

「ああ」

寅彦は、妙に納得した顔をした。

「奥さん、それは僕も感じていましたよ。どうも先生は時々、猫と話している感じですな」

今度は、鏡子が驚いた。こうもあっさり第三者から同じ指摘を受けるとは、思ってもみなかった。

「しかし、奥さん、案外、あの猫は、本当に先生と話をしているのかもしれませんよ。化け猫じゃないですが、あの猫は、先生相手には本当に喋っているんじゃないですかね」

そう言ってから寅彦は、冗談として笑い飛ばそうとした。が、鏡子の目が恐いくらい真剣なのに気づいて、それきり口をつぐんでしまった。

「まさか……ね。奥さん」

蟬の声が、やたら耳についた。

# 十一

夕暮れの往来を、金之助はぶらぶらと家路に着いていた。右手には、図書館で借り出した英書が抱えられている。最新の英文学の資料である。

金之助は、書物にだけは金を惜しまない。日本橋にある書店の『丸善（まるぜん）』によく通っては、ちょっと気になる書物を目にするたび、いつも悩まず購入する。雑誌で気になる新刊が出ると知るや、わざわざ店に足を運んで注文する。なにしろ帝大の講師だから、世間の信頼は抜群で、「付け」でいくらでも買える。そして月末に請求書が来ると、それを鏡子に渡して、あとは知らん顔である。

ただし鏡子は、書物代の支払いについてだけは、金之助に苦情を言ったためしがない。もちろん内心では、もう少し控（ひか）えてほしいと願ってはいるが。

ただ今回は、『丸善』に注文した英書が「まだ当分届かない」と言われ、「大学の図書館に同じものを搬入した」と店主に聞いたので、わざわざそれを借りに行ったのである。最新の研究論文がまとめられているものだから、少しでも早く読んでおきたかった。

すると、少し前方にある桶（おけ）屋の店先の陰に、チラリと見覚えのある小さな影が見えた。めざとく見つけた金之助が、ちょっと立ち止まって目を凝らすと、なんと言うことはない。猫が、こちらを見ている。

猫は動く気色もなく、じっと金之助を見つめていた。桶屋の店主は店の奥に引っ込んでいるから、およそ気づかれる気遣いはない。金之助は少し早足になって、猫のほうに近づいた。

うまい具合に、人通りは途絶えていた。往来と言っても、大通りから一つ奥まった路地だから、元もと人通りは少ない。

「よう」

猫のほうから声をかけた。

「外で話しかけるな」

そうは言いながら、金之助はしっかりと猫と向き合い、目をそらそうとしない。

「今、帰りか。一緒に帰ろうじゃないか」

「馬鹿を言え。猫となんぞ歩けるか、みっともない。御免こうむる」

「フン、つれないやつだ」

金之助は猫を置き去りにして、スタスタ歩き出した。猫は、チョコチョコと付いてくる。金之助は知らん顔をして、別に追い払おうともせず、付いてこられるままにした。

「おい、あれは何だ」

猫が後ろから声をかけた。金之助が前を見ると、ずいぶんとくたびれた麦藁帽(むぎわらぼう)をかぶった男が、道の端にあぐらをかいて、

「お子供衆のお慰みぃ」

と、しきりに声を張り上げている。

よく見ると、男の前に、なにやら色とりどりの小さな塊が並べてある。男の手には、ダルマのような形をしたフワフワしたものが握られている。大きさは三十センチくらいだろう。意外と大きい。

「ゴム風船だ」

金之助は、珍しそうに男の手を遠目に見ながら、猫に教えてやった。

「何をするものだ」

「何もしやしない。ああしておくだけだ」

「ああ。子供の玩具か」

猫は、察しがいい。ふだん自分も子供の玩具にされているから、こうしたことには勘が働く。

「おい、一つ買っていけよ。そうすれば、吾輩が子供の玩具にされずに済む」

「馬鹿を言え」

そうは言ったが、金之助はちょっと考えてから、男のそばに寄っていって、

「おい、一つくれ」

と、ポケットから一銭を取り出した。

「へい、一銭五厘でやんす」

金之助が黙ってあと五厘を出すと、男は、

「どれに、いたしやしょう」

と、並べたゴムの塊に手を差し出した。金之助はゴムを見つめながら、しばし考え、

「赤にする。やはり達磨(だるま)だからな」

と、言わなくてもいい注釈をつけて、赤い風船を買った。

家に着くと、ついさっきまで一緒だった猫の姿が、いつのまにやら見えなくなっていた。おおかた庭のほうへ回ったのだろうと、金之助は少し気になりながらも、そのまま格子を開けた。鏡子がすぐに出てきた。

「お帰りなさいまし。寺田様が、お見えでしたよ。もう帰られました」

「なんだ。何しに来たんだ」

「郷里の名産だと言って、鰹節を持ってきてくださったんです」

「フン、鰹節なんざ、東京でいくらでも買える」

「東京のものとは味が違うんですよ」

「鰹節なんざ、どこでも一緒だ」

鏡子も、じつは内心でそう思っているから、ここは素直に引き下がった。金之助

が差し出す帽子を受け取って、あとは、黙って金之助が玄関口に上がるのを待った。

　金之助は、相変わらず不機嫌な顔をして書斎へ向かう態度を見せたが、いかにも「ふと思い出した」ような素振り（そぶ）で、ポケットから赤いゴムの塊を取り出した。そして、やはり黙ったまま、鏡子の鼻の頭に突きつけた。

「何ですか」

「おまえが膨らませて、子供にやれ」

　鏡子はそれを受け取って、しげしげとながめた。やはり何だかわからない。

「何ですか」

「ゴム風船だ。見て、わからんか」

　鏡子は、ようやく納得して、

「ああ」

と、うなずきながら声を上げた。

　金之助が書斎で、借りてきた英書を開いていると、縁側を筆子と恒子がドタドタと駆け抜けていった。障子は開け放しているから、金之助の目の前を通過したわけだが、二人は、金之助には目もくれず駆けていった。

　達磨の風船を二人してポンポン弾（はじ）きながら、家中を走り回っているのである。

金之助は腰を浮かしかけたが、思い直したように、また座り込んだ。それから、再び英書に目を落とした。

気ぜわしく団扇を動かしながら、

「晩飯は何だろう」

と、ぼんやり考えた。

# 十二

尼子の薬は、金之助の胃炎を抑えるには、よく効いた。あれ以来、金之助は胃が軽いので、わりと機嫌がよかった。

寅彦は前にも増して、ちょくちょく夏目家へ顔を出すようになった。金之助は、寅彦が来ると、「忙しいのに」などとブツクサ言うわりに、ウキウキしているのが傍目(はため)からもわかるほどだった。

二人して暑いさなか出かけることもあれば、日がな一日、書斎で四方山話(よもやまばなし)をすることもある。子供たちも寅彦にはよく懐(なつ)いているから、そんな日は一日、夏目家は平和だった。

鏡子は、そうした日々の中で、

「この分ならほどなく、病気も治るのではないか」

と、期待を抱くようになった。尼子の忠告は、大げさなのではないか、と妙に高を括った思いがあった。

が、もちろん素人の甘い判断にすぎなかった。

「おい！　筆子はどこだ！」

ある日、金之助が、顔を真っ赤にして座敷にズカズカ入ってきた。エイの肌着を縫っていた鏡子は、一瞬その声にビクッとして、思わず針を指に刺してしまった。

金之助は鏡子のわきに仁王立ちになり、鏡子を見下ろすようにして、にらみつけた。鏡子の横で昼寝をしていたエイは、思わず飛び起きて鏡子にしがみついた。

「いったい、どうなすったのです」

「筆子はどこだと、聞いておる！」

鏡子はここで、金之助の気持ちを静める努力をするべきであった。何があったのか、再度問いただすべきであった。しかし、昨今の金之助の精神の落ち着きに、油断があった。すぐそばにいるエイを守ろうとする母親の本能も、知らず働いたのだろう。反射的に、

「居間で、恒と遊んでいます」

と、答えてしまった。

金之助は聞くや踵(きびす)を返して、居間のほうへ向かっていった。その背中に、異様な雰囲気を感じた鏡子は、

「不味(まず)い！」

と察し、エイを抱き上げて、すぐに追いかけた。

金之助は、ガラリと乱暴に居間の襖(ふすま)を開けるや、お手玉をしていた筆子の肩を、わしづかみにした。筆子は驚きのあまり、

「ひっ」

と小さな声を上げて、お手玉を放り出した。

「どこへやった！」

いきなり金之助が、怒鳴りつけた。

もちろん筆子には、何の意味かわからない。横にいた恒子は、すぐさまその場を逃げ去った。筆子は、その場で金之助と一対一になってしまい、恐怖が絶望に変わっていくように、顔の血の気が見る見る引いていった。

「何をなすっているんです！」

鏡子が飛び込んできた。エイを抱いたまま、無理矢理二人のあいだに割って入った。筆子は、鏡子の腕にしがみついた。襖の向こうでは、恒子が棒立ちになって見つめている。怯(おび)えるあまり、身を隠すことさえ思い浮かばないのである。

「図書館から借りてきた書が、見当たらんのだ。筆子が隠したのだ」

「筆がそんな悪さ、するはずございません」

「だったら、なぜ見当たらん！」

「子供たちには、書斎に勝手に入らぬよう、いつもきつく言っております」

「だ、だったら、なぜ見当たらん！」

　金之助は興奮のあまり、言葉がろくに出ない。同じ言葉を、しどろもどろに繰り返した。

　この時、猫が廊下の向こうからノソノソやってきた。意外にも恒子の足下に来て、しきりに恒子の足にまとわりついてきた。金之助たちは、気づかない。

　幼い子供というのは、不思議なものである。まだ「動物の本能の部分」が残っているのだろう。猫が書斎のほうへと歩き出すと、恒子は何かを察して、それに付いていった。

　恒子は猫を追って、ふだんは決して一人で入ることのない書斎へ、足を踏み入れた。すると猫が、文机の下にもぐり込んだ。恒子は身体を屈め、文机の下をのぞき込んだ。

　あった。

　恒子は、図書館の印が押された英書を引っ張り出すと、それを抱えて一目散に居間にもどった。居間の中では、金之助と鏡子がにらみ合っている。

恒子は走り寄ると、一言も口を利かず、両手で持った英書を、ぐっと金之助の前に突き出した。それを見たとたん、金之助はカッと目を見開いて、

「おまえか！」

と、恒子を怒鳴りつけた。恒子は英書を放り出して、鏡子の陰へ必死に隠れ、筆子と身体を寄せ合った。

「何をおっしゃるんです！　恒が、見つけてきてくれたんじゃありませんか！」

鏡子はエイを抱いたまま、片手で英書を拾い上げた。そして、

「どこにおありだい」

と、穏やかな声で聞いた。だがその声は、うわずっていた。

「お机の下」

恒子がオドオドしながらそう答えた瞬間、金之助の顔が、さっと青ざめた。思い当たる節があったのである。鏡子の手から英書をひったくると、そのまま黙って立ち上がり、書斎のほうへと出ていった。

明らかに早足になっていて、背中が少し丸まっていた。

鏡子は、ひどく惨めになった。

しがみついてくる三人の子供を抱えて、何か言って、なだめようと思った。が、

声を出したとたん、涙があふれそうである。無言のまま、しきりに子供たちをさすってやった。

金之助の病気が治まったなどと、甘い考えを起こした自分が情けなかった。

「いっそ、子供たちの身の安全のために実家に帰ろうか」

という思いが、胸をよぎった。

## 十三

鏡子という女は、意外とプライドが高い。

金之助の病状は、精神の病気に無知な素人が的確に看病できるようなレベルではない。彼女はもっと、専門家である尼子に、頻繁に相談するべきだったのである。

しかし、鏡子は夏目家の主婦として、他人の意思が家庭に介入(かいにゅう)することが、はっきり言って嫌だった。心の奥底にある「この病気に対するわずかな偏見」も、その思いに拍車(はくしゃ)をかけていたのかもしれない。

つまりは、自分だけの力で夫と家庭を守ってみせる、といった自負心のせいで、彼女自身が、彼女の孤立を招いたのである。

あの英書紛失(ふんしつ)の騒ぎ以来、夏目家の空気は、すっかり張りつめたものになった。

金之助は、めったに書斎から出てこなくなったし、子供たちも、いつ父親に怒鳴られるかとビクビクして、すっかりおとなしくなってしまった。

それでも鏡子は、三度三度の食事を、いつもと変わらず家族全員で食べるよう仕向けた。居間の卓袱台（ちゃぶだい）に食事を並べると、子供たちと金之助を呼びつけて全員で食卓を囲んだ。けれど皆、黙々と食べるばかりで、毎度の食卓が通夜（つや）のようだった。

鏡子としては、せめてそれが、家庭の平和を維持するギリギリ最後の手段だ、と信じていたのである。だがそれは、彼女のプライドが生んだ意地でしかなかった。

こうして数日が過ぎた。

その間、鏡子は、のべつに観察していた。猫が金之助の書斎に入り込んでいるかどうか、をである。果たして猫は、前にも増して、金之助の書斎によく出入りしているようだった。

取り込んだ洗濯物を縁側に放り出すと、猫は、たいていどこからともなくヒョッコリ現れる。それが「自分に提供された遊具」かのように、決まって洗濯物の上でゴロゴロする。夏場は動物の毛が抜けやすいから、洗濯物が、わりと汚れる。ひとしきり遊んだあとは、そのまま縁側をつたって書斎の中に入っていく。

障子は、開け放しである。が、庭からのぞき込んだりしたら、金之助がまた爆発すると知れているから、鏡子は、遠目にながめる。すると時折、金之助の何か喋っているような声が、もれ聞こえてくる。先だっては、「馬鹿を言え！」といった怒鳴り声が、はっきり聞こえた。

「やっぱり喋っているのかしら」

そのたびに鏡子は、首をかしげた。

そして、妙に空恐ろしくなった。以前のように、気楽に見過ごす気にはなれなくなっていた。

けれど、「だったら猫をどう扱えばよいのか」と問われれば、皆目、見当がつかない。ただひたすら、尼子の「心配ない」という言葉を思い返して、無理矢理に安心しようとするのみである。

そんな様子で、さらに数日が過ぎた。

朝食が済んだあとである。

金之助は、卓袱台の前で新聞を広げ、食後の茶をすすっていた。鏡子は黙って、そばに控えている。すると、金之助がいきなり、

「今日、また図書館へ行くから、帽子と鞄を出しておけ」

と言った。

「はい」

鏡子は一言、返事しただけである。

数日前なら金之助を気遣って、もう少し愛想良くしたことだろう。だが、元もとが愛想を振りまくなどは、できない女である。尼子にアドバイスを受けてから後、金之助にいろいろ話しかけたのは、けっこう無理をしていたのだ。

鏡子の本心としては、妻が夫に愛想良くするなど、わざとらしく媚（こ）びた感じがして、潔く思っていないのである。こうしたところが、この夫婦の似た者夫婦たる所以（ゆえん）で、すれ違いになりがちの所以でもある。

金之助は新聞を畳むと、黙って書斎にもどった。鏡子は、戸棚から買い置きの「朝日」を取り出して鞄に入れ、それを書斎に持っていった。金之助は黙ってそれを受け取り、図書館から借りていた例の書物と、二、三の荷物を鞄にしまい込んだ。そして玄関で帽子を受け取って、黙って出ていった。

二人とも、食卓からここまで、見事に口を利かなかった。

だがその日は金之助がいなかったので、子供たちは久々に羽を伸ばすように、庭で大はしゃぎした。まだ一歳のエイまでが、二人の姉に付いてヨチヨチと庭を駆け回った。

三人の娘は、それが「子供の当然の行為」かのように、庭の土をひたすらこね繰り回して遊ぶ。となれば、手から足から、体中が泥だらけである。が、鏡子も当然のように、それを放っておいた。

やがて昼になった。まだまだ、金之助が図書館から帰る時間ではない。鏡子は、筆子に一言かけてから、台所で貰(もら)いものの素麺(そうめん)を三人分だけ茹(ゆ)でて、子供と一緒に昼食を済ませた。

「こんにちはー」

食事の後片づけをしていると、男の声がして、玄関の格子がガラガラと開くのが聞こえた。

他人がいきなり玄関を勝手に開けたのだから、ふつうなら驚きそうなところである。が、夏目家は、金之助の教え子がこうしてよく訪ねてくる。だから鏡子は驚きもせず、そそくさと玄関に向かった。

来訪者は、寺田寅彦だった。

「や、奥さん、今日も暑いですな」

「あらまあ、いつも、いらしていただいて、ありがとうございます。夏目は、今日は出ております」

「ええ、知っています」

寅彦は、笑って答えた。

「じつはですね、図書館で先生にお会いしたんです。僕も、ちょいと用があったので。ああ、それで二人で昼食を済ませました。蕎麦(そば)をおごっていただきました」

寅彦は、「ごちそうさまでした」と、頭をちょっと下げた。

「それでですね。先生は、午後もしばらく図書館に残られる、というのです。僕は自分の用は済んだので、そこで別れましたが、そこでハタと思いつきました。今なら、ここへおじゃますれば、奥さんとゆっくりお話ができるな、と。それで参上した次第です」

「まあまあ、それは、ありがとうございます。さあさあ、お上がりください」

鏡子は寅彦の気遣いがうれしくて、声を弾ませた。孤立無援のところへ、頼もしい味方が来てくれたような気がした。

「いかがですかな、最近の先生は、ご自宅では」

寅彦は座に着くなり、金之助のことを聞いた。

「あ、寺田さんだ」

声を聞きつけて、三人の子供が座敷に入ってきた。寅彦はにこやかに三人を迎えたが、鏡子が、

「さあさあ、寺田さんはお母様と大切なお話があるから、みんなは向こうで遊んでおいで。あとでお菓子をあげますから」

と、三人を外へ出した。廊下から、

「あたし、栗金団(くりきんとん)が食べたいな」

といった恒子の声が聞こえた。恒子は、半年以上前の正月に初めて食べた栗金団の味が、未だに忘れられないのである。

「どうもお騒がせしまして。寺田さんには、いつもお気を遣っていただいて、本当にありがとうございます」

「いや、なに、他ならぬ先生のためですから。それで実際、いかがなんですかね。僕とお会いの時は、いたって平穏なもので、僕も楽しく過ごさせていただいてるのですが。もうお子さんを叱ったりすることは、なくなりましたか」

鏡子の顔が曇った。辛そうに、ぐっと下唇を噛んだ。鏡子は、先日の英書紛失の騒ぎを説明した。

「ふ〜む」

寅彦は多忙な中、合間を見ては、自分なりに精神の病気について調べてみていた。今日図書館に行ったのも、それが理由の半分である。

「奥さん、やはりこれは、そう簡単に治る代物ではありませんよ。奥さんは、先生の理不尽な激昂にビックリなさったかもしれませんが、そうした症状は、神経衰弱という病気には往々にしてあるものらしいです」

「だったら、どうすればよろしいでしょう。このままでは子供たちが……その、恐がるばかりで」

さすがに鏡子は、「子供が危害を加えられる」とか「暴力を振るわれる」とまで、はっきり口に出すのは、ためらった。他人にそれを言ってしまうと、夫を恥ずかしめるような気がしたのである。

寅彦は腕を組んで、やや考えていた。が、手元に出されていた麦茶をふと見て、思いついたように語り出した。

「奥さん、空っぽの茶碗に茶を注げば、茶碗は満たされますでしょう。けれど、いっぱいになった茶碗にさらに注いでも、あふれるばかりで、それ以上、茶碗に残りゃしません。茶碗の許容量を超えた茶は、無為に流れ出すばかりです」

寅彦は、いきなり科学の講釈じみた話を始めた。

「あるいは、それと同じようなものかもしれませんよ。『気晴らしだ、気晴らしだ』と、しきりに先生を方々に連れ出しても、先生が『もうたくさんだ』と感じていたら、それは気晴らしにならないどころか、わずらわしいばかりでしょう。かえって病気に障りさえするかもしれません」

ここまでは、鏡子にもよくわかった。しきりにうなずいた。が、それだけに、ますます絶望的な気分になった。思わず袖を目頭に当てた。

しかし寅彦は、そこで話を終えなかった。

「それでですね、一方で、この宇宙には『質量保存の法則』というのがありましてね。物質はさまざまに形を変えていっても、それらを合わせた全体の量は変わらない――という理屈です。

もっとも僕の思うところ、物質はエネルギーにも転化するから、正確には物質とエネルギーの総和が変わらない――というほうが適切だと思うんです。つまり、質量とエネルギーの等価性に準ずるわけですな」

ここまで来ると、鏡子には付いていけない。寅彦の口元を見つめるのみである。

「それで、こうした理論から導き出すに、先生の茶碗が今、あふれんほどいっぱいになっているなら、それを一度流し出したほうがよい。だが、茶のまま流し出すことはない。同じ質量を持った何かに、転化して出すんです」

鏡子には、どうにも話が見えない。

「それは、どういう意味でございましょう」

不審そうにたずねた。だが寅彦は、自信ありげな顔で説明を続けた。

「すなわち、たまったものを一度出せば、精神がすっきりするんじゃないですかね。吸い込んだものを吐き出すんです。

これまで見聞きしたものを元にして、何か好きなものを書くなり何なり、すればよいんじゃないか、と僕は思うんですよ。

すなわち、自分の中身をエネルギー化して、そのエネルギーを使って何かを生み出す、というわけですな。これがきっと、今の先生に有益な気晴らしの形じゃないでしょうか」

これは、なんとなく鏡子にもわかった。

たしかに金之助は、俳句をひねったり絵を描いたりしている時は、比較的おとなしい。金之助が句帳や画用紙に向かっている時の様子が、たちまち思い出された。

「でしたら、俳句や絵をもっと作ればよいのでしょうか」

「さよう。それもまた、一つの方法ですな。ですが僕は、先生はもっと長い文章を書くのが向いていると思いますよ」

寅彦は両膝に手を置いたまま、ぐっと身体を前に出した。

「先生の手紙は、いつも用向きだけで済まなくて、必ず二、三は関係のない雑多なことが書いてあるんです。奥さんやお子さんのことも、時折書いて寄越(よこ)します」

「まあ」

「それが、読んでいて、じつに楽しいんですよ。僕には、あんな芸当はとてもできません。奥さん、文章というのは好きでないと書けないもんですよ。先生はきっと、文章を書くのがお好きなんですよ」

「ああ」

鏡子も、納得した。

「文章……ですか」

## 十四

昨年、金之助が文部省の命令でロンドン留学していた折、金之助は、鏡子によく手紙を書いて寄越した。

それは、下宿の主人の話とか、同じ留学仲間の同胞と郊外へ外出した話とか、ロンドンで観た演劇の筋立てや舞台の仕掛けの話とか、パブで食べた料理の話とか、要するに、他愛のない異郷での暮らしぶりである。

鏡子はそれらを読みながら、なぜこんなことを書いてくるのだろうと、内心で首をかしげたものだった。もっとも当時の彼女は、産んだばかりの乳飲み子を合わせて三人の子を抱え、わずかな給付金で家庭を守らねばならない立場だった。およそ、そんな手紙に気持ちをかたむける心の余裕がなかったのである。

当然、返事を書く気になど、そうはなれず、もらうばかりで、すっかり筆無精を決め込んでいた。それで金之助から、「おまえは不人情だ」と恨みがましい文言の手紙も、一度ならず受け取っていた。

すっかり忘れていたが、たしかにそんなことがあった。言われてみれば、好きでないと、ああは書けない。

「おっしゃるとおり、夏目は文章が好きかもしれませんね。寺田さん、ぜひ夏目に何か文章を書かせてやってくださいな」

「さよう」

寅彦は、再び腕を組んだ。

「しかし、俳句だって、やはり発表する場がないと、作り甲斐がないというものですからな。いや、これは僕の場合の話ですが。僕の場合、先生にご披露したい一心で、俳句をやっているようなものなんですよ。

ですから一概には言えませんが、先生も、どこか雑誌にでも発表するという話があれば、勇んで文章を書かれるような気がするんですよ。逆に言えば、発表の当てもなく書くというのは、どうでしょう、張り合いが生まれないんじゃないですかね」

「でしたら、どこかの雑誌に、夏目の書いたものを載せられないでしょうか」

「ふむ。どこかから執筆の依頼でもあれば、お誂え向きなんですが……。奥さん、どこかご存じありませんか」

「え、私がですか」

寅彦としては、流れで適当に話を振り向けたにすぎない。ところが鏡子は、寅彦の問いかけを真剣に受け取った。急に黙り込んで、あれこれ考えを巡らせた。

寅彦は、話が急にストップしてしまったので、意外の感に打たれた。自分としては、どこか知り合いの科学雑誌にでも打診(だしん)してみようかと、提案するつもりだった。まさか鏡子がここで考え込むとは、思ってもいなかった。

「奥さん、お心当たりがあるのですか」

一応のつもりで、寅彦は聞いてみた。

「いえ、その……高浜さんにお願いできないものか、と」

「あ」

寅彦は思わず声を上げた。

「奥さん、それだっ。その手がありました」

「え、本当にそうなのでしょうか」

寅彦は、目を輝かせた。言い出した鏡子のほうが、寅彦の興奮ぶりに気圧されるほどだった。鏡子は自信なさげに問い返したが、寅彦は二回大きくうなずいて、

「ぜひ一度、高浜さんにお願いしてみましょう」

と声を弾ませた。

高浜。高浜虚子(きよし)である。

言わずもがなの、近代俳句の形成者であり、日本文学史上トップクラスの俳人である。明治時代より昭和三十年代までの五十年間以上を、正統派俳句の旗手として、活躍し続けた。

明治七年（一八七四）の生まれだから、金之助より八つ若い。じつは、金之助とは旧知の間柄である。

金之助と虚子を結びつけたのは、正岡子規である。

金之助は帝大入学前に、正岡子規と出会った。二人は出会うやたちまち意気投合し、ともに帝大文科大学に入って親友となった。

正岡子規は、近代に入ってなお江戸時代と変わらず旧態依然だった和歌と俳句を、近代文芸として刷新した文学の天才である。この子規に師事し、いわば弟分として活躍したのが、高浜虚子だった。「虚子」はもちろん号だが、この号は、本名の「清」をもじって、子規から与えられたものだ。

金之助は子規を通じて、虚子とも交流を持った。もっとも虚子は、金之助から見ると「親友の弟分」という格だったから、直接の友人や弟子とは少し違った距離があった。

一方、二人を結んでいた子規は、昨年、明治三十五年（一九〇二）に病のため早世した。金之助の留学中の話である。

生前、子規は俳句の雑誌『ホトトギス』を立ち上げていた。そして没後、虚子がその編集を引き継いでいた。

鏡子は昨年、虚子と初めて会った。

子規の葬儀の席である。金之助がロンドンにいたため、鏡子が代理で参列した。その時、虚子のほうから挨拶してきた。

そこで、ちょっと驚かされたことがあった。

子規の闘病中に、金之助がロンドンから子規に宛(あ)てた手紙が、たいへんおもしろかったので、『ホトトギス』に載せた――と聞かされたのである。

それは、金之助が、子規への見舞いのつもりで、子規を励まそうと書いた手紙だった。そこで、自分のロンドン生活の様子を、できるだけ楽しげに書いた。これを読んだ病床(びょうしょう)の子規は大いに喜び、虚子へ渡して『ホトトギス』に載せさせた。タイトルは、子規が『倫敦(ロンドン)消息』と勝手に付けた。

「あれは、たいへんに評判が良かったのですよ」

虚子は悪びれもせず、まるで自分の手柄話のように、得意気に聞かせた。

だが、鏡子はこの時、内心で、

「私信を、書いた当人の与(あずか)り知らぬところで公(おおやけ)にするというのは、いかがなものだろうか」

と、ちょっと不審に思った。もちろん「雑誌に載せた」と言っておきながら、原稿料についての話は一切出なかった。

子規と虚子はこうした点、師弟でよく似ている。善人ではあるけれど、世間的な礼儀や気配りに、少し欠けたところがある。と言うより、そんなものより芸術活動のほうが、断然優先されるのである。良く言えば、それだけ純粋な芸術家ということではあるが。

鏡子は、その時のことを思い出したのである。

当時、『ホトトギス』は俳句の専門誌として、文学愛好家のあいだでは、かなり定着していた。

寅彦は、科学者でありながら金之助の影響もあって、文学界にも目を配っていた。だから、『ホトトギス』と虚子の名は知っていた。また、金之助から常々、子規と虚子の話も聞かされていた。それで、金之助と虚子を結びつけることは、容易に想像できた。

だから、鏡子の思いつきが良策だと、たちまち判断した。

「しかし僕は、高浜さんとは、直接お付き合いがあるとは言い難いですからね。奥さん、奥さんのほうで、高浜さんにご連絡が取れますか」

「はい、ご住所は存じておりますから、お手紙できます」

鏡子は躊躇なく答えた。彼女は、金之助のためとなれば、ふだん以上に決断力と実行力を発揮する。

鏡子としては、こちらに強みがあるように感じていた。かつて金之助の書いたものを当人の許可なく勝手に載せたのだから、今度はこちらが頼んで載せてもらう番だ、といった「権利」があるように、漠然と考えていた。

客観的に見れば、それはそれで勝手な言い草である。が、万事にものごとを都合良く解釈するのは、人の常である。

このすぐあと、鏡子は、「これから手紙を書くから」と言って、寅彦を半ば追い出すようにして帰らせた。そして早速、虚子への手紙を書き始めた。

学歴がないうえ、ふだん筆など持たない鏡子のことである。苦心した。しかし、ロンドンから寄越した金之助の手紙の文面をいろいろと参照しながら、なんとか体裁を整えた。

ポストに投函して家にもどる頃には、陽がすっかり赤く焼けて、影がだいぶ伸びていた。鏡子は、金之助が先にもどっていたらどう言い訳しようかと、ハラハラしながら家路を急いだ。が、幸いなことに、金之助より早く着くことができた。

玄関の前まで着くと、猫が格子の前で丸くなっていた。オヤと思い、近づくと、猫が顔を上げて「ニャー」と一声鳴いた。

「なんだい、おまえ、旦那様を待っておいでかい」

鏡子が聞くと、猫はスッと立ち上がって、そのまま庭の茂みのほうへ姿を消していった。

鏡子はなんだか、猫が自分のことを心配してくれていたような気がした。

## 十五

鏡子は、ふだんは、かなり大雑把な女である。けれど、いざとなると周到になる。

虚子に宛てて手紙を書いたはよいが、返事を金之助に見られたら一騒動である。そこで鏡子は、

「返事は不要。今日より三日後の午後一時頃に、勝手に訪問させていただくから、もしお出でならば、会っていただきたい。当日ご用がおありで会っていただけなければ、それはそれで構わない。勝手に引き返す」

といった旨を書いた。

約束の日、鏡子は、

「この暑さのせいで、実家の父親の具合がよろしくない、という連絡があった」

と、金之助に嘘をついて、外出の許可を得た。金之助は、鏡子の実家はおろか、夏目の親族とさえ会いたがらず、親戚付き合いは一切、鏡子に任せている。だから、この嘘なら金之助が「一緒に行く」などとは、絶対に言わないと踏んだのである。

果たして金之助は、

「子守りを引き受けるから、俺は家にいる」

と告げた。鏡子は、それらしい支度をして一人、家を出た。

午後一時きっかりに、虚子の家に着いた。

「ごめんくださりませ」

鏡子が玄関の格子を叩くと、中から、

「はーい。どうぞ、勝手に上がってくださーい」

といった声が、響いてきた。

鏡子は、敵陣に乗り込むような気持ちで下駄を脱ぐと、廊下を奥のほうへと進んだ。突き当たりの障子から、人の気配がする。

「夏目でございます」

声をかけると、カラリと障子が開いて、

「やあ、お待ちしておりました」

と、虚子がにこやかな顔で出迎えた。

「突然おじゃましてしまい、まことに相済みません」

「いや、なに。しかし、まさか夏目さんの奥さんがお出でになるとは、夢にも思わんことですから驚きました。

あいにく今、妻は出ておりまして、ろくなおもてなしもできませんが、マア、どうぞ」

二人は昨年、子規の葬儀の席で初めて会ったきりである。そのわりに、馴れ馴れしい。鏡子は少し気後れしたが、

「このほうが、かえって話しやすい」

と開き直って、勧められた座蒲団に腰を下ろした。

部屋の雰囲気は、金之助の書斎にどことなく似ている。ただし、書物の数は圧倒的に少ない。その代わり、原稿用紙が机の上に山と積まれ、そこいら中に、封を開けた手紙が散らばっている。

鏡子がキョロキョロしているのに気づいた虚子は、

「今、次号の原稿の直しに追われている最中でして。ホレ、全国から、このように句の原稿が送られてくるんですわ」

と、手元に放り出されていた封書の束を、軽く振って見せた。少し自慢げに見え

る。

「それは、とんだお忙しいところ、相済みません」

鏡子は、もう一度頭を下げた。気が急いて、一刻も早く本題に入りたかった。社交の挨拶もそこそこに、手土産に持ってきた果物の詰め合わせを前に出した。

「や、これはまた、立派な水菓子の籠ですな」

「恐れ入ります。参る際に買ってきたものですから、新しいと思います」

当時は、果物類は「水菓子」と呼んだ。途中の果物屋で、ヘソクリから買ってきたのである。鏡子としては、ずいぶん奮発したつもりである。

「じつは、今日参ったのは他でもない、夏目のことでお願いがございまして。あのう、いかがでしょうか。一度、夏目の書いたものを、お宅様の雑誌に載せていただくことはできませんでしょうか」

思いきった。一足飛びである。

「ほう！」

虚子は、目を大きく開いて、驚くほど大きな声を上げた。鏡子はビクッとした。

「そいつは、おもしろいかもしれませんね」

意外にも虚子は、すぐに乗ってきた。膝をポンと叩いた。

「夏目さんの文章は、たしかに諧謔的で愉快です。俳句の精神に、大いに通じています。うちの雑誌に向いていています」

虚子は、なぜか得意満面である。

「子規の生きていた頃は、僕も夏目さんとよく話しました。じつに愉快だった。そんな夏目さんの人間性が、文章に反映されるのですな。『倫敦消息』などは、なかなかのお手際でしたよ」

「ありがとうございます」

鏡子は礼を述べたが、内心、ちょっと引っかかった。

どうにも虚子の口振りは、金之助を暗に、上から見下ろしている感がある。虚子は金之助よりずっと年下で、朋輩ではないのだから、もっと敬意を込めた表現で語るべきではないだろうか——と。

寅彦を始めとして家に出入りしている若い人間は、皆、金之助を「先生」と呼び、上下の礼を以て接している。鏡子としては、そんな光景を見慣れているから、金之助が、他人から「先生」と呼ばれるのが当たり前のような気がしている。だから、虚子が「夏目さん」と呼び、下手に出る様子のまったくないことに、何やら違和感を覚えたのだ。もっと言ってしまえば、少し不快だったのである。

もっとも虚子の側から言えば、自分は雑誌を背負っている一角のプロ編集者であり、対して金之助は、少なくとも文章に関しては素人である。「原稿を載せてほしい」と頼んでくるなら、それは一般の投稿者と同じであって、自分が選考し、指導する側である。

くわえて、師匠である子規の親友とはいえ、自分と直接の師弟関係があるわけではない。虚子は仙台の第二高等学校を中退して、大学にも行かなかったから、金之助は学校の先輩でもない。彼としては、金之助にへりくだる必要性を、まったく感じていないのである。

だが虚子という男は、たしかにやや傲慢（ごうまん）なところがあるものの、芸術・文学に対してはひたすら真摯（しんし）である。

「じつはね、奥さん、僕も、子規が死んでから何か気が抜けてしまって、しばらく俳句はお休みしようかと思っとるんですわ。その代わり、もっと長いやつを書いていこうとね」

「はあ」

「こいつは、俗に言う『小説』とは違います。この世は、あるがままでおもしろい。そこで、この世のおもしろさを、あるがまま書き写すのです。そこに、得（え）も言われぬ文章の妙味が生まれる。安っぽい馬琴（ばきん）ばりの筋立てなんぞ、本当の文章には要らんのですよ。こいつはね、奥さん、だから『写生文』と呼ぶのです」

写生文は元もと、子規が提唱した文章スタイルである。明治三十年代後半から四十年代にかけて、日本の文壇の大きな流派になる。こんにちにも有名な伊藤左千夫の『野菊の墓』や長塚節の『土』なども、写生文の系譜に属する小説である。

「はあ、それは、大層なものでございますねぇ」

もちろん鏡子は、要領を得ぬまま適当に返事しているだけである。

「夏目さんの文章は、じつに良質の写生文です。そうですな、一つ書かせてみましょうか。近々、僕のほうから夏目さんに相談に行きますよ。良い出来なら、『ホトトギス』に載せてもよろしい」

思いがけず話がスムーズに運んだ。

鏡子はホッとした。とたんに、その後の展開を計算した。やはり、いざとなると周到な女である。

「ぜひ、お願いいたします。あの、それでですね、お出での時は、私がお願いに上がったことは、どうか内密にしていただきたいのです」

「はあ、そりゃ、どういう……。夏目さんの使いで、今日、お出でになったのではないのですか」

「とんでもございません。夏目は、このようなこと、私に頼んだりいたしません」

鏡子は、考えた。

ここで体裁を取り繕って嘘をつくよりも、万事に正直に話したほうがよい。先日の英書紛失の時は、自分一人で抱え込もうとして、しくじった。あの苦い経験から も、頼れる相手には正直に言って頼ったほうがよい。それで、相手が見込み違いで 偏見を持つようなら、それまでのことだ――と。

鏡子は恐る恐るながらも、事の次第を説明した。虚子は先ほどまでとは打って変わって、真剣な顔で話を聞いた。一通り事情を飲み込むと、

「なるほど。でしたら、ぜひ夏目さんには、良いものを書いてもらわねばなりませんな」

と、鏡子に向かって笑みを浮かべた。

鏡子は、成功した。

十六

あの日の虚子の話しぶりだと、今日明日にも依頼に来るような雰囲気だった。鏡子は、虚子の訪問を心待ちに待った。

ところが、そんな期待とは裏腹に、虚子はなかなか現れなかった。鏡子は、始めの数日はそわそわと待ち、一週間も過ぎるとイライラし出し、十日も経つ頃には半ばあきらめて失望した。

「マァ、雑誌を刊行するという仕事は、たしかに大変なのでしょう。来たくとも、仕事に追い立てられて、来られないんじゃないですか」

「そりゃあ、そうかもしれませんけれど」

寅彦の慰めも、鏡子には虚しく響いた。

当の金之助は、というと、相変わらず毎日ちょっとしたことで癇癪を起こしながらも、たいていは書斎に引きこもって、九月からの新年度の準備に没頭していた。いったんは辞職さえ考えたが、生活のために辞められないと決まった以上は最高の授業をやってやる、といった決意があった。

金之助が書斎に引きこもりがちのおかげで、子供たちはかえって伸び伸びしていた。ただ食事の時だけは、父親と顔を突き合わせなければならないから、どうしても緊張する。夏目家の食卓は、すっかり静かなものとなってしまっていた。

猫も相変わらずだった。鏡子が気づくと、金之助の書斎にいる。何をするでもなく、ゴロゴロしている。金之助も、そばに置いているだけで、まったく構っている様子がない。子供たちは、最近は猫にも飽きたようで、やたらと猫を追い回さなくなった。猫には幸いである。

こうして日は過ぎた。

「君もいよいよ教壇に立つわけだが、準備はできているのかね」

この日は、寅彦がまた遊びに来ていた。最近は寅彦が来ても、外へ出るより書斎で過ごすことのほうが多い。

「ええ、なんとかなると思います。先生のほうは、ずいぶんとご出精（しゅっせい）ですな」

寅彦は、文机の上に山と積まれた英書と、ビッチリ書き込まれたノートをのぞき込んで、しきりに感心した。文机の下には、猫が寝ている。最近の猫のお気に入りの場所である。

金之助は得意気に、自慢のカイゼル髭（ひげ）をいじった。

「ああ、九月からは、いよいよ沙翁（さおう）劇の講義に入ろうと思っている。学生たちもそろそろ、まともに英文学が学べるくらいに成長したと思うんでね」

沙翁とは、日本でのシェークスピアの異称である。シェークスピアは、元もと金之助の専門である。

「先生の沙翁劇の講義なら、さぞかしすばらしいものになるでしょうな。拝聴（はいちょう）したいくらいです」

「理科から文科へ出張してくるかね」

この時、ドタドタと、縁側を気ぜわしく迫ってくる足音が聞こえた。

と思う間もなく、鏡子が顔を出した。額に少し汗がにじんでいる。あわてて来たらしく、若干の息切れさえしている。金之助はそれを見るや、たちまち眉間にしわを寄せた。

「なんだ！　騒々しい！」

「高浜虚子さんが見えられました」

鏡子は、金之助の怒声に耳を貸す気色もなく、息せき切って早口に言った。聞いた瞬間、寅彦は心の中で「あっ」と叫んだ。鏡子に目配せした。鏡子はチラと寅彦のほうを見たが、知らぬ顔をした。

「どういたしますか」

「虚子が……。珍しいな」

金之助は、ちょっと不審げな顔をした。が、

「君、来客だから僕は行かねばならん。どうする」

と、寅彦に聞いた。

「でしたら、僕は御暇します。また上がらせていただきます」

「そうか。おい、虚子は座敷に通しておけ。すぐ行く」

金之助は鏡子にそう命じると、鏡子が玄関に向かうのを見届けてから、おもむろに立ち上がった。寅彦を顧みもしないで、座敷へ向かった。

「うまくいくといいがな、な」

一人取り残された寅彦は、文机の下から猫をひきずり出して抱きかかえると、自分の顔と猫の顔を突き合わせて、語りかけるでもなく、つぶやいた。

猫は声も上げず、じっと寅彦の目を見た。が、すぐに身体を揺すって、寅彦の手から離れると、トンと畳に着地した。そしてノソノソと出ていった。

寅彦は座ったまま、うんと一つ大きく伸びをした。

## 十七

「ずいぶんとご無沙汰(ぶさた)です」

虚子は、にこやかに軽く頭を下げた。

「お互い様さね。どうかね、『ホトトギス』は」

「売れませんね。東京なら、もっと売れると思っていたんですが、東京といえど、俳句の奥深さを解する人間は、そうはいないようですな」

『ホトトギス』は元もと、正岡子規と高浜虚子の郷里である愛媛県で発行された。それを、虚子が子規の許可を得て、東京進出させたのだ。

「そうかね。では、経済として立ち行っていないのかね」

「なんとか、ごまかしごまかし、やっているようなもんですな。何か世間受けするおもしろい読み物でもあれば、もう少し潤うと思うんですがね」

「ふむ。やはり売り上げを伸ばすには、中身に、もうひと工夫が必要かね」

金之助は、何度か『ホトトギス』に句を載せているし、『倫敦消息』の件もある。なにより、親友だった正岡子規が心を砕いた雑誌である。他人事とは思えない。本気で心配した。人の好い男なのである。

「それでですね。今日来たのは、その件があってのことなんです」

「何かね」

虚子は、身体を前に乗り出した。金之助は、これといって察しが付かなかったから、ちょっと怯んだ感じで軽く身体を後ろへ下げた。

「どうでしょうな、夏目さん。何か書いてみませんか。いや、俳句ではなく、もっと長いものです」

「僕が？　『ホトトギス』に？　そいつは、つまり『倫敦消息』のようなものかね」

「それでもよろしいし、もっと別のものでもよろしいです。なにしろ、何かおもしろいものですな」

「君、いきなりだな」

金之助は、いかにも困ったという顔をした。が、口元は緩んでいた。苦笑いと言うよりは、もっと爽快な笑みだった。虚子がそれに気づいたかどうかは、わからない。

「書けたら、『山会』で朗読しますから。そこで評判がよければ、『ホトトギス』に載せます」

虚子は妙にしたり顔で、言い含めるように述べ立てた。

「山会」とは、正岡子規の俳句の門下生たちが集う会のことである。「文芸は『山』がなくてはならない」といった子規の主張から、命名された。おもに各自の作品発表の場で、俳句の他にもさまざまな文章を持ち寄り、朗読し合う。かつて金之助も、客分の形で何度か参加したことがある。

そして子規亡きあとは、虚子が中心になって引き継がれたのである。これは実質的には、『ホトトギス』の編集会議の意味合いもあった。

「ふむ」

一瞬、金之助は顔を曇らせ、少し口をとがらせた。ちょっと不満気である。

虚子の言葉は、「山会」で審査して合格すれば載せる、といった趣である。言い換えると、「山会」の審査を通らなければ雑誌に載らない、ということだ。それが、金之助には不満であった。「なんだ。書けば必ず載るというわけではないのか」といった心境である。少し図々しい。

「書いてもいいがね、僕も新年度前で忙しいから、そう、すぐには取りかかれんかもしれんよ」

金之助は、ちょっと勿体ぶった。

「ええ、いつでも結構です。一つ気晴らしのつもりで、おやりなさい」

年長者の金之助に対して、きわめて自然な命令口調である。虚子らしい。こうした点はいつものことだから、金之助は気には止めない。だが、この時の虚子は「口がすべった」と言うべきだったろう。

「気晴らし」などという言葉は、この頃の金之助には禁句である。精神の病の金之助には、過敏な反応を生じさせる。ことさら病気を指摘されたような不快感が、たちまち生じるからだ。被害妄想と言えばそれまでだが、鏡子が同じ台詞を言えば、瞬時に顔を真っ赤にしたに違いない。

ところが金之助は、顔色を変えるでもなく、

「そうさな」

と、穏やかにつぶやいた。虚子は、もちろん平然としている。

金之助は、虚子には以前から甘いところがある。むしろ、自分の門下生や教え子に対してよりも甘い。

自分の直接の弟子ではなく親友の弟子だから、という特殊な立場が、そうさせていた向きもあろう。が、一概にそればかりとも言えない。生前、子規が虚子と師弟

間のいざこざを起こした時も、金之助はどちらかと言えば、虚子の肩を持った。

　要するに、虚子のように一見図々しいほど頓着のない人間を、金之助は好きなのである。それはつまり、「飾り気のない正直な人間」ということだ。金之助の「正直を尊ぶ」精神は、もはや彼の「本能」のようなもので、素直さや正直さは、金之助のもっとも好むところだった。

「よし、どんなものができるかは皆目わからないが、一つ書いてみようか。できあがったら知らせるから、待っていたまえ」

「それがよろしいですな。お待ちしますよ」

　虚子はこのあと、子規の思い出話などをひとしきりして帰っていった。帰り際に、

「先生は、良い奥さんをお持ちですな」

と一言添えて、座敷を立った。金之助は、ただの御世辞だと思ったから、

「愚妻さね」

とだけ返事をして見送った。

「今日は、ありがとうございました」

　鏡子は、玄関で恭しく頭を下げた。虚子は満足げな笑顔で手を振り、出ていった。

夕暮れ時。金之助が台所に顔を出した。

「ちょっと出てくるぞ」

「あら、こんな時間にですか。どちらまで」

「散歩だ」

それしか言わず、そのまま金之助は顔を引っ込めた。和服のまま帽子だけかぶって、そそくさと出ていった。鏡子があわてて玄関まで見送ろうと追ったが、彼女が玄関に立つより先に、格子のガラガラ開く音が廊下に響いた。

『丸善』に行くつもりなのである。原稿用紙を買うためだ。

原稿用紙は、明治時代の中期頃より広く普及している。

## 十八

翌日の昼過ぎ。

金之助は、珍しく座蒲団を文机の前から縁側へ引っ張り出すと、庭に向かって腰を落ち着けた。ごていねいに猫用の座蒲団も、隣に並べた。猫は、ちゃんとその座蒲団の上に丸まっている。一人と一匹が、縁側で並んで貧相な庭をながめていた。

残暑が続いている。金之助は間の抜けた調子で、ゆっくり団扇をあおいでいる。

猫は平気なものである。とはいえ、夏の盛りは過ぎた。ことに今日は、少し風がある。出しっぱなしの風鈴が、思い出したように「チリン、チリン」と音を響かせた。

「どうした。何か書くんじゃなかったのか」

猫は庭を見ながら、金之助に聞いた。金之助は両腕をいっぱいに伸ばして、一つ伸びをした。

「うむ、何を書いたものか、思案中だ」

文机の上には、真っ新（まっさら）な原稿用紙の束が積んである。昨日、『丸善』から買い込んできたものである。

昨晩、夕食時を少し過ぎてから、金之助は上機嫌で帰ってきた。鏡子は、金之助が夕暮れに出ると、たいてい外で勝手に食べてくるので、頃合を見計らって子供たちだけと夕食を済ませた。父親がいない食卓は、久しぶりに子供たちが気兼ねなくはしゃいで、にぎやかだった。

だが帰ってきた金之助は、食事をしてこなかった。それを知った鏡子があわてて、家族が食べ終わっていることを謝った。すると、金之助は怒る風もなく、自分の分の食事を書斎に運ばせた。

食事中、給仕に控えていた鏡子に話しかけた。珍しいことだ。

「今日、虚子のやつに原稿を頼まれた。何を思いついたのか、急な話だ」

「あらまあ、それは大変でございますね」

鏡子は、そ知らぬ顔で話を合わせた。

「こちらの都合もお構いなしで、気楽なものさね。ああいうところは、子規に似ているな。師弟して、俺に世話をやかせる」

と言いながら、一向に嫌な顔をしていない。むしろ、うれしそうである。

「でも、せっかくのお話ですから、ぜひ何かお書きになるのが、よろしいんじゃありませんか。あなたなら、きっと良いものが書けますでしょう」

鏡子がせっつくようにこう言うと、金之助の箸（はし）が止まった。ちょっと驚いたように目を見張って、鏡子のほうを見た。

鏡子がやけに話の呑み込みが早いので、不審に感じたのである。たちまち顔が曇った。

「おまえに俺の文章が、わかるのか」

鏡子は、しくじったと思った。気が急きすぎた。言い訳がましく言葉を継いだ。

「いえ、私になんぞ、わかりゃしませんけれど……。あ、前に、子規さんのお弔（とむら）いの時、虚子さんから、あなたの原稿を雑誌に載せたとうかがったものですから。それに、ロンドンからずいぶんとお手紙をくだすったじゃありませんか」

「フン」

金之助は、再び箸を動かした。

「おまえは、一向に返事を寄越さなかったな」

金之助、結構、根に持っている。

「その節（せつ）は、申し訳ございませんでした」

鏡子も、しかたないので謝った。

それきり金之助は口を開かず、黙々と夕食を済ませた。鰤（ぶり）の煮つけの皮をわざと残して、膳を下げさせた。

食後に金之助が書斎で寝転がっていると、例によって猫が入ってきた。舌舐（したな）めずりをしてから、

「身のほうも残しておいてくれりゃ、いいのに」

と言った。

「贅沢（ぜいたく）言うな。皮だけでも、猫にはたくさんだ」

「マァな。ご馳走様（ちそうさま）と言っておこう。時に、どこへ出ていた」

「丸善だ」

「ああ、日本橋か」

金之助は驚いて、ガバと跳ね起きた。

「知っているのか」

「シロくんに教えてもらったことがある」

「油断ならんな」

金之助はその後、猫に事の次第を説明した。猫は珍しく、

「そりゃあ、良い話じゃないか。大いに奮発して書いてみろ」

と、素直に奨励した。金之助も機嫌よく、

「できたら、読んで聞かせてやるから、待っていろ」

と、猫の頭をポンポン軽く叩いた。猫は目を細めて、されるがままにしていた。


そして日が改まって、今日の昼なのである。

「書くことがないなら、一つ、吾輩のことを書いてみてはどうだ」

猫が、金之助のほうに顔を向けて言った。

「馬鹿を言え」

「馬鹿じゃない。吾輩の話は、これまでだって、ずいぶんとおまえさんの後学になったろう」

「誰が猫なんぞに教えられるものか。なんだ、猫のくせに」

「そうさ、吾輩は猫である。コホン」

猫は少し勿体ぶったように、こう言った。ちょっとした洒落っ気で、おどけて見せたのである。

ふだんの金之助ならフンと鼻を鳴らして、それっきりだろう。だが、この時の金之助は違った。

ハッとして猫に目を落とすと、じっと猫の顔を見つめた。その顔が、あまりに真面目なので、猫のほうがちょっと怯んだ。毛が一瞬、逆立った。

「な、なんだ、おい」

「おもしろいかもしれんな」

日本文学史に残る名作誕生の第一歩だった。

## 十九

虚子は驚いた。

その日、虚子はまた、夏目家を訪問していた。

夕方から「山会」のある日である。『ホトトギス』の編集作業で数日、缶詰めになっていた。それも一段落ついて、久しぶりの外出だった。近所の蕎麦屋で昼食を済まし、気晴らしと腹ごなしに少し足を伸ばそうと、夏目家までやってきたのである。

　金之助に原稿を依頼してから、十日余り経っている。そろそろ取りかかっている頃だろうか。あまり進んでいないようなら、一つハッパをかけてやろう。

　——と、そのくらいのつもりで、気軽に訪れた。

　座敷に通されて待っていると、金之助が入ってきた。手に何か持っているのに、すぐ気づいた。

「やあ、ご連絡しようと思っておったところです。ご足労かけて、済みません」

　金之助はニコニコしている。しかも、虚子相手に敬語である。

「いえ、今日は少し時間があったもので、ちょっと、ご様子をうかがいに来ただけですから」

　虚子も、思わず釣られて敬語で挨拶した。この二人のやりとりとしては、やや不自然な雰囲気である。

　虚子はどうにも、金之助の機嫌の良いのが気になった。少し身体を乗り出すようにして、顔をのぞき込んだ。すると、金之助は手に持っていたものを、対座した二人の前にドサリと置いた。

　原稿用紙の束である。

「できました」

「へ?」

「ご依頼の原稿です」

「えっ、もうですか!」

それで、虚子は驚いたのである。

「仕事もあるし、思うように時間が取れませんでしたが、だいたいまとまりました。お受け取りください」

金之助の気分としては、この時の自分と虚子は、すでに作家と編集者なのだ。それが自然と、彼の口を敬語にした。金之助は、あえて虚子相手に他人行儀に振る舞うことで、自分の中で「作家気分」を楽しんでいた。

虚子は、金之助の顔を見た。見るからに自信に満ちた風である。原稿用紙の束を手に取った。触れれば、だいたいわかる。およそ三十枚といったところであろう。

「思ったより多いくらいですね。よくこんな短時間でお書きでしたな」

「いや、なに、できあがったのは、もう四、五日前ですよ。ついつい雑事にかまけて、ご連絡しそびれておったのです。申し訳なかった」

金之助の声の調子は、ますます弾んでいた。

この後、金之助は言うまでもなく、押しも押されもせぬ大作家・夏目漱石へとなっていくわけだが、事実、大成してからも、彼の「筆の速さ」は出版界で有名だった。とにかく速い。

ことに、この頃、立て続けに書いた『吾輩は猫である』『坊っちゃん』『草枕』などの初期作品については、ずっと後年に鏡子が回想録で「傍で見ていると、ペンを執って原稿紙に向かえば直ちに小説が出来上がるといった具合」と、述べているほどである。見ているほうが拍子抜けするくらい、スラスラとあっさり書き上げていたらしい。よほど精神が、「執筆という生き方」に飢えていたのだろう。

「マァ、とにかくご覧ください」

金之助は、しきりと虚子をうながした。その高揚している気持ちが、虚子にも伝わってくる。

「では、拝見」

が、おもむろに原稿に目を落とした虚子は、いきなり首をひねった。

「うん？　これは……」

一番上の原稿用紙の一句めに、目が留まったのである。虚子は、つぶやくように読み上げた。

「吾輩は猫である」

虚子は、なおも不思議そうに首を少しかしげた。

「変わった一句ですな」

金之助は、それには答えず、

「どうです。ここで一つ、朗読してみては」

と、うれしげな声で持ちかけた。

「え、ここでですか」

「さよう」

金之助の目が、期待で輝いている。虚子は少し躊躇したが、金之助の目に気圧された。

「それでは」

虚子は、一つ「コホン」と咳払い（せきばら）をすると、金之助を前に朗読を始めた。

「吾輩は猫である。名前はまだない。どこで生まれたか、とんと見当がつかぬ……」

虚子の朗読のあいだ、金之助はずっと目をつぶり、腕を組んで、ひたすら聞き耳を立てていた。見るからに集中している様子である。

と思うと、時折クックッと押し殺した笑い声をもらす。下を向いたまま、さも愉快そうに笑う。別の箇所（かしょ）では、始終ニヤニヤしている。楽しくて、しようがないらしい。

虚子は、そんな金之助の様子をチラチラ観察しながら朗読を進めた。正直、金之助の反応が少し薄気味悪かった。

それでも、たしかに内容はおもしろい。

あの『倫敦消息』のように、なにげない日常を卓越した観察眼で切り取っている。良い写生文である。さらに、それを猫の視点で描いたという点が、なにしろ変わっている。猫の語り口調だから、文体がまるで肩が凝らない。ところどころ妙に理屈っぽいところがあって、そこがテンポを崩すけれど、あとはだいたいスムーズに読める。少なくとも、近来の文壇には他に例を見ない新機軸の文章である。

虚子は、感心した。

「これほどとは」

と、内心で金之助の文才に舌を巻いた。

「欲を言っても際限がないから、生涯この教師の家で、無名の猫で終わるつもりだ」

虚子は、最後の一文を読み終えた。

原稿用紙の束を膝の上に置いて、フッと小さく息をついた。ふと今更のように気づいた。原稿用紙はガサガサとして端が少しやぶれるなど、結構傷んでいる。

「書き終えたあと、しまい込まず、何度も読み返したな」

と、虚子は、すぐにピンと来た。

「どうでした」

金之助は、まるで子供が高得点の答案用紙を見せる時のように、自信と期待に満ちた顔で虚子に迫った。大きな目がキラキラしている。

その顔を見た虚子は、ちょっと不審に思った。金之助のあまりの自信のありようを、である。

雑誌に依頼されて初めて書いた文章なら、たいていの人間は、どうしたって不安になる。プロの文章の「合格点のライン」というものは、素人には、そうは判断できない。編集者にどんな審判をくだされるか。多少の見識ある者なら、不安が先に立つのが当たり前である。

もっとも、生来が傲慢で暗愚な人間なら、実力の伴わない自信を持ちがちだから、こうした時でも平然としている。しかし、金之助は十分以上に聡明で、他人に対しては謙虚すぎるほどである。虚子も、そのことはよく知っている。だから金之助の、この一片の不安も感じさせない満幅の自信ぶりが、どうにも解せなかったのである。

「そうですな」

虚子は、激賞するつもりだった。が、ちょっとだけ言葉をにごした。自信満々の人間をそのまま誉めるのは、妙にしゃくにさわるものである。

たしかに金之助は、書き終えたあとで何度か自分でも読み返していた。猫を相手に、朗読して聞かせてやったのである。

猫はいろいろ評したが、総じて高得点だった。金之助は、猫に「文才がある」と誉められ、素直にうれしかった。彼の自信は、猫の賞賛に裏打ちされていたのである。

「とにかく変わっていますな。でも、おもしろいです。保証はできませんが、これなら『山会』の面々も認めるでしょう」

「ああ、それは恐れ入りますな」

金之助は、少し拍子抜けした。もっと誉めてもらえると思っていたのである。

# 二十

「あのぅ、それでですね。少し手直ししようと思います」

虚子は原稿用紙を再び手元に持つと、少しだけ厳しい口調で迫った。金之助は声こそ出さなかったものの、かなり驚いた顔をした。

金之助としては、十分に完成させたつもりでいる。直されるとは、まったく想定していなかった。なにしろ正直な男だから、気持ちがすぐに顔に出る。たちまち不満げに目を細め、眉が少しゆがんだ。

虚子はそれに気づいたが、わざと知らぬ顔をした。

たしかに、ところどころ理屈が先行しすぎている。そのため登場人物がぼやけてしまって、誰の語りか、わからなくなってしまう箇所がある。文中、ルネサンス期のイタリアの画家を引き合いに出すのは悪くないが、その説明に肩入れしすぎて無駄に細密になり、冗漫(じょうまん)に堕(だ)している。これをやると、読者に必要以上の情報を押しつけることになる。

いずれも、素人が陥りがちの欠陥(けっかん)である。金之助は、作家としては、やはりまだ素人というわけである。

「直すって、どこを直すのですか」

「ご説明しましょう」

虚子は一箇所一箇所、原稿用紙を指さし、説明していった。編集者らしく懐から赤インキの万年筆を取り出すと、原稿用紙を畳に置いて、躊躇なく、その上に万年筆を走らせた。金之助にお伺いをたてるでなく、

「ここは、こう直します」

と初手(しょて)から決めて、次々に容赦(ようしゃ)なく赤く塗(ぬ)り潰していく。そして、ちょっと筆を

止め止め、潰した横に言葉を書き足していった。

「ここは、要らんでしょう」

ある箇所では、ほぼまるまる二枚分の文を赤の斜線で潰した。

金之助は、黙って見ていた。が、虚子が赤い線を入れるたびに、ピクンと眉を動かし、時折、口を開きかけた。ほぼ二枚分を赤の斜線で塗り潰された時は、さすがに「あ」と声が出た。

「これで、よいでしょう」

虚子は万年筆を引き上げ、満足げに言った。金之助は、ひったくるように原稿用紙の束を取った。ひたすら、直した箇所を目で追っていった。

「なるほど」

じょじょに金之助の表情が和らいだ。釣り上がった目が下がっていった。

たしかに良くなっている。無駄が省(はぶ)けて、前のものよりテンポよく読める気がする。

「さすがですな」

金之助は納得した。笑顔でうなずいた。こうした点、金之助は潔い男である。

「では、そろそろ……。今日、これから『山会』なのです。早速これを持っていって、朗読会を開きましょう。諸氏の感想は、追ってご通知に来ますよ」

　虚子としては、金之助にもっとごねられると覚悟していた。直している最中も、ずっと金之助の視線を感じてハラハラしていた。だから内心、金之助があっさり納得してくれたことは、むしろ意外であった。虚子は気づかれないよう、ホッと胸をなでおろした。

「ああ、時に、この作品は題目がありませんな」

　ここで立ち上がりかけた虚子は、ふいに思い出したように、こう言って座り直した。実際、原稿の一枚めは、いきなり本文から始まっている。

「ああ、そうそう、それです。まだ決めかねておるんです」

「そうですか。しかし、どうせですから、今この場で決めてしまいたいですな」

　虚子がこう言うと、金之助はニヤリと笑った。

「じつはですな、腹案が二つ、あることはあるのです」

　金之助、顔が得意満面である。

「まずは『猫伝』にしようか、と。端的で、本質をよく突いているでしょう。それかあるいは、冒頭の一句を取って『吾輩は猫である』というのはどうだろうか、と。こいつは、ちょっと奇抜でおもしろいかもしれんが、題目としては冗長すぎる感も否めません。どちらも一長一短でしょう。いかがです。あるいは、もっと別の良いのがありますかね」

金之助は、当初からこの二つの案を腹に入れていた。今日話す機会がなくとも、後日『ホトトギス』に載る段になったら、ゆっくり決めようと思っていた。

金之助は、二つの腹案どちらにもかなり自信があった。こう聞きながら、虚子の顔をのぞき込んだ。金之助の口元が、少し意地悪く笑っている。虚子の悩む顔を見られると、思ったのである。

ところが、虚子は即決した。

「そりゃあ『吾輩は猫である』ですよ」

堂々たる明確な返答である。金之助は、いきなり毒気を抜かれたようで、

「あ……、はあ、そうですかね。それじゃ、それで」

と、妙に意気消沈した風で賛同した。

日本文学史に輝く不朽の名作は、この瞬間、誕生した。

虚子は、すっかり冷めた麦茶をグイと飲み干すと、今度こそ気ぜわしく立ち上がった。実際、山会の時間に明らかに遅刻なのである。

金之助は、珍しく玄関まで見送った。

「遅くまで足留めさせて、済まなかったね」

玄関先で、いつもの虚子への態度にもどった。

「いえ」

と、虚子は一言だけ答えて、そそくさと出ていった。

金之助が振り返ると、廊下の突き当たりに猫が立っていた。金之助のほうを見ている。

金之助は猫のほうに寄っていき、抱き上げた。これも、また珍しい。猫はおとなしく抱かれて、ゴロゴロと喉を鳴らした。それから、

「おい、今晩は旨いものを食わしてくれよ」

と言った。

「調子に乗るな」

金之助は猫を放り投げた。だが、その声は明るかった。

猫はストンと着地して、台所のほうへとノソノソ歩いていった。昼の残り物をあさりに行ったのだろう。

## 二十一

「どうです」

尼子は、縁側から書斎に入って金之助の顔を見るや、いつもの挨拶をした。

金之助が『吾輩は猫である』を虚子に渡して、三日後の午後である。

虚子は、まだ何も言ってこない。が、金之助は落ち着いていた。

原稿を書き上げた満足感と、出来上がりの満足感に、この三日間、ひたっていたのだ。それに、新年度がもう目の前である。準備に追われて毎日気ぜわしく、だが充実感がある。

「はい、おかげさまで。近頃の胃はだいぶ良いです」

金之助は、座ったまま腹をさすりながら言った。表情は穏やかだった。

「結構ですな。今回の薬はとくに合ったようです」

尼子は例によって、にこやかな笑顔を崩さない。鞄を開き、舌圧子を取り出して金之助の舌を診た。ほとんど儀式のような、いつもの所作（しょさ）の繰り返しである。

「ですが、油断は禁物です。これから涼しくなってくると、逆に夏の疲れが出てきますからな」

「夏の疲れって、やっぱりこの歳になっても出るものなのですかな」

金之助は、妙なことを聞く。

「え、この歳って、夏目さん、おいくつでしたかな」

「三十七です。つまりですな、僕は、もう三十七回も夏を経験しておるわけです。いい加減、慣れても良さそうなものじゃないですか」

尼子は、感心したような、あきれたような顔になった。さすがに笑顔が崩れた。

「いやいや、人間、そうは暑さ寒さに平気でいられるようにはなりません。むしろ、歳を取れば取るほど堪(こた)えてきます」

「そういうもんですかな」

尼子は、憮然(ぶぜん)とした金之助の顔をじっと見つめた。

「では、お大事に」

「いつもお世話になります」

金之助も立ち上がり、ていねいに頭を下げた。金之助は玄関まで見送ろうとしたが、尼子はそれを制して、一人、書斎を出ていった。

「ありがとうございました。あのぅ、夏目は、いかがでございましたでしょう」

玄関先に出てきた鏡子が身体を屈め、小声で聞いた。尼子は笑顔を見せた。

「だいぶ落ち着いておられますな。当分、大丈夫でしょう。ですが、治ったわけではありませんからな。よくお気をつけなさい」

「あの、やはり原稿を書いたことが、功(こう)を奏(そう)しているのでしょうか」

鏡子は昨日、尼子の医院を訪れて、いきさつを話した。その際、今日の往診を頼んだのである。

昨晩、「明日、尼子先生に来てもらうことにしました」と金之助に告げた鏡子は、てっきり「勝手なことをするな！」と怒鳴りつけられるものだと覚悟していた。

ところが、金之助は予想を違えて、ただ「そうか」と返事しただけだった。金之助のこの反応に、鏡子はむしろ拍子抜けした。

「そうそう、その原稿ですがね。おそらく大きいでしょう。文章は夏目さんにとって、かなり良い治療の効果があったと思われます。

あるいは、執筆が夏目さんの『本当の生き方』やもしれません。これからも機会があれば書くよう、奥さんからも勧めてごらんなさい」

尼子は自信に満ちた表情で、穏やかに鏡子を諭した。鏡子の顔が、目に見えて明るくなった。

「はい、そういたします。ありがとうございました」

尼子を見送った鏡子は、玄関先で一人、「よし」と小さくつぶやいた。

鏡子は、誇らしかった。

自分が、高浜虚子に半ば強引に頼み込むことで、金之助に執筆の機会を与えてやれた。それを、金之助の病気を抑えることにつなげられた。

その自らの手柄を、人知れず、自分の心のうちだけで誇った。

後年、鏡子のこの手柄は、「日本文学史に冠たる不世出の大文豪を生み出した」

という歴史的事件にまで、発展する。けれど、鏡子自身の胸のうちでは、生涯「夫を救った」という誇りのままであった。

もうすぐ夏も終わる。

# 第四部　吾輩とは、もう会えないのだ

## 一

九月になった。

高浜虚子(きよし)は、まだ何も言ってこない。だが、金之助(きんのすけ)に焦(あせ)る思いは、まったくなかった。最近は、万事(ばんじ)にずいぶんと気持ちの余裕がある。

筆子(ふでこ)は夏期休暇が終わって、また毎日、小学校へ通う日々になった。恒子(つねこ)は昼間に姉がいないものだから、よりわがまま放題の好き勝手になるかと思いきや、エイの面倒をまめに見るようになった。鏡子(きょうこ)の手伝いも率先(そっせん)してやる。

子供は、自分が一等上になると、傍若無人(ぼうじゃくぶじん)になるタイプと、かえって責任感に目覚めるタイプがいる。恒子は後者だったようである。エイは日がな一日、恒子の後ろにくっついてヨチヨチしている。鏡子としては助かる。

帝大は、新年度のスタートである。金之助の教え子たちも、一学年ずつ進級した。ただし、岩波茂雄だけは、元もと点数が振るわなかったうえ、昨年度の終わり、土壇場の授業を続けざまに休んだことが響いて落第した。

「先生、不出来の弟子ですが、今年もよろしくお願いいたします」

岩波は新年度早々、わざわざ教員室まで出向いて金之助に挨拶した。金之助は、

「一年や二年の落第は、気にせんでいい。これを良いきっかけとして、精進したまえ」

と、岩波の肩に手をやって励ました。

金之助も高等学校時代、さぼり惚けて、一度だけ落第の苦みを味わっている。もっとも、そのことを岩波にわざわざ告白する気はない。

そして、金之助が満を持して始めたシェークスピア劇の講義は、文科大全体に大反響をもたらした。

本来シェークスピア劇は、高雅さと世俗性を兼ね備えた多重的な文芸である。だが、日本人はとかく、シェークスピアの高雅さばかりを抽出しようとする。「シェークスピア劇は偉大なる芸術だ」と、やたら言いたがる。

明治時代の当時から、シェークスピア劇はよく上演されていた。だが、たいていは、やたら大げさな翻訳の台詞回しで、それで「西洋の高等な芸術を輸入している

のだ」と、日本人は悦に入っていた。

　そんな中で一人、金之助だけは、シェークスピアの多面性を的確に分析できる日本人だった。シェークスピア劇が持つ世俗的な面も、しっかり見据えていた。しかも、それを卑下することなく、いや、むしろ「俗だからこそ芸術である」といったスタンスで、肯定的に論じた。『マクベス』に登場する幽霊が観客をいかに恐がらせるか、といった、お堅い頭の学者なら鼻で笑うような議論まで、大真面目に論じた。

　一方で、時折シェークスピアを「タヌキ爺」などと表して、その芸術的欠陥についても、歯に衣着せず述べ立てた。世界的な大文豪を容赦なく扱き下ろす弁舌は、若い学生たちには痛快で、それがまた講義の人気に拍車をかけた。

　金之助も、明らかに乗っていた。『吾輩は猫である』を書いてから、気持ちが吹っ切れた。元もと話術は巧みである。『マクベス』の幽霊についての解説では、自ら教壇で、

「ウラメシヤ～」

と、怪談噺の落語家ばりに演技して見せ、学生たちを爆笑させた。

「笑う場面じゃない。涙を流して鑑賞すべき深刻なシーンだよ」

　金之助はそう述べて、また笑いを誘う。

だから、とにかく講義がおもしろかった。学長の井上哲次郎は、こうした金之助人気に、柔軟に対応してくれた。金之助の講義のために、文科大で一番大きな教室を割り当てた。あの小泉八雲留任運動の集会が開かれた教室である。

「夏目先生は、あの『サイラス・マーナー』の不名誉を一掃された。今や文科大は夏目先生一人でもっているような感じだ。たいした景観だ」

当時の様子をこう書き残したのは、金子健二である。彼は、金之助の講義がおもしろくて、毎日のように、その様子を詳らかに日記に書いた。後年、彼の日記は、帝大講師時代の夏目漱石を伝える貴重な資料となる。

魚住惇吉は、金之助の授業が昨年度と打って変わって、くだけたものになったので、当初は戸惑った。

「夏目先生は、少しふざけすぎてやしないか」

と、友人に不満をもらした。だがじょじょに、金之助のシェークスピア分析が、そこいらの学者とは一線を画したものだということがわかってきた。それで昨年度同様、ひたすら黙々と勉学に励んだ。

野村伝四は、

「今度の夏目先生は、おもしろいぞ」

と、小泉八雲留任運動の急先鋒だった小山内薫に、しきりと授業に出るよう勧めた。だが、小山内は、

「夏目なんぞ何をやろうが、小泉先生に比べれば話にならん」

と言って、頑として授業には出なかった。

安倍能成は、藤村操のことで金之助を訪れて以来、ちょくちょく金之助の家に顔を出すようになっていた。寺田寅彦とも会う機会を得て、懇意になった。岩波の落第が決まった時、安倍は金之助を訪れて、

「なんとかしてやれないでしょうか」

と頼んできた。もちろん金之助の力でどうすることもできないし、第一できたとしても、金之助はそういうことはやらない。

「この落第は、岩波君のためになるよ」

と諭した。安倍は、それでかえって、ますます金之助を尊敬するようになった。授業にも、毎回熱心に出席した。

『マクベス』の講義が一段落付いて、金之助は、次は『リア王』の講義に移った。この頃には、金之助の授業の評判が帝大全体に広がっていて、法科大や理科大の学生たちまでが聴講しようと、教室へ紛れ込んでいた。

「僕の授業を抜け出して、さぼる連中がいるんですよ。先だって取っ捕まえて、

『どこへ行っていた』と詰問したら、『文科のほうへ夏目先生の講義を聞きに行っていた』と返されました。怒るに怒れませんでしたよ」

寅彦は苦笑いした。

「そいつは、君の授業がつまらんから悪い。僕の授業よりおもしろいやつを、やるがいいさ」

金之助はこう言って、二人で大笑いした。

そんなある日、教員室で上田敏が、新聞を片手に話しかけてきた。

「おもしろい記事がありますよ」

「何ですかな」

「早稲田が、小泉先生の招聘に動いとるようです。今、小泉先生は、もっぱら著述に専念されているとのことですが、来年にも、早稲田の教壇に立たれることになりそうだ――と、ここに報じています」

上田は、新聞の下欄の小さな記事を指さして見せた。金之助は、黙ってそれをのぞき込んだ。

「いやあ、これが本当なら、近来良い知らせですよ。世間では、小泉先生は私たちのせいで退任されたような話になっていますからね。正直、私も多少気に病んでいました。これで一つ、肩の荷が下りた気がします」

上田は声を弾ませてこう言うと、同意を求めるように金之助の顔を見た。金之助は、かつての猫の予言を思い出した。

「そうですな」

と、つぶやくように言った。それから、

「ご納得のいく生涯を、過ごしていただきたいものです」

と、神妙な顔で付け足した。上田は妙に思った。が、なぜか、金之助にこの話を続けるのは気の毒な気がしたので、あとは黙って新聞を畳んだ。

明治三十六年（一九〇三）の九月は、こうして過ぎた。

## 二

「いらっしゃいました！」

ある日曜日、鏡子が息せき切って、書斎に飛び込んできた。

「なんだ、騒々しい」

金之助はとっさにこう返したが、鏡子の言葉の意味をすぐに察した。思わず腰が浮きそうになったのを、ぐっと堪えた。ここで鏡子と一緒になってはしゃいでは体裁が悪い、という思いが、瞬時にわいたのである。

「高浜虚子さんです」

「そうか。お通ししておけ」

金之助は、「とうとう来た！」と内心で叫んだ。おもむろに便所へ行って用を足すと、必要以上に念入りに手水で手を洗った。それから、座敷へと向かった。

一方、虚子は思いのほか待たされて、手持ち無沙汰に座敷でぼーっとしていた。と、そこへ猫が入ってきた。

猫はノソノソ虚子に近づくと、じっと虚子の顔を見上げた。それから、虚子の前にしつらえてある座蒲団の上に座り込んだ。

座り込んで、さらに虚子を見ている。虚子は、何か言わねばいけないような気がして、

「やあ、おまえが主役かい」

と、声をかけた。

「や、お待たせしました」

そこへ、金之助が入ってきた。虚子はふいを突かれて一瞬、狼狽した。猫に話しかけているのを見られたと思った。体裁が悪かった。

もっとも金之助は、もちろん気にしていない。なにしろ当人が毎日のように猫と

話しているのだから、他人が猫と対話している姿も、見た瞬間はごく自然の風景のように映る。黙って猫を抱え上げると、入り口のほうへヒョイと放り投げた。猫は着地して、そのまま廊下へ消えていった。

金之助は、猫が座っていた座蒲団に、そのまま腰を落ち着けた。

「どうも、とんとご無沙汰で失礼しました。ようやく刷り上がりまして、今日お持ちできました」

虚子は懐から、一冊の雑誌を取り出した。『ホトトギス』の最新号である。

「ほほう」

金之助はゆっくりと手を伸ばし、目次のページを広げた。

載っている。

「吾輩は猫である　漱石」

「漱石」は、金之助が学生時代から、もっぱら俳句を詠む時に用いている号である。かつて『ホトトギス』に句を載せた時も、この号で載せている。

掲載ページを確認して、もどかしいようにパラパラとページをめくった。気持ちが、はやる。指先が小刻みに震えているのがわかる。ふいに、視界がちょっとぼやけたような気がした。紙面の小さな文字が判読できないのに、自分で気づいた。知らず、少し涙がにじんでいたのである。

「吾輩は猫である。名前はまだ無い」

誌面は、二段組である。上段の一行めを、つぶやくようにして読んだ。そして、顔を上げて、

「載っていますな」

と言った。少し涙声だったのに、金之助自身が驚いた。

「はい、ご通知が遅れ、申し訳ありませんでした。なにしろ、このたびは、印刷所との折り合いがつかなくて、少々刊行に手間取ってしまいました」

虚子は原稿を受け取って帰って以来、今日まで何の連絡も入れていない。原稿を雑誌に載せるかどうか、事前の通知はなかった。だから、金之助は今日、虚子は「掲載が決まった」と言いに来たのだと思った。それが一足飛びに、掲載誌を持ってきたのである。

虚子が原稿を受け取った日の「山会」の席で、朗読のあと、全員一致で掲載が決まっていたのだ。

それが、まったく異論なく、あまりにすんなり決まったので、虚子の頭の中で妙な勘違いが起こった。掲載は初めから決まっていたような錯覚をして、それで、わざわざ金之助へ知らせる責務を忘れていたのである。

「原稿料は、追ってお支払いします。些少で申し訳ないが、六円五十銭です。な

にぶん経営が厳しいですから」

「結構です」

金之助は快諾した。うれしさが込み上げた。

もちろん、これだけの長文が載る以上は、原稿料をもらえるものと思っていた。けれど、こうして改めて支払いを宣告されると、つくづく実感がわく。

もっとも原稿料の相場など知らないから、この金額が妥当なのかどうかはわからない。だが、とにかく「自分の原稿がカネになった」という事実が、うれしかった。自分の文章が本当に認められた気がした。

虚子はこのあと、「山会」の朗読の席では皆で感想をまとめるのに苦労したことだの、口絵を依頼した画家の仕事が遅くて困ったことだの、店頭に並ぶものには付録で正岡子規の俳句の小冊子が付くことだの、いろいろと刊行の裏話を話して聞かせた。

「おかげさまで、あと三号で通巻百号になりますので」

虚子は、自慢げに語った。

「もう、そんなになりますか」

一瞬、金之助の心に、子規の明るい笑顔が浮かんだ。『ホトトギス』は、前述どおり子規の形見である。

子規という男は、いつも高慢なくらい自信満々で快活だった。だが、最晩年は病の痛みで、いつも苦痛に顔をゆがめていた。死の恐怖に、さめざめと涙を流すこともあった。金之助がロンドンにいた頃のことである。だから金之助は、そうした晩年の子規は知らない。それは、金之助にとって幸運なことだったろう。

小一時間ほどで、虚子は気ぜわしく帰った。日曜だというのに期限ギリギリで、これから配送の手続きに走り回らなければならないという。持ってきた『ホトトギス』は、見本刷りだったのだが、

「どうぞ、お持ちください」

と言って、置いていってくれた。

金之助が一人、そのまま座敷に座り込んでパラパラとページをめくっていると、猫がまた入ってきた。気づいた金之助は、

「おい、一緒に来い」

と言って立ち上がった。

「縁側で、こいつを読んで聞かせてやる」

「なんだ、前に何度か聞かされたやつだろう」

猫はもちろん、虚子の持ってきたものが何だかわかっている。

「いや、これは活版になったやつだ」

「中身は、同じじゃないのか」

「ちょっと違うのだ。いいから付き合え」

「わかった、わかった」

金之助と猫は連れだって、縁側のほうへと進んでいった。

ややあって、

「あなたっ」

という鏡子の叫び声が、家に響いた。続けて、

「また猫を相手に、ぶつぶつつぶやいて……」

という鏡子の不平が聞こえた。

## 三

『吾輩は猫である』は、世間で大評判になった。

掲載誌の『ホトトギス』は、店頭に並んでわずか一週間で完売した。「近来ない小説が載っている」と、口コミで広がり、噂が噂を呼んだのである。誰もが、猫の語る諧謔(かいぎゃく)的な人間談に魅了(みりょう)された。

ラジオもテレビもない時代である。その一方で、日本の識字率(しきじりつ)は世界でも群を抜

いている。江戸時代の寺子屋教育が残した文化遺産である。読書は、幅広い層の一般的な娯楽だった。『吾輩は猫である』は、そんな世間一般に、格好の嗜好作品だったのである。

　金之助は、うれしかった。また書きたくてウズウズした。執筆の楽しさ。読まれる喜び。これまでになかった幸福だった。

「『猫』の続きは、どうでしょうか。書こうと思えば、書けるのだが」

　金之助のほうから、虚子に打診した。虚子はもちろん大喜びで、「渡りに船」とばかりに、「ぜひお願いします」と依頼した。

　金之助は、わずか一週間で続篇を書き上げた。『吾輩は猫である（続篇）』は、翌月の号にすぐ掲載された。虚子も、現金なものである。売れるとわかっていれば、行動が速い。

　それは、書店も同じだった。利に聡い書店は、店頭に「『吾輩は猫である』の『ホトトギス』あります」と、自前のポスターを掲げた。

　ただ、この続篇の掲載で割りを食ったのが、寺田寅彦である。

　続篇には、若き物理学者の水島寒月という人物が初登場する。その寒月がシイタケをかじって、前歯が欠ける——というエピソードが、滑稽に描かれていたのだ。

　帝大生のあいだでも、『吾輩は猫である』は読まれていた。作者が金之助であることも、当然知られていた。理科大の学生たちは、たちまち寒月のモデルが寅彦だと見抜いた。

「寺田先生、その欠けた前歯は、シイタケをかじったからですか」

と、おもしろがって、やたら聞いてきた。

「先生、他人(ひと)の失敗を書いちゃいけませんね」

寅彦は、金之助にちょっと文句を言った。

「君がモデルだとは、僕は一言も言っていないよ」

金之助はこう返して、二人でまた大笑いした。

帝大での授業も順調だった。金之助は、

「執筆にかまけて、学校の仕事のほうは、気がそぞろになりはしないか」

と、自分自身で危惧(きぐ)していた。ところが案に相違して、むしろ授業の内容も、ますます充実していった。

この頃、金之助のシェークスピア劇の講義は、『ハムレット』に入っていた。

ある晩、金之助は講義の下読みのため、『ハムレット』の原書を読み返していた。ページをめくっているうち、第一幕にあるハムレットの台詞が目に入った。

「There are more things in heaven and earth, Horatio, Than are dreamt of in your philosophy.」

あの台詞である。藤村が遺書の「巌頭之感（がんとうのかん）」に誤訳して引用したものだ。

金之助は、原書のページをつまんだ指をピタリと止めた。しばらくその箇所（かしょ）を見つめていた。

ややあって、天井（てんじょう）を見上げた。ランプの灯（ひ）が、淡（あわ）く天井に揺れていた。

「おまえが『吾輩は猫である』を読んでくれたら、どう思ったかな」

心の中で、つぶやいた。

瞬間、藤村の顔が浮かんだ。寂（さび）しそうな顔で、それでいて笑っていた。

金之助の脳裏に浮かんだ藤村は、こちらに向かって静かに一礼した。そして消えた。

その時、軒下（のきした）に付けっぱなしの風鈴（ふうりん）が、「チリン」と季節外（はず）れの音を奏（かな）でた。金之助はハッとして、我に返った。

秋の夜の風鈴は、間が抜けている。庭から聞こえる虫の大合唱に掻（か）き消されるような、頼りない音である。

「よう、どうした。ぼーっとして」

その時、猫が庭から縁側にヒョイと上がってきた。

最近は、夜は結構冷えるから、障子（しょうじ）をたいてい閉めている。ただ、猫が外に出ているとわかっている時は、猫が通れるだけ開けておく。猫は、そこから書斎に入ってきた。

「ぼーっとなど、しておらん」

「そうか」

猫は、いつもの座蒲団に座ると、自分の身体を舐めた。

「もう夜は冷えるな」

金之助がつぶやいた。すると猫が、

「そうそう、これから、また冬が来るのだろう。吾輩には二度目の冬だ。時に、なんでもシロくんに聞いたところでは、冬はコタツというものがあるそうだな。その中は、えらく居心地が良いというじゃないか。この家にはコタツはあるのか」

と聞いてきた。

「炬燵くらいあるさ」

「そうか。そいつは楽しみだ」

猫は、グルグルと喉を鳴らした。

風鈴が「チリン」と、また鳴った。

「もう、いい加減、あれは外さんといかんな」

金之助は、障子の隙間から垣間見える風鈴を見て言った。

「あれって、あの音のするやつか。なぜ外さねばならん」

「あれは夏のあいだだけ、ぶら下げておくものだ」

「夏が終わってからもぶら下げておくと、何か不都合(ふつごう)なのか」

「不都合ということはないがな。非常識だ」

猫は、それには答えず、障子の隙間から風鈴の方角をじっと見た。

「吾輩は、あの音が好きだがな」

「猫のくせに風流なやつだ。生意気(なまいき)だな」

すると猫は風鈴を見つめたまま、

「あれは、ミケコさんの鈴の音に似ているのだ」

と言った。

「ああ、前に話しておった雌猫(めすねこ)か。さてはおまえ、今、その雌猫に会ってきたのか。実はその雌猫も、おまえに満更(まんざら)じゃないと俺は見るな。どうだ、うれしかろう」

金之助は、ちょっと調子に乗って軽口(かるくち)をたたいた。だが、猫は静かに答えた。

「いや、そいつは無理な相談だ。吾輩とは、もう会えないのだ」

「なぜだ」

金之助は、ちょっと嫌な予感がした。

「なぜって、ミケコさんは死んだのだ」

猫は、落ち着いている。聞いた金之助のほうが狼狽した。

「死んだって！　なぜ！　いつだ」

「三日前だ。夏風邪(なつかぜ)をこじらせたと、飼い主の女が話しているのを聞いた」

三日前。金之助は思い出した。猫は、まったくふだんと変わらなかった。

「だって、おまえ、三日前は何も言っていなかったじゃないか」

「死んだ者のことをとやかく言っても、しかたなかろう」

猫は、それでも風鈴を見つめ続けていた。

また一つ「チリン」と鳴った。

# 【跋】

それから一週間ほど、金之助は猫の姿を見なかった。あんな話をしたあとだったから、二日ほどは気になった。だが、三日めになって、猫のことを忘れた。

その日、『ホトトギス』以外の雑誌から、原稿依頼の打診があった。『中央公論』である。金之助は大張り切りで、引き受ける旨を伝えた。後年、『二百十日』などが『中央公論』に掲載される。

さらに、その翌日。意外な話が舞い込んだ。安倍能成がやってきて、ある報告をしたのである。

「先生、僕は、将来を誓った女ができました」

真面目な安倍が、照れくさそうに顔を緩ませていた。幸せそうだった。

「それは、結構だ」

金之助は、祝福を述べた。

「ありがとうございます、先生。それで相手の女は、藤村恭子といいます」

「なんだって、藤村……」

「はい、藤村操の妹御です」

安倍能成と藤村操の妹・恭子は、こののちの大正元年（一九一二）に結婚する。

その頃、作家として大成していた金之助も、披露宴に出席した。

こうしてあわただしい一週間が、過ぎたのである。

その日の夕刻。金之助は、いつものとおり帝大から帰宅した。玄関の格子に手をかけた時、ふいに猫のことを思い出した。

なんだか急に不安になった。金之助は、あわただしく格子を開けた。迎えに出てきた鏡子に、いきなり聞いた。

「おい、猫はどうしてる」

鏡子は、ひどく驚いた。金之助の表情が、とても尋常でなかったのである。

だが鏡子の返答は、ごく平凡で平穏なものだった。

「どうしてるって。いつものとおり、ご飯を食べてゴロゴロしていますよ」

猫は、ふだんどおりだったのである。ただ、なぜか金之助の書斎に寄りつかなくなっていただけだった。

金之助は、ホッと胸をなで下ろした。

「じゃあ、いるんだな」

「ええ、たしか今さっきも、お台所に」

その時、猫がノソノソと廊下を歩いてきた。

「ほら、いるじゃありませんか」

猫は、廊下の突き当たりと玄関先の真ん中あたりで立ち止まった。玄関に立っている金之助と、目が合った。

金之助は、思わず口を開きかけた。

と、次の瞬間、金之助は言葉を呑んだ。

「ニャー」

猫が、鳴いたのである。

いや、金之助の耳に、猫の鳴き声が、猫の鳴き声として聞こえたのである。

金之助は愕然とした。玄関に立ったまま呆然とした。

「あなた！　どうなすったんです！　あなた！」

金之助のただならぬ雰囲気に、鏡子は、さっき以上に驚いた。また病気が再発したのかと、恐怖が走った。

だが、そうではなかった。むしろ、その逆だったのである。

金之助は納得した。

「いや、心配するな」

そう言って、帽子と鞄を鏡子に手渡した。態度は穏やかだった。猫のほうへ、そのまま近づいた。猫は、金之助を待つようにじっとしている。金之助は猫を抱きかかえた。猫は喉をゴロゴロ鳴らす。

鏡子は、背広に猫の毛が付くのが心配で、金之助に声をかけようとした。が、思い直して、黙って金之助と猫を見ていた。

金之助は、猫をそっと廊下へおろした。そして鏡子のほうへ振り向いて、こう言った。

「あの軒下の風鈴な。あれは、外さんでいい。ずっと、あのままにしておけ」

〈完〉

# 夏目漱石・史実年表

●本小説は、夏目漱石にまつわる「明治三十六年一月頃から、明治三十九年十月頃までの歴史的事実」を多くモチーフとして、フィクションを交え、「明治三十六年のひと夏の物語」として描いたものである。それら史実の正確な年次を、以下の年表にまとめた。

●登場人物は、全員が歴史上の実在人物である。

●藤村操と安倍能成、岩波茂雄は、史実では、帝大の付属高校的な学校である第一高等学校での夏目金之助の生徒だが、物語展開の煩瑣性を避けるため、帝大文科大学一年生として設定した。また、藤村操の自殺の原因については、失恋説のほか諸説あり、さらに失恋相手についても、複数人の説がある。本小説では、「菊池多美子との失恋」説を採用した。

| 年 | 月 | 事項 |
| --- | --- | --- |
| 明治三十六年（一九〇三） | 一月 | ・帝国大学文科大学学長の井上哲次郎、講師の小泉八雲に対し、「四月以降は契約内容を変更のうえ減額」と通知する。八雲、これを拒否する。 |

| | |
|---|---|
| | ・夏目金之助、官費留学を終えて、ロンドンより帰国。妻の鏡子、二人の娘である筆子と恒子と連れだって、新橋駅で出迎える。出迎えには、寺田寅彦も駆けつける。金之助の一家は、そのまま東京暮らしとなり、牛込区矢来町（現・新宿区）にいったん落ち着く。<br>・留学中に神経衰弱状態となり、帰国後もその症状が続く。火鉢の縁に置いてあった五厘銅貨を見て、いきなり、そばにいた筆子を殴りつける。 |
| 三月 | ・本郷区駒込千駄木町（現・文京区）に家を借り、転居。<br>・帝大文科大で、小泉八雲の留任運動の決起集会。学生たちが、「自主退学も辞さず」と騒ぐ。しかし運動は失敗し、三月いっぱいで八雲、退官。 |
| 四月 | ・第一高等学校の英語属託の辞令を受ける。<br>・帝大文科大学の講師に任命される。同時期に、上田敏が同僚になる。第一高等学校と文科大の二校での勤務となる。<br>・帝大文科大の第一回の授業で、テキストに『サイラス・マーナー』を用いると説明し、学生の不評を買う。 |

| 五月 | ・帝大文科大で、新任教師の歓迎会が開かれる。壇上に立った学生が「一人の小泉先生が去り、頭数だけは増えたが……」と、新任の金之助たちを非難する。<br>・寺田寅彦と上野の博物館に出かけ、帰りに精養軒で汁粉を食べる。<br>・第一高等学校での授業を始める。藤村操を指名するが、藤村は「予習してきていません」と答える。こうしたことが、何度か起こる。<br>・二十二日、藤村操、華厳滝に投身自殺。死の直前「巌頭之感」を残す。<br>・第一高等学校での授業中、「藤村はなぜ死んだ」と生徒に問い、「先生、心配ありません」と答えられて、激怒する。 |
|---|---|
| 六月 | ・帝大文科大学長宛に、「図書館の職員がうるさい」と、苦情の手紙を書く。<br>・帝大文科大で、夏休み前の試験。 |

| 年 | 月 | 事項 |
|---|---|---|
| | | ・知人に、雑誌に載せる俳句を求められる。「能もなき　教師とならん　あら涼し」などの十三句を詠む。<br>・井上哲次郎に辞職を願い出て、慰留される。 |
| | 七月 | ・この頃より鬱症状がひどくなり、尼子四郎の診察を受ける。<br>・金之助の家庭内暴力がひどくなり、身重の鏡子（エイを妊娠中）は、二人の子供を連れて、実家の中根家へ避難する。 |
| | 九月 | ・鏡子、実家よりもどる。<br>・帝大文科大でシェークスピアの講義を始め、大好評を博す。<br>・寺田寅彦、帝国大学大学院に進学。研究生活に没頭する。 |
| | 十月 | ・三女のエイが生まれる。 |
| 明治三十七年（一九〇四） | 一月 | ・昨年より引き続いている帝大文科大でのシェークスピア講義、好評が続く。 |

|  |  |
|---|---|
| | ・この頃、鬱病の症状、小康状態と荒れた状態が交互に起こる。 |
| 四月 | ・小泉八雲、早稲田大学に講師として招かれる。 |
| 六月 | ・野村伝四に宛てて、「最近は、ビスケットをかじりながら答案を採点している」という旨の手紙を書く。<br>・夏目家に小猫が迷い込む。飼うことにする。 |
| 九月 | ・寺田寅彦、帝国大学理科大学の講師になる。<br>・二十六日、小泉八雲、死去。 |
| 十一月 | ・この頃、鬱病の症状が、またひどくなる。鏡子は「気晴らしに、金之助を外へ連れ出してほしい」と、寺田寅彦と高浜虚子に頼む。<br>・高浜虚子の勧めで、『ホトトギス』向けに小説を書き始める。六月から飼っている猫の視点で、物語を作る。 |

| | | |
|---|---|---|
| | 十二月 | ・虚子の依頼の小説を書き上げる。虚子に大幅な修正を入れられる。虚子との相談で、『吾輩は猫である』というタイトルにする。<br>・帝大文科大での授業中、懐手をしていた学生を厳しく注意する。あとから、片腕が無いのだと知って、注意したことを激しく後悔する。この事件は、漱石の文名が上がったのち、有名作家のスキャンダルとして、いくつかの雑誌や新聞で報じられる。 |
| 明治三十八年（一九〇五） | 一月 | ・『吾輩は猫である』が掲載された『ホトトギス』、元日に発売される。たちまち文名が上がる。続篇、決定する。 |
| | 二月 | ・『吾輩は猫である（続篇）』を掲載した『ホトトギス』、発売される。以降、漱石の文名は、ますます上がり、教師と作家を両立させる生活が続く。 |
| | 九月 | ・高浜虚子宛ての手紙に、「教師を辞めて、作家一本で行きたい」という旨を書く。 |

| 明治三十九年（一九〇六） | | |
|---|---|---|
| | 三月 | ・『坊っちゃん』、執筆。『ホトトギス』に掲載される。 |
| | 七月 | ・『吾輩は猫である（十一）』、執筆。完結する。 |
| | 八月 | ・『草枕』が掲載された雑誌『新小説』、発売。作中に「春の夜の　雲に濡らすや　洗ひ髪」などの句を入れる。 |
| | 十月 | ・『二百十日』が掲載された雑誌『中央公論』、発売。 |

※明治三十九年、漱石の作品はことごとくヒットし、雑誌、新聞などでしきりに取り上げられる。著名な文化人として、新聞や雑誌からのインタビュー依頼も殺到する。しかし、原稿料だけではまだ安定した生活が望めず、教職も続ける。帝国大学を辞職して、本格的なプロ作家となるのは、明治四十年四月であった。

## 主な参考文献

本小説は、夏目漱石の残した日記と書簡、夏目漱石を実際に知る人々による証言記録や回想録、漱石文学のうち自伝的色彩の強い『吾輩は猫である』『道草』『硝子戸の中』、さらに、明治時代当時の新聞・雑誌の報道記事などを、参考にしている。ただし、これらは戦前の出版物も多く、現在は、大半が入手困難である。この点、ご了承くだされたい。
また、故・荒正人氏による『漱石研究年表』（昭和五十九年）からは、多大なご教示をいただいた。荒氏を含め、多くの夏目漱石研究の先人に、心よりの敬意を表す。

岩波書店版『漱石全集』（昭和三十二年版・昭和五十三年版・平成五年版）
岩波書店版『漱石全集・月報』（昭和三年版・昭和十年版・昭和四十年版）
『漱石の思ひ出』夏目鏡子
『人間漱石』金子健二
『夏目漱石』森田草平
『夏目漱石』小宮豊隆

『父・漱石とその周辺』『父と母のいる風景』『父の法要』夏目伸六
『漱石先生』松岡譲
『漱石山房の人々』林原耕三
『我が生ひ立ち』『岩波茂雄傳』安倍能成
「漱石と隻腕の父」魚住速人（『正論』昭和六十三年十月号）

この作品は、二〇一三年三月にPHP研究所より刊行された『吾輩はウツである——〝作家・夏目漱石〟誕生異聞』を改題し文庫化したものです。

作品の中に、二〇一六年現在において差別的表現ととられかねない箇所がありますが、作品全体として差別を助長するようなものでないこと、また作品が明治時代を舞台としていることなどに鑑み、当時通常用いられていた表現にしています。

著者紹介
**長尾　剛**（ながお　たけし）
東京生まれ。東洋大学大学院修了。作家。
主な著書として、『日本がわかる思想入門』『手にとるようにユング心理学がわかる本』『話し言葉で読める「方丈記」』『世界一わかりやすい「孫子の兵法」』『広岡浅子 気高き生涯』『大橋鎮子と花森安治 美しき日本人』などがある。また、『漱石ゴシップ』『漱石学入門』『漱石の「ちょっといい言葉」』『あなたの知らない漱石こぼれ話』『もう一度読む夏目漱石』『漱石復活』『心が強くなる漱石の助言』『自分の心を高める漱石の言葉』『人生というもの』『漱石ホラー傑作選』等、夏目漱石に関する編著書も多い。

---

ＰＨＰ文芸文庫　ねこ先生

---

2016年５月20日　第１版第１刷
2016年７月11日　第１版第２刷

著　者　長　尾　剛
発行者　小　林　成　彦
発行所　株式会社ＰＨＰ研究所
東京本部　〒135-8137 江東区豊洲5-6-52
文藝出版部　☎03-3520-9620(編集)
普及一部　☎03-3520-9630(販売)
京都本部　〒601-8411 京都市南区西九条北ノ内町11
PHP INTERFACE　http://www.php.co.jp/
組　版　朝日メディアインターナショナル株式会社
印刷所　共同印刷株式会社
製本所　株式会社大進堂

---


ISBN978-4-569-76574-7

PHP文芸文庫

# 桜ほうさら(上・下)

宮部みゆき 著

父の汚名を晴らすため江戸に住む笙之介の前に、桜の精のような少女が現れ…。人生のせつなさ、長屋の人々の温かさが心に沁みる物語。

定価 本体各七四〇円(税別)

PHP文芸文庫

# Happy Box

伊坂幸太郎／山本幸久／中山智幸／真梨幸子／小路幸也 著

あなたは「幸せになりたい人」or「幸せにしたい人」？　ペンネームに「幸」が付く5人の人気作家が幸せをテーマに綴った短編小説集。

定価　本体六六〇円（税別）